La papelería Tsubaki

Ito Ogawa

La papelería Tsubaki

Traducción de **Maite Madinabeitia**

Navoиa

Primera edición Enero de 2024
Segunda edición Marzo de 2024

Publicado en Barcelona por Editorial Navona SLU
Navona Editorial es una marca registrada de Suma Llibres SL
Gomis 47, 08023 Barcelona
navonaed.com

Dirección editorial Ernest Folch
Edición Estefanía Martín
Diseño gráfico Alex Velasco y Gerard Joan
Maquetación y corrección Editec Ediciones
Papel tripa Oria Ivory
Tipografías Heldane y Studio Feixen Sans
Imagen de cubierta Flora Waycott
Ilustración interior Shunshun
Distribución en España UDL Libros

ISBN 978-84-19552-79-2
Depósito legal B 21725-2023
Impresión Romanyà Valls
Impreso en España

Título original *Tsubaki Bunguten*
© Ogawa Ito, 2016
En colaboración con Gentosha Inc., a través de
Bureau des Copyrights Français, Tokyo
Todos los derechos reservados
© de la presente edición: Editorial Navona SLU, 2024
© de la traducción: Maite Madinabeitia (Daruma SL), 2024

Índice

Verano 11

Otoño 83

Invierno 157

Primavera 227

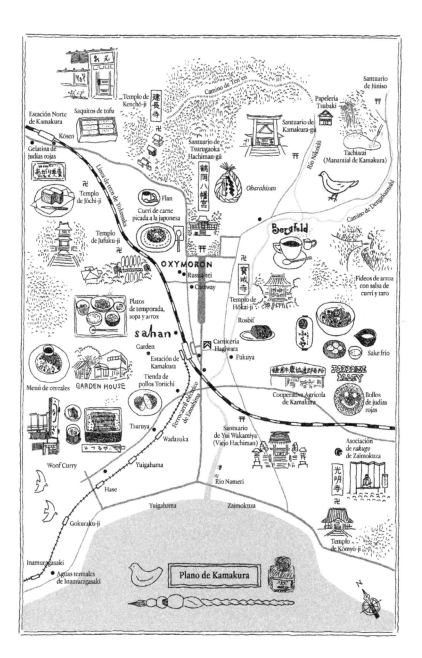

Estación Norte
de Kamakura

Templo de
Kenchô-ji

建長寺

Saquitos de tofu

Kôsen

Gelatina de
judías rojas

あがり来坂

Templo
de Jôchi-ji

Línea de tren de Yokosuka

Templo
de Jufuku-ji

Flan

Curri de carne
picada a la japonesa

OXYMORON

Russia-tei

Caraway

鶴岡八幡宮

Camino de Tenen

Santuario de
Tsurugaoka
Hachiman-gû

Obarahisan

Santuario de
Kamakura-gû

Papelería
Tsubaki

Santuario
de Jūniso

Río Nikaidô

Tachiarai
(Manantial de Kamakura)

Camino de Dengakuzushi

Bergfeld

宝戒寺

Templo de
Hôkai-ji

Rosbif

Fideos de arroz
con salsa de
curri y taro

Sake frío

Platos
de temporada,
sopa y arroz

sahan

Garden

Estación de
Kamakura

Menú de cereales

GARDEN HOUSE

Tienda de
pollos Toriichi

Carnicería
Hagiwara

Fukuya

Ferrocarril eléctrico de Enoshima

Cooperativa Agrícola
de Kamakura

PUDDING
ALLEY

Bollos
de judías
rojas

Tsuruya

Wadazuka

Woof Curry

Yuigahama

Hase

Santuario
de Yui Wakamiya
(Viejo Hachiman)

Río Nameri

Yuigahama

Zaimokuza

Asociación
de rakugo
de Zaimokuza

光明寺

Gokuraku-ji

Inamuragasaki

Aguas termales
de Inamuragasaki

Templo
de Kômyô-ji

Plano de Kamakura

N

VERANO

Vivía en una casita unifamiliar al pie de una pequeña montaña de la prefectura de Kanagawa. En Kamakura, para ser exactos. El lugar no era como la gente suele imaginar cuando le hablas de una ciudad costera: como la casa estaba situada en la parte montañosa, la playa me quedaba relativamente lejos. Perteneció a mi predecesora hasta el día de su muerte, hacía ya tres años, lo que me había convertido en la única inquilina de aquel viejo edificio de estilo tradicional. Debería haberme sentido sola, supongo, pero es difícil cuando siempre intuyes la presencia de alguien. Al caer la noche, los alrededores quedaban envueltos por la tranquilidad propia de un pueblo fantasma. Horas más tarde, al amanecer, la ilusión se desvanecía y el aire de aquel pequeño rincón del mundo volvía a cobrar vida con las voces diseminadas que reverberaban de aquí para allá.

Después de vestirme y lavarme la cara, lo primero que hacía era llenar el hervidor de agua y lo ponerlo al fuego. Mientras esperaba a que se calentara, barría el suelo de la cocina, lo fregaba y hacía lo mismo en el porche, el salón de tatami y las escaleras. Para cuando había acabado con esta parte de las tareas cotidianas, el agua llevaba tiempo hirviendo, así que me tomaba una breve pausa y la vertía en la tetera, en la que ya reposaban las hojas de té. Como todavía faltaban algunos minutos para que el agua se impregnara de su sabor, cogía un trapo y me agachaba para sacar brillo al suelo.

Hasta que el tambor de la lavadora comenzaba a girar, no me sentaba a disfrutar del primer sorbo de té matutino. El vaso de cerámica que usaba desprendía el agradable aroma ahumado del *tōbancha*, una variedad que destaca por su característico sabor tostado. Es curioso, porque hacía poco que había empezado a apreciarlo. De pequeña ni siquiera me cabía en la cabeza que la gente pusiera a hervir hojas secas para luego beberse el agua. Sin embargo, años más tarde, ahí estaba: incapaz de despertarme del todo a menos que me tomara una taza a primera hora de la mañana. Incluso en verano.

Mientras desayunaba, observaba con la mente en blanco la lentitud con la que se abría el ventanuco que había en el descansillo de la casa de la señora Barbara, la anciana que vivía a mano izquierda. No hacía falta ser un lince para darse cuenta de que aquella mujer era japonesa de los pies a la cabeza, así que ignoro a santo de qué todo el mundo la llamaba así. ¿Quizás había vivido en el extranjero?

—¡Buenos días, Poppo!

Su voz suave cabalgaba sobre el viento igual que una tabla de surf sobre las olas.

—¡Buenos días! —la imité, hablando en un tono un poco más aguado de lo normal.

—Hace un día precioso. Ven luego a tomar un té; tengo bizcocho de Nagasaki.

—Muy amable. Que pase un buen día, señora Barbara.

Este saludo matinal, a través de la ventana, era nuestro pan de cada día. En cuanto la veía, no podía evitar que la imagen de Romeo y Julieta me viniera a la cabeza y temía que el día menos pensado se me escapara una risita tonta. Las cosas no siempre nos habían ido tan bien; de hecho, en un primer momento la relación era bastante tensa entre nosotras. Desde casa oía todo lo que hacía mi vecina: la oía hablar por teléfono, la oía toser, la oía mantener conversaciones que ojalá hubieran permanecido en secreto e incluso, de vez en cuando, la oía ir al baño. El tipo de cosas que te hacen pensar que alguien vive bajo tu mismo techo. Por mucho que intentara no prestarles atención, los ruidos siempre encontraban la manera de abrirse paso hasta mis oídos. En realidad, hacía relativamente poco que había empezado a hablar con la señora Barbara con calma y serenidad. Al final, entre una cosa y la otra, llegó un punto en que mi día no estaba completo a menos que la hubiera saludado por la mañana.

Me llamo Hatoko Amemiya. El nombre lo eligió mi predecesora y significa «la niña de las palomas». Como toda la gente que haya vivido en Kamakura supondrá, me lo puso en honor a las aves del santuario sintoísta de Tsurugaoka Hachiman-gū. El primer ideograma que forma la palabra Hachiman-gū significa «ocho» y, según la tradición, está inspirado en la imagen de dos palomas acurrucadas. La primera vez que me contaron esa historia, cuando solo era una niña, todo el mundo ya me llamaba Poppo, que es el término infantil con el que nos referimos a estas aves.

Curiosidades aparte, la humedad que traía consigo el amanecer me parecía insufrible: Kamakura podía llegar a ser un verdadero horno. Las barras de pan recién hecho se convertían en goma nada más apartar la mirada y se llenaban de moho en cuanto las volvías a mirar. Incluso las algas para cocinar, algo que nadie en su sano juicio podría imaginarse mustio, se marchitaban sin que nadie se diera cuenta.

Después tendía la ropa, cogía la bolsa de basura y salía de casa. El punto de recogida más cercano, al que llamábamos «la estación», estaba junto al puente del río Nikaidō, que atravesaba la ciudad de arriba abajo dividiéndola en dos mitades casi perfectas. Los desechos que iban a la incineradora se recogían dos veces por semana, mientras que los reciclables solo tenían un día asignado: el de la tela y el papel, el de las botellas de plástico y los desechos verdes, y el de las botellas de cristal y las latas. El camión de la basura no pasaba los fines de semana. Todo lo que quedaba fuera de estas categorías se recogía una vez al mes. Durante mis primeras semanas en la ciudad me ponía enferma cada vez que tenía que perder tiempo separando los residuos, aunque con el paso de los días le acabé encontrando cierta gracia.

Cuando volvía de tirar la basura, los niños pasaban junto a la casa, mochila al hombro, de camino a clase. La escuela del barrio estaba a cinco minutos de la papelería, por lo que sus alumnos formaban gran parte de mi clientela. A medida que me acercaba al edificio, con frecuencia me quedaba mirando la fachada: en lo más alto de las viejas puertas acristaladas de doble hoja se leían las palabras «papelería» y «Tsubaki», a izquierda y derecha, respectivamente. Junto a ellas crecía una enorme camelia, o *tsubaki*, que no solo daba nombre al establecimiento, sino que, además, custodiaba la casa. Cerca de ella había una pequeña placa de madera oscurecida por el tiempo. Hacía falta fijarse un poco, pero todavía era posible advertir los trazos del apellido Amemiya dibujados con suavidad sobre la superficie. Puede que lo hubieran escrito sin prestarle especial atención, pero cada línea era exquisita. Todo lo que allí quedaba era herencia de mi predecesora.

Decían que mi linaje se remontaba al período Edo (1603-1868), cuando ya trabajábamos como escribientes, algo que, siglos después, sigue sin cambiar. En aquella época éramos secretarios privados de nobles y señores, por lo que no hace falta decir que nos pagaban por escribir de forma bonita y bien. Siglos antes, durante el sogunato Kamakura (1192-1333), ya habían prestado sus servicios tres excelentes amanuenses. Más tarde, ya en el período Edo, los aposentos de las damas de palacio vieron nacer a las primeras escribientes femeninas, al servicio de la esposa y las concubinas del sogún. Se rumoreaba que una de ellas fue la precursora de esta casa.

La familia Amemiya conservaba desde entonces su profesión, que se había heredado de generación en generación por vía materna. La generación anterior a la mía había sido la décima, lo que me convertía en la representante de la undécima, al menos desde el día en que cambié de opinión y heredé la papelería. En términos de lazos de sangre, mi predecesora no era mi madre, sino mi abuela, aunque no recuerdo que alguna vez me dirigiera a ella con cariño. Mientras sacaba adelante el negocio, esa mujer me crio sin necesitar ayuda de nadie.

Las cosas ya no eran como antes y en esos momentos el negocio se reducía a escribir el nombre del destinatario en los regalos de dinero en efectivo, diseñar el boceto previo al grabado de una placa conmemorativa, rellenar partidas de nacimiento con el nombre de la criatura, elaborar los carteles para algún que otro establecimiento, transcribir filosofías de empresa y redactar la dedicatoria que a alguien se le antojaba incluir en un libro. A la abuela a veces le pedían que diseñara el certificado para el ganador de las competiciones de cróquet que celebraban los ancianos de la ciudad, el menú de los restaurantes tradicionales o incluso el currículum de los jóvenes que empezaban a buscar trabajo. Siempre que consistiera en escribir, ella aceptaba. Éramos, por así decirlo, un bazar de textos manuscritos, aunque, a la hora de la verdad, casi todo el mundo nos conocía por la papelería.

Lo último que hacía por la mañana era cambiar el agua de la estela epistolar. La inmensa mayoría de la gente ve en ella una simple piedra, pero se trataba del objeto más sagrado que había en la casa. Bajo la estela se había excavado una pequeña fosa, en la que reposaban, enterradas, algunas cartas. Los iris, que en aquellos momentos se encontraban en plena floración, envolvían el monumento por los cuatro costados.

Los quehaceres matutinos concluían ahí. El tiempo que quedaba hasta que abría la papelería, a las nueve y media, era para mí. Ese día decidí invertirlo en hacerle una visita a la señora Barbara para tomar con ella el té de después del desayuno.

Cuando por fin me paré un momento, me di cuenta de que los últimos seis meses habían sido una locura en comparación con la vida que estaba acostumbrada a llevar. La tía Sushiko se había encargado de casi todo tras la muerte de la abuela; aun así, habían quedado varios cabos sueltos, demasiado espinosos como para que ella pudiera ocuparse de ellos. En aquella época yo todavía viajaba por el extranjero intentando huir de todo, de modo que a la vuelta me encontré con una montaña de tareas pendientes. Me encargué de ellas una por una, sin protestar, con la misma resignación con la que un buen día decides limpiar el fondo requemado de una cazuela. La parte chamuscada era ni más ni menos que todo lo relacionado con la herencia.

Para una chica como yo, todavía en la veintena, no eran más que tonterías. La familia Amemiya había adoptado a la abuela cuando era una niña, lo que con el tiempo había dado pie a ciertas complicaciones. Si hubiera sido por mí, habría hecho una inmensa bola de papel con todo aquello y la habría tirado a la basura sin pensármelo dos veces. Por suerte o por desgracia, al imaginarme la sonrisa complaciente de ciertos miembros de la familia, a última hora cambié de opinión y me planté con un alarde de fuerza de voluntad del que me consideraba incapaz. En caso de que le diera la espalda a todo aquello, la papelería tendría que cerrar, alguien echaría abajo el edificio y utilizaría el solar para construir un bloque de pisos, un aparcamiento o cualquier otra cosa que diera dinero. Eso significaba que también talarían mi preciosa camelia. Había adorado ese árbol desde niña y estaba dispuesta a hacer cualquier cosa con tal de que nadie le hiciera daño.

Salté al oír el timbre. Me había quedado dormida escuchando, distraída, la dulce nana que cantaba la lluvia al repiquetear contra el tejado en su camino hacia el suelo. Hacía ya varios días que, pasado el mediodía, empezaba a llover.

Una vez que abría la tienda, la rutina seguía su curso: al dar las doce almorzaba en la cocina sin perder de vista la puerta, no fuera a ser que algún cliente entrara en la papelería mientras yo comía. Por la mañana me bastaba con un té caliente y, en todo caso, un poco de fruta, así que mi almuerzo solía ser consistente. Ya que ese día apenas había recibido a nadie, me tumbé un rato en el sofá de la trastienda. Mi intención era echar una cabezadita, pero caí rendida al momento.

Llevaba ya seis meses en Kamakura y me había acostumbrando tan bien a mi nuevo ritmo de vida que cada vez me relajaba con más facilidad. Eso explicaba por qué me pasaba el día muerta de sueño.

—Perdón, ¿hay alguien?

Era la segunda vez que me llamaban. Eché a correr hacia la tienda, segura de haber oído antes aquella voz femenina, aunque sin saber dónde. Hasta que la vi junto a la puerta, no caí en la cuenta de que se trataba de la esposa del pescadero.

—¡Hola, Poppo! —saludó con la mirada radiante—. ¿Cuándo has vuelto?

Seguía siendo tan jovial como la recordaba. En ese momento, me fijé en el enorme fajo de postales que llevaba en la mano.

—En enero.

Mi vieja amiga se recogió la falda, colocó una pierna detrás de la otra e hizo una coqueta reverencia en clave de humor. Siempre había tenido esas cosas, pero no esperaba que verla en acción me fuera a despertar tantos recuerdos. Cuando la abuela me mandaba a la pescadería a hacer la compra para la cena, la buena mujer se aseguraba de que siempre saliera con un caramelo, un bombón, una galleta recubierta de azúcar o cualquier otra golosina. Sabía que en casa no me dejaban comerlas, por lo que prácticamente tenía que obligarme a cogerlas. Yo solo era una niña. Me gustaba imaginar lo feliz que habría sido con una madre como ella. Empezaba a preguntarme cómo era posible que no nos hubiéramos cruzado por la calle en medio año, siendo casi vecinas, cuando ella misma despejó mis dudas.

—Tengo a mi madre en coma, cariño, así que he tenido que pasar algunos meses en Kyūshū. Cuando tú llegabas, yo me iba. ¡Me hace tanta ilusión verte! No te imaginas cuántas veces nos hemos preguntado qué habría sido de la pequeña Poppo.

No hacía falta que dijera nada más: se refería a su marido. El pescadero había enfermado algunos años antes y había pasado a mejor vida mientras yo trabajaba en Canadá durante unas vacaciones. Me enteré porque la tía Sushiko me escribió un correo electrónico para contármelo.

—Me gusta enviar las típicas postales de verano para preguntar por la salud de familiares y amigos, como hacíamos antes. Todo el mundo estará esperándolas, y yo sin saber qué hacer... Hoy mismo me han dicho que la papelería había vuelto a abrir. No terminaba de creérmelo, así que he venido a comprobarlo y me has alegrado el día —dijo, con una voz clara y dulce, mientras me ofrecía las postales.

Eran tarjetas con opción a premio, como las que todos los años se ponen a la venta en las oficinas de correos con la llegada del verano. No era que la mujer del pescadero tuviera mala letra, en absoluto, los caracteres que dibujaba parecían pájaros que flotaban ingrávidos en el aire. Incluso así, siempre había traído las postales a la papelería para que nos hiciéramos cargo de ellas, seguramente porque la abuela y ella se conocían de toda la vida.

—¿Te encargarás de enviarlas?

—Será un placer.

Mi vieja amiga se quedó charlando un poco más y volvió a casa. Todo en ella me recordaba a los viejos tiempos: el delantal de flores, los calcetines blancos hasta el tobillo, la pinza con la que se apartaba el flequillo de la frente... La pescadería Uofuku había pasado por entonces a manos de su hijo y de su nuera, lo que le confería todo el tiempo del mundo para disfrutar de sus nietos. Ella había tenido tres hijos, todos varones; igual por eso me trataba como a la hija que nunca tuvo.

Eché un vistazo al calendario, cogí un fluorescente rosa y señalé el día del Calor Ligero y el día del inicio del otoño de acuerdo con los términos solares importados de la tradición china. Hasta el día del Calor Ligero, se pregunta por la temporada de lluvias; hasta el inicio del otoño, se pregunta por el calor; y a partir de entonces, por los últimos estertores del verano. Aquellas postales eran el primer trabajo importante que recibía en mucho tiempo.

Me lavé la cara para despejarme y preparé todo lo que iba a necesitar para llevar a cabo mi trabajo. Lo primero que hice fue acabar el reverso de las postales añadiendo el sello con forma de pez que habíamos usado durante años en la papelería. Era una tarea sencilla, de la que podía encargarme mientras hacía guardia en la tienda por si alguien entraba a comprar. Hacía años, más bien décadas, que enviábamos esas postales en nombre de la familia del pescadero. No eran especialmente complicadas, pero había tantas que no podías bajar la guardia. La abuela había dejado bien guardadas, cada una en su caja, todas las herramientas del oficio. Entre eso y que conocía las tarjetas como si fueran mías, conseguí terminar los reversos sin tener que pararme a comprobar cada dos por tres que lo estaba haciendo bien.

El problema, como siempre, era el anverso: cada postal es diferente, así que esta parte del trabajo no resulta ni tan mecánica ni tan sencilla. Me disponía a seguir con ello cuando me di cuenta de que tenía hambre. Es imposible sujetar bien el pincel con el estómago vacío, de modo que cerré la tienda y salí a comer algo. No tenía costumbre de cenar en casa; puede que el presupuesto se disparara, pero no había manera de que me animara a cocinar para mí sola. La parte buena de vivir en una ciudad turística es que nunca faltan restaurantes donde elegir. Después de saborear los primeros fideos fríos del verano, di un rodeo para volver a casa y pasé junto al santuario sintoísta de Kamakura-gū. Por muy acostumbrada que estuviera a salir de noche, siempre me había parecido que las calles de la ciudad estaban mal iluminadas, sobre todo las que dan a la montaña. No eran ni las ocho de la noche y apenas podía ver lo que tenía delante porque a mi alrededor solo había cuatro farolas contadas.

No quería que el miedo se acabara apoderando de mí, así que me distraje arrastrando los tacos de las sandalias de madera mientras caminaba. Hacía horas que había dejado de llover, pero, con lo encapotado que estaba el cielo, en cualquier momento podía venírsenos encima otro chaparrón.

Del mismo modo que el santuario de Tsurugaoka Hachiman-gū está dedicado a Minamoto no Yoritomo, el fundador del sogunato Kamakura, el de Kamakura-gū se asocia a la caída de este mismo régimen político, ya que aloja la prisión subterránea en la que encerraron a su último sogún, el príncipe Morinaga. Este lugar se ha convertido en la reliquia sagrada del templo y, por un módico precio, puedes entrar en la parte trasera del recinto para verlo. Yo me sentía incómoda al acercarme a cualquiera de los dos sitios, así que, para evitar favoritismos, juntaba las manos en señal de respeto cada vez que pasaba junto a alguno de ellos. Mientras subía las escaleras, me fijé en que la gran máscara de león del santuario estaba iluminada.

En cuanto llegué a casa, me di una ducha, cogí la cajita para cartas que había en un rincón del armario empotrado y la destapé con cuidado. Era un regalo de la abuela: estaba hecha con madera de paulonia imperial y en ella guardaba rotuladores con punta de pincel, plumas y todas las herramientas que una escribiente pudiera necesitar. La tapa estaba decorada con incrustaciones de nácar que formaban el dibujo de una paloma, tal como mi predecesora le había pedido al artesano de Kioto encargado de fabricarla. Por muy bien hecha que estuviera, las piedras que en su día habían dado forma a los ojos de la paloma se habían desprendido, y tanto las plumas como la cola seguían sujetas gracias a algunos fragmentos de cinta adhesiva. Era el recordatorio de una época en la que no había sido precisamente feliz.

La primera palabra que aprendí fue *iroha*, una antigua forma de decir «madre», pero también el inicio de un poema que recoge todas las sílabas de la fonética japonesa. Con solo año y medio, sabía recitarlo entero. A los tres años, era capaz de escribirlo en uno de los sistemas silábicos que usamos en lugar del alfabeto latino; y antes de los cuatro y medio, lo había aprendido también con el otro. Todo era fruto de los esfuerzos de la abuela. Siguiendo con mi formación, la primera vez que cogí un pincel tenía seis años. Era 6 de junio, una fecha, en teoría, propicia para tener éxito en cualquier disciplina cuyo estudio se emprenda. Aquel fue también el primer día que la abuela me permitió tocar el pincel que habían fabricado para mí uniendo los cabellos de cuando tan solo era bebé.

Lo recuerdo como si hubiera sido ayer. Después de comer, salí de la escuela, volví a casa y vi que la abuela me esperaba con un par de calcetines nuevos en la mano. Me llegaban hasta la rodilla; pero, aparte del conejito que había dibujado a la altura de la pantorrilla, no tenían nada de especial.

—Siéntate un momento, Hatoko.

Nunca la había visto tan seria. Siguiendo sus instrucciones, puse una lámina protectora sobre la mesita del salón, coloqué una hoja de caligrafía encima y las aseguré con un pisapapeles para que no se movieran. Lo hice todo sola, imitando los movimientos de mi maestra. Cuando quise darme cuenta, tenía las barras de tinta, los pinceles, el papel y la piedra para tinta delante de mí, todo bien ordenado y al alcance de la mano. Estas son las cuatro herramientas de escritura tradicionales. Hice todo lo posible para que la abuela no se diera cuenta de la impaciencia con la que escuchaba sus instrucciones. Ahora que lo pienso, debía de estar emocionadísima, puesto que ni siquiera notaba el hormigueo que me recorría las piernas por haber pasado demasiado tiempo de rodillas, sentada sobre mis propias piernas, a la usanza tradicional. Cuando llegó el momento de frotar la barra de tinta, vertí unas gotas de agua sobre la parte plana, o «colina», de la piedra. Llevaba tanto tiempo soñando con ese momento... Durante años, había sentido mariposas en el estómago cada vez que imaginaba lo agradable que debía de ser el tacto fresco y compacto de aquellos bastoncitos.

Habría dado cualquier cosa por saber lo que se sentía al sostenerlos en la mano, pero hasta entonces la abuela me había prohibido terminantemente que me acercara a sus cosas. Si me hubiera visto coger un pincel para hacerme cosquillas en las axilas, no me cabe ninguna duda de que me habría enviado directa al almacén y habría echado la llave. Más de una vez me había quedado sin cenar por tocar sus útiles de escritura, pero cuanto más insistía ella en prohibírmelo, más ganas tenía yo de hacerlo. No obstante, fue la tinta lo que me robó el corazón. Me preguntaba qué sabor tendría ese bastoncito tan negro y me repetía a mí misma que tenía que estar mucho más rico que el chocolate o cualquier otra chuchería que hubiera en el mundo. Vivía enamorada del aroma suave y misterioso que desprendía cuando la abuela lo frotaba contra la piedra.

Tenía seis años, era 6 de junio y había llegado el día de iniciarme en el arte de la escritura. Después de tanto tiempo soñando con ello, por fin tenía la barra de tinta en la mano. Para mi desgracia, la abuela enseguida puso el grito en el cielo porque no lo estaba haciendo bien. En principio, el proceso es muy sencillo: solo hay que frotar la tinta contra la colina de la piedra y dejar que el líquido caiga por la pendiente, o «mar», para acumularse en la base. A los seis años, no me parecía tan fácil. Cada vez que mi predecesora me descubría inclinando la barra para que se deshiciera más rápido, me daba un golpe en la mano. Obviamente, no tuve ocasión de pegarle un mordisco a la tinta para descubrir a qué sabía.

Me pasé la tarde haciendo círculos sobre la hoja de caligrafía. Era como escribir el carácter *no* (の) una y otra vez, hasta el infinito, con el objetivo de aprender a hacer líneas curvas. Si la abuela me sostenía la mano derecha, la cosa no tenía mayor misterio. Ahora bien, en cuanto la soltaba, las líneas empezaban a bailar de un lado a otro de manera descontrolada. Su grosor cambiaba tanto que tan pronto se parecían a un gusano como a una serpiente o incluso a un cocodrilo con la barriga llena.

«No inclines el pincel, mantenlo recto».

«Levanta el codo».

«No apartes la vista del papel».

«El cuerpo tiene que mirar al frente».

«Controla la respiración».

Cuanto más me esforzaba para hacerlo todo bien, más me costaba mantener la postura: me inclinaba hacia los lados, se me agitaba la respiración... y, lo que es peor, no sabía qué estaba haciendo. El papel se había llenado de círculos mal dibujados, y yo estaba cada vez más cansada después de pasarme la tarde entera haciendo lo mismo. A fin de cuentas, solo era una chiquilla que acababa de empezar la escuela primaria. Aquel 6 de junio no fue el día maravilloso que había imaginado. Incluso así, seguí practicando para no decepcionar a la abuela. Una vez que aprendí a trazar círculos de izquierda a derecha, volví a empezar desde cero y me afané hasta conseguir hacerlos a la inversa.

Escribía de lunes a viernes después de cenar: una hora hasta segundo de primaria, hora y media hasta cuarto y dos horas hasta sexto; siempre bajo la atenta mirada de la abuela. Mis primeros intentos de hacer círculos de derecha a izquierda resultaron tan desastrosos como los del ejercicio anterior. Poco a poco, a medida que practicaba, se fue haciendo más sencillo y conseguí que todos los círculos fueran del mismo tamaño y grosor. El silabario con el que aprendemos a escribir, el *hiragana*, está lleno de líneas curvas, por lo que la abuela pensaba que el primer paso para tener una letra bonita consistía en dibujar círculos perfectos.

El esfuerzo dio sus frutos y con el paso del tiempo aprendí a hacerlos hasta con los ojos cerrados. Solo entonces empecé a escribir las primeras sílabas —*i, ro, ha, ni, ho, he, to*—, una a una y sin pasar a la siguiente hasta haber perfeccionado la anterior. Las escribía sin cesar, procurando que la imagen que sugerían empapara mi mente. En la *i* (い), por ejemplo, veía a una pareja de amigos que charlaban animadamente sentados en la hierba. La *ro* (ろ) tenía el aspecto de un hermoso cisne que nadaba sobre las aguas de un lago. La *ha* (は), en cambio, me recordaba a un avión que descendía en picado hacia la pista de aterrizaje, pero que a última hora volvía a alzar el vuelo para iniciar un espectáculo de acrobacias.

Siempre empezaba calcando las sílabas que la abuela había dibujado, después las copiaba y, finalmente, las escribía de memoria hasta que no se diferenciaban en nada del modelo. Cuando mi maestra me daba el visto bueno, avanzaba a la siguiente casilla y repetía el proceso con una nueva sílaba. Cada una tenía su historia y su razón de ser, aunque aquellos detalles eran quizá demasiado complicados para una niña de mi edad. Conocer el carácter chino del que procedía cada símbolo, en cambio, sí que me ayudaba a visualizar la forma que debían tener una vez simplificados.

En esa época ojeaba sin parar mi copia del *Kōyagire daisanshu*, un librito que recoge los volúmenes 19 y 20 de una antigua antología de poemas manuscritos. Desde que la abuela me dijo que ver cosas bonitas me ayudaría a aprender, se convirtió en el libro de cuentos que me acompañaba todos los días. Puede que no entendiera lo que decían aquellos versos atribuidos a un hombre llamado Ki no Tsurayuki, pero tampoco lo necesitaba para quedar fascinada por su enigmática belleza. Cada sílaba fluía hacia la siguiente con tanta gracia que me recordaba a uno de los doce kimonos que los nobles de épocas pasadas superponían sobre su cuerpo en perfecta armonía.

Tardé casi dos años en aprender a escribir los cincuenta caracteres del silabario *hiragana*, junto con sus equivalentes del silabario *katakana*. Luego estaban los *kanji*, sinogramas adaptados que no representaban solo sonidos, sino también ideas. Como eran más complicados, no empecé a estudiarlos de manera sistemática hasta las vacaciones de mi tercer año de primaria. El celo de la abuela aumentaba cuando en la escuela me daban varios días de fiesta seguidos, lo que me dejaba sin tiempo libre para ir a la piscina con las niñas de mi clase o salir a comer un helado de hielo picado con sirope. Todo aquello hizo que nunca tuviera la típica mejor amiga de la que presumir y que con el tiempo me convirtiera en una chiquilla callada que no destacaba en nada y que pasaba desapercibida para todo el mundo.

El primer *kanji* que aprendí fue 永 («eternidad»). Después llegaron las combinaciones 春夏秋冬 y 雨宮鳩子, esto es, las cuatro estaciones y mi nombre completo, respectivamente. No paré de repetir estos símbolos hasta que la abuela dio por buenos los resultados. A diferencia de los silabarios, que solo contienen un carácter por cada sílaba del japonés, hay tantísimos *kanji* que me parecía imposible aprenderlos todos aunque les dedicara la vida entera: era como si me hubiese embarcado en un viaje que no iba a acabar jamás. Para rematar la faena, cada *kanji* puede dibujarse en escritura regular, semicursiva y cursiva. El orden en el que se trazan las líneas cambia según la variante que uses, por lo que siempre tenía algo nuevo que aprender.

Así pasé los seis años de la escuela primaria: entregada en cuerpo y alma al arte de escribir. Cuando miro atrás, me doy cuenta de que no tengo ni un solo recuerdo feliz de aquellos tiempos. La abuela decía que hacen falta tres jornadas de estudio para recuperar lo que has perdido saltándote uno, así que no me separaba del pincel ni en los viajes de fin de curso ni en las excursiones que hacíamos al campo: aprovechaba para escribir cada vez que los profesores no miraban. Habiendo vivido para la escritura desde que tenía seis años, no tenía motivos para sospechar que hubiera algo de raro en ello.

Los recuerdos afloraban en mi mente a medida que corregía la postura y comenzaba a frotar la tinta. Ya no derramaba el agua ni inclinaba la barra para que se deshiciera más rápido. Esa parte del trabajo siempre me había parecido relajante, pero aquella noche, por primera vez en años, tuve la agradable sensación de que mi consciencia se diluía. No era que me estuviera quedando dormida, ni mucho menos, sino que me retraía paso a paso hacia un lugar oscuro y profundo, un pozo sin fondo, donde estaba a punto de desaparecer. Un poco más y habría caído en trance.

Después de dibujar algunos trazos para comprobar si la tinta tenía la densidad adecuada, me preparé para escribir el nombre y la dirección de los destinatarios en el anverso de las tarjetas. Lo primero que la abuela me enseñó acerca de los textos postales fue que debía asegurarme de que los nombres estuvieran bien escritos. En cuanto tenía ocasión, me recordaba que el anverso era la cara visible de una tarjeta, así que tenía que ser limpio, bonito y fácil de leer. Esto exige calcular bien las distancias para que el nombre quede centrado, y después —solo entonces— añadir la dirección. Mi predecesora había vivido obsesionada con la belleza del texto escrito y no dejó de buscar la perfección de la forma hasta que exhaló su último aliento. A pesar de ello, nunca pecó de orgullo. Consideraba que, por muy bien que escribas, si la gente es incapaz de leer tu letra, esos textos que te parecen tan elegantes se convierten en un montón de trazos ordinarios y sin gusto.

Ese era otro de sus mantras: los trazos más bonitos no valen nada a menos que digan algo para su destinatario. Siguió practicando la escritura con letra cursiva, pero apenas la vi utilizarla en su trabajo. Lo importante era que los caracteres fueran fáciles de leer, así que me metió en la cabeza que una cosa es ser escribiente y otra muy distinta, ser calígrafo. Habiéndola tenido como maestra, yo también me había acostumbrado a escribir las direcciones en tipo regular para que fueran tan claras que cualquier empleado de correos pudiera leerlas sin perder el tiempo. Otra de sus reglas consistía en usar siempre números arábigos para evitar confusiones. Tardé casi una semana en terminar las postales de la mujer del pescadero, sin cometer un solo error, todo sea dicho. Para entonces, estábamos a finales de junio y todo apuntaba a que la temporada de lluvias no tardaría en acabar: ese año había sido corta.

El 30 de junio se celebraba el gran rito de purificación del santuario de Hachiman-gū. Esa tarde cerré la tienda un poco antes de lo habitual y me dirigí al templo, desviándome aquí y allá para alargar un poco el paseo. Como los sábados por la tarde, los domingos y los días festivos no trabajaba, me permití el lujo de salir sin remordimientos a comprar un nuevo adorno ritual para la entrada. En la puerta de muchos hogares de Kamakura hay colgado un *oharahisan*, un amuleto que se fabrica trenzando cuerdas de paja de arroz y atando los extremos para formar un círculo. Se cambia dos veces al año, durante los principales ritos de purificación. El de verano, que corresponde a la ceremonia del 30 de junio, tiene tiras de papel de color azul verdoso colgando del centro, mientras que el de Año Nuevo, asociado al rito de purificación del 31 de diciembre, las tiene rojas.

En la entrada de la papelería aún estaba el *oharahisan* del verano anterior. Yo no era una persona muy devota que digamos, pero me apetecía preservar aquella tradición. La abuela también lo hacía y se tomaba la molestia de ir hasta el santuario independientemente del trabajo que tuviera en esos días tan señalados. Llegué al recinto, pagué tres mil yenes en ofrenda a los dioses y cogí mi adorno. Tenía tiempo, así que me quedé para la ceremonia y atravesé el gran anillo de carrizo que colgaba de los postes como si de una inmensa puerta circular se tratara. En cuanto lo crucé, por fin sentí realmente que estábamos en verano. El cielo estaba radiante y su color azul parecía, de repente, un poco más intenso de lo que había sido unos segundos antes. Nunca lo he reconocido en voz alta, pero desde niña he estado convencida de que en Kamakura el año empieza en verano. A lo lejos, más allá del anillo de carrizo, dos milanos negros volaban llenos de energía y vigor.

Después de atravesar el anillo tres veces, rodeándolo primero por un lado y luego por el otro para dibujar la silueta de un ocho con mis pasos, la sacerdotisa me ofreció el alcohol ritual que acompañaba a la ceremonia. En cuanto me lo llevé a los labios, sentí que la losa que pesaba sobre mi corazón se desvanecía como por arte de magia. El cielo, cada vez más azul, me envolvía por completo. Cuando llegué a casa, un poco achispada y después de quitarme aquel peso de encima, colgué el nuevo *oharahisan* en la entrada. Me sentía renovada y lista para darle la bienvenida al verano.

Tras asegurarme de que no había nadie cerca, susurré un discreto «Feliz año nuevo». Alguien debió de oírlo allí arriba, puesto que de repente el viento sur trajo consigo una suave brisa y agitó las tiras verdosas del amuleto. Las cigarras empezaron a cantar al día siguiente, como si confirmaran que el verano había llegado para quedarse. Hasta el día anterior no había oído ninguna; aparecieron, de golpe, tan pronto como llegó el mes de julio. La breve temporada de lluvias había quedado atrás: no solo habíamos cambiado de estación porque así lo decía el calendario, bastaba con asomarse a la ventana para darse cuenta de ello.

El verano era la temporada floja de la papelería. Otro tanto podría decirse de la ciudad al completo, para ser sincera, puesto que durante los meses estivales apenas recibíamos visitas. Los alrededores de la estación bullían de vida gracias a las oleadas de viajeros que llegaban en tren, aunque la inmensa mayoría de ellos eran en realidad turistas que hacían un alto en Kamakura antes de dirigirse a las playas de Yuigahama o Zaimokuza. Hasta el templo budista de Meigetsu-in, conocido como «el templo de las hortensias» y una de las mayores atracciones del norte de la ciudad, se quedaba vacío. Igual que las flores desaparecían de sus hermosos jardines con la llegada de julio, otro tanto ocurría con las ganas de venir a Kamakura. Hace demasiado calor.

Como no tenía casi nada que hacer en la papelería, decidí atrincherarme en la trastienda y ordenarla a fondo. La tía Sushiko hizo lo que pudo cuando la abuela murió, pero las cosas de mi predecesora seguían desperdigadas por todos los rincones de la casa. Había pensado en llamar a un anticuario en caso de que encontrara algo de valor, pero por desgracia no vi nada que pudiera revestir el menor interés histórico. Casi todo lo que había dejado la abuela eran montones de papeles inservibles. Entre ellos había algunos ejercicios de caligrafía que supuse míos. Si alguien llegaba a la tienda mientras me encargaba de meter todos aquellos papeles en una bolsa de basura, podía llamar al timbre de la entrada para avisarme.

La papelería abría de nueve y media de la mañana hasta que se ponía el sol. Estaba a punto de echar la llave cuando el timbre sonó tímidamente y tuve que salir corriendo de la trastienda. En la entrada aguardaba la típica señora de Kamakura. Era una mujer diminuta, que debía de rondar los setenta años y a la que no recordaba haber visto en mi vida. Llevaba un vestido de color azul marino, con topos blancos y mangas abullonadas hasta la altura del codo, a juego con la sombrilla de lunares que sostenía en la mano. Había combinado el modelo con un elegante sombrero de paja aderezado con adornos florales y un par de guantes de encaje blanco que le cubrían las manos. Tras contemplarla de arriba abajo, me recordó al diseño de las botellas de refresco a base de agua y leche que fabrica la marca Calpis.

—Me han dicho que Gonnosuke, el de los Sunada, ha muerto esta mañana —dijo después de que intercambiáramos un saludo.

Supuse que había venido a pedirme que escribiera algo en su nombre. No parecía que necesitara material de papelería, y mi intuición, igual que la de la abuela en su día, era casi infalible. La papelería Tsubaki, como su nombre indica, era un pequeño establecimiento dedicado a la venta de material escolar y de oficina. En ninguna parte ponía que también se escribieran textos por encargo, pero eso no impedía que los vecinos y la clientela habitual acudiesen de vez en cuando si necesitaban mis servicios.

—¿Gonnosuke, dice?

No solo no lo conocía, sino que el apellido ni siquiera me resultaba familiar.

—¿No lo conoce? Con lo popular que era...

—Lo siento mucho.

Intuyendo que la conversación iba a alargarse, esperé hasta que el momento me pareció adecuado y le ofrecí asiento a mi clienta. La señora Calpis se acercó renqueando hasta la banqueta, en la que se acomodó con elegancia. Mientras tanto, yo fui a la cocina, llené un vaso con el té de cebada que tenía en la nevera y se lo llevé en una bandeja.

—Sabía que llevaba tiempo enfermo del corazón —me contó la anciana, retomando la charla—. Con lo rápido que ha llegado el calor este año, no me extraña que no haya podido soportarlo. Esta noche es la vigilia y mañana lo llevan a incinerar.

—No me diga.

Seguía sin tener la menor idea de lo que había pasado, así que me limité a responder por cortesía. Por raro que pareciera, no había oído que nadie hubiera muerto en el barrio.

—Iría en persona, pero con la pierna como la tengo... Ya que no puedo estar con la familia en estos momentos tan difíciles, me gustaría hacerles llegar al menos un regalo de condolencia.

Hasta que lo mencionó, no me había dado cuenta de que tenía el tobillo izquierdo vendado. Claro, por eso había ido renqueando hasta la banqueta.

—Entiendo —respondí con amabilidad.

—¿Cree que podría escribir la carta? Es urgente.

—No se preocupe.

Dije estas últimas palabras mientras observaba sus manos con disimulo. La abuela me había enseñado que era de mala educación mirar a los clientes a la cara mientras me contaban su historia, puesto que, si habían solicitado los servicios de un escribiente, la situación debía de ser complicada para ellos. No recuerdo cuándo me lo dijo exactamente, pero, desde entonces, en lugar de mirarlos a los ojos, me acostumbré a bajar la vista a las manos. Fue así como descubrí que la señora Calpis tenía unos brazos de huesos grandes, bronceados por el sol y más tonificados de lo que cabría imaginar en un primer momento.

—No quiero pensar en lo que estará sufriendo la señora Sunada.

Mientras hablaba, la señora Calpis se enjugó parte del rostro con un pañuelo —también de lunares—, aunque no sé si lo hizo por el sudor o por las lágrimas.

—¿Tiene un momento para escuchar la cháchara de esta anciana que acaba de perder a un ser querido? —preguntó antes de coger el vaso de té con ambas manos y bebérselo de un trago.

Eran las seis pasadas, el calor seguía sin dar tregua y el termómetro marcaba casi 30 °C. Si iba a escribir la carta que tenía que acompañar al regalo de condolencia de mi clienta, no estaba de más que me diera algún detalle acerca de la vida del tal Gonnosuke.

—Era un chico tan listo... —suspiró la anciana con orgullo—. Como la señora Sunada no tenía hijos, su marido y ella decidieron hacerse cargo de Gonnosuke. No es que la familia estuviera muy contenta con la idea, ya se imagina.

—Entonces ¿los Sunada eran sus padres adoptivos? ¿De acogida, quizá?

En cualquier caso, la madre tenía que estar destrozada tras perder a alguien que, si bien había entrado en su vida por los azares del destino, había llegado a amar de todo corazón.

—Sí, podría decirse así.

Tras brindarme esta respuesta tan ambigua, la señora Calpis sacó su móvil y pulsó algunas teclas.

—Aquí está —dijo, como si me echara en cara que no hubiera conocido al difunto, mientras me enseñaba una fotografía un tanto desenfocada—. Mire, este es Gonnosuke.

Tardé un momento en darme cuenta de lo que veían mis ojos, porque, desde luego, aquello no era un ser humano.

—¿Es un mono? —pregunté, sin tenerlas todas conmigo.

La anciana asintió y cerró la tapa del móvil con un golpe seco.

—El dueño había muerto, así que la señora Sunada lo conoció cuando ya estaba en el refugio —respondió a medida que sacaba un sobre de su bolso.

Cuando lo dejó sobre la mesa, vi que en el anverso había una nota adhesiva con su nombre.

—Siento pedírselo tan de improviso, pero me corre mucha prisa.

—No se preocupe.

—Puede preparar la factura. Mañana mismo se la pago.

Esas fueron sus últimas palabras antes de dirigirse a la puerta empuñando la sombrilla como si de un bastón se tratara. Sus pasos parecían un poco más ligeros que cuando había llegado.

Cerré la tienda y me puse manos a la obra. Después de consultar el libro de notas de la abuela para asegurarme de que recordaba las infinitas convenciones de una carta de pésame, me preparé para frotar la tinta. Lo habitual es hacerlo en círculos de izquierda a derecha, excepto cuando la tinta se va a usar para escribir un mensaje en respuesta a una desgracia. En esos casos, se frota a la inversa. Estaba tan acostumbrada a hacerlo en un solo sentido que diluir la barrita me costó más de lo que pensaba. No obstante, se fue deshaciendo poco a poco, sobre las gotas de agua que había vertido en la piedra, mientras intentaba no ejercer demasiada presión. Se recomienda que, en cartas como esta, la tinta no sea muy espesa. En lo que al contenido se refiere, la clave está en evitar fórmulas como «con frecuencia», «de nuevo», «una y otra vez» o «repetidamente». Nadie quiere que la muerte visite su casa por segunda vez, así que también se omiten las posdatas y las fórmulas de cortesía que se introducen al principio y al final de la carta.

Levanté el pincel en silencio y procuré concentrar toda la pena del mundo en mi pecho; mis ojos se habían convertido en un imán para las lágrimas. Entre las emociones que me asaltaron, estaba la tristeza por la muerte del pez de colores que había tenido de niña y el duro golpe que supuso la pérdida de la tía Sushiko.

La noticia de la repentina muerte de Gonnosuke ha sido tan inesperada que me ha dejado atónita. Os acompaño en el sentimiento. Sé que hacía tiempo que estaba enfermo y que recibía tratamiento, pero en ningún caso imaginaba que fuera a dejarnos tan pronto. Ha sido una tragedia desoladora que aún no he tenido tiempo de aceptar.

Gonnosuke siempre fue bueno conmigo. Me recibía con la mirada amorosa y el corazón sereno. Rezo para que descanse en paz. No puedo imaginar vuestro dolor, pero sabed que estoy aquí para cualquier cosa que necesitéis. Ya habría ido a veros si no fuera porque la pierna me impide caminar.

No es gran cosa, pero me gustaría haceros llegar este modesto regalo para que lo ofrezcáis ante sus restos mortales como una muestra de mi cariño. Espero de corazón que me disculpéis por no estar junto a vosotros en estos momentos tan duros. Tenéis mi más sentido pésame.

Había diluido la tinta un poco más de lo habitual, ya que la palidez de los trazos evocaba las lágrimas que caen sobre la piedra y aguaban la mezcla tras la pérdida de un ser querido. Mientras escribía, la imagen de la señora Calpis volvía a mi mente de manera continua. Por un momento, fue como si su mano se superpusiera a la mía y sujetáramos juntas el pincel.

Cuando el papel blanco quedó cubierto de caracteres, doblé la hoja hacia fuera —a la inversa de lo que suele hacerse—, de modo que el texto quedara visible cuando sacaran la carta. Para la correspondencia formal se emplean sobres con una costura longitudinal que recorre el reverso desde la punta del cierre hasta la base. Los que acompañan a las cartas de pésame o con motivo de alguna otra desgracia no tienen este dobladillo, ya que así se evita que la mala suerte sea doble. Tanto la carta como el sobre tienen que ser del más inmaculado color blanco, por el mismo motivo por el que ninguna mujer asistiría a un funeral demasiado maquillada o cargada de accesorios que llamaran la atención.

Escribí el nombre y la dirección del destinatario en el anverso usando la misma tinta que había empleado para la carta; esperé a que se secara, introduje la hojita en el sobre y lo coloqué en el pequeño altar budista que había instalado en casa en honor a la abuela y a la tía Sushiko. Le había reservado aquel lugar preeminente para que no se manchara, aunque todavía estaba abierto. Incluso si un texto está lleno de formalismos, me gusta sellarlo a la mañana siguiente, cuando he tenido tiempo de descansar y releerlo con la cabeza fría. La abuela decía que los espíritus malignos moran en las cartas que se escriben durante la noche; supongo que por eso evitaba trabajar una vez que se había puesto el sol.

Eran casi las nueve cuando terminé de escribir. Las cigarras que con tanto ímpetu habían cantado durante el día guardaban ahora absoluto silencio. La quietud que envolvía el barrio era tan profunda que me permitía disfrutar de una paz que, probablemente, solo puede compararse al sosiego de la alta montaña.

Tenía ganas de cenar algo ligero, así que cogí la cartera y salí de casa sin molestarme en cargar también con el bolso. En Kamakura la rutina comienza al amanecer, de modo que los comercios suelen cerrar temprano. Incluso así, siempre es posible encontrar algún sitio que abre hasta bien entrada la noche y en el que pueden servirte algo de cenar. Había pasado demasiado tiempo concentrada en la carta, porque me sentía tan despierta que a duras penas podría pegar ojo a menos que me tomara una copa antes de dormir.

Entré en un bar de vinos que había junto a la estación y brindé por Gonnosuke con una copa de rosado de precioso color y algunas tostadas con paté de judías blancas y pistachos. El alcohol se me subió a la cabeza antes de lo que pensaba, probablemente, porque había terminado mi primera carta de pésame sin contratiempos y toda la tensión que había acumulado a lo largo de la tarde se había desvanecido de golpe. Como no quería perder el último autobús en dirección al santuario de Kamakura-gū, salí del local a las diez y media.

Cuando me levanté por la mañana, volví a leer la carta, escrutando cada palabra para asegurarme de que no me había saltado ningún carácter, estaban todos bien escritos y había evitado expresiones inadecuadas. Cerré el sobre con cuidado aplicándole un poco de pegamento y le puse el sello de la palabra «sueño» como toque final. Las cartas de pésame se envían por correo ordinario. Por supuesto, no me había olvidado de añadir el nombre de la señora Calpis al mensaje.

Ese mismo domingo, a primera hora de la mañana, oí que la señora Barbara me saludaba mientras yo tendía la ropa en el pedacito de jardín que había junto a la casa.

—¿Te apetece que salgamos a desayunar?

—¡Por supuesto!

Era festivo, y la papelería iba a estar cerrada todo el día. A falta de algo mejor que hacer, había pensado en asistir a la clase de meditación que ofrecía un templo budista del barrio. Ahora bien, con lo que había calentado el sol desde primera hora, se me habían quitado las ganas de todo antes de que hubiera terminado de poner la colada a secar. Hacía mucho tiempo que no salía a desayunar. La idea de dar un paseo y tomar el aire no sonaba nada mal.

—¿Adónde quiere que vayamos? —pregunté, alzando un poco la voz para que mi vecina pudiera oírme.

La señora Barbara estaba al otro lado del seto de hortensias concentrada en pintarse los labios. Después de tantos días seguidos con aquel calor infernal, las pobres flores se habían marchitado. No hay nada más triste que una flor mustia; aun así, por mucha confianza que tuviera con ella, eso no me daba derecho a entrar en su jardín y podarle las plantas.

—Avísame cuando estés lista, ¿de acuerdo? —me pidió, con los labios de un rosa elegante, mientras yo tendía el último sujetador.

Me mordí la lengua y preferí no recordarle que siempre era yo la que esperaba, entre otras cosas, porque en esos momentos estaba muy ocupada apretando los labios una y otra vez frente al espejo de mano. Los vecinos son las únicas personas con las que puedes salir sin haberlo planeado de antemano, es decir, por el simple hecho de que te apetece y se lo propones. De niña nunca tuve relación con la señora Barbara; es más, ni siquiera recuerdo que tuviera trato de ningún tipo —ni bueno ni malo— con la abuela. Debían de intercambiar, como mucho, cuatro palabras cuando tenían que entregarle una circular a la otra. Después de marcharme de Kamakura, siendo ya adulta, y de regresar al cabo de un tiempo, resultó que congeniaba más de lo que creía con la señora Barbara y empezamos a hablar. Desde entonces, había mantenido una relación cordial con ella: ni demasiado estrecha ni demasiado distante.

Poco después de las ocho, tenía a la señora Barbara sentada en mi bicicleta y ambas estábamos listas para salir a desayunar. Se me hacía incómodo llevar a una mujer de su edad como pasajera, pero también es cierto que mi vecina se conservaba en buena forma y agarraba con fuerza mi cintura. Sentada de lado en el portabultos, con las piernas colgando junto a la rueda trasera, desprendía tanta gracia como una inocente colegiala.

—Hace un día precioso, ¿qué tal si vamos al Garden? —propuso mientras recorríamos la calle Komachi, casi desierta a esas horas, con una particular elegancia.

Me parece que, aunque fuera de manera inconsciente, yo también había salido de casa con intención de desayunar allí. Para llegar a la parte de atrás de la estación de trenes había que cruzar el paso a nivel de la línea de Yokosuka, a lo largo de cuyos raíles había crecido una miríada de flores de inmaculado color blanco. Cada vez que contemplaba aquella estampa, sentía que el verano había llegado de verdad. Entramos en la calle Imakōji y desde allí nos dirigimos al Garden.

El local se encontraba doblando la esquina del supermercado Kinokuniya, justo delante de un Starbucks. Daba gusto comer al aire libre en aquella época del año y contemplar el apacible paisaje montañoso que se extendía hasta el horizonte. Pedí un menú de tostadas, la señora Barbara prefirió el de cereales, y desayunamos tranquilamente charlando de tonterías: las tiendas que acababan de abrir, el restaurante que había echado a perder la calidad de su comida por empeñarse en abrir un segundo local, el propietario de la cafetería que no dejaba en paz a la chica que había contratado y demás chismorreos de lo que se cocía en la ciudad. Siempre ocurría lo mismo: daba igual de lo que habláramos, las dos nos emocionábamos tanto que el tiempo se nos pasaba volando. Cuando terminamos el café que habíamos pedido tras el desayuno, ya eran casi las once de la mañana.

—¿Es nuevo? —le pregunté a la señora Barbara al fijarme en el flamante iPhone que había sacado de su inseparable cesta de mimbre.

—Me lo han regalado, así el chico puede llamarme cuando quiera.

El fondo de pantalla mostraba la foto de uno de los jovenzuelos con los que salía mi vecina. Desde su punto de vista debía de ser poco más que un niño, pero para mí era la viva imagen de un hombre hecho y derecho. Me pregunté, con cierta envidia, con cuántos caballeros se estaría viendo mi vecina. Lo cierto es que la señora Barbara gozaba de un éxito asombroso entre el sexo masculino y parecía que siempre tuviera alguna cita planeada en la agenda. Mientras le daba vueltas a este asunto, su iPhone empezó a sonar. El saludo con el que respondió era de por sí tan encantador que la perspectiva de ser testigo de aquella conversación me hacía sentir como una intrusa. ¿Era así como embrujaba a los hombres sin darse cuenta? Incluso a mí, que seguía sentada a su lado, me dio un vuelco el corazón y estuve a punto de caer bajo su influjo.

—Esta sí que es buena —exclamó mientras se encogía de hombros, con un aire de sorna, después de colgar—. Dice que está en el Starbucks, que no podía esperar para verme y que ha llegado antes de la hora. Con el oído que tiene este chico, no me extrañaría que se hubiera enterado de todo lo que hemos dicho —susurró, sacando la lengua con picardía.

Mientras hablaba, cogió la cajita de polvos compactos y se retocó el pintalabios en un abrir y cerrar de ojos. El Starbucks de Onarimachi se encuentra en el preciso lugar donde una vez estuvo el caserón del autor de manga Ryūichi Yokoyama. La estructura rodea un pequeño estanque, y aún conserva los cerezos y las glicinas que ya crecían allí en vida del artista. Yo misma iba con frecuencia a esa cafetería cuando me apetecía pasar un par de horas leyendo a solas. Podías quedarte el tiempo que quisieras y sentirte como en casa, puesto que los camareros nunca te iban a mirar mal.

Los planes de la señora Barbara para su cita de ese domingo incluían ir en coche hasta Hayama, visitar el Museo de Bellas Artes, dar una vuelta por algunos rincones de la ciudad y cenar tempura antes de volver a casa. Tuvo el detalle de invitarme a ir con ellos, pero primero habría tenido que volver a casa para dejar la bicicleta y tampoco me apetecía molestar, así que le di las gracias y decliné su oferta amablemente. La señora Barbara se despidió con un «hasta luego» y salió del

Garden con paso vivo. Encima de la cuenta había dejado los quinientos cincuenta yenes que costaba el menú de cereales. El secreto para estar a buenas con los vecinos, o eso me decía a mí misma, consistía en ir siempre a medias. Los primeros turistas habían empezado a llenar el local, de modo que yo también cogí mis cosas y me marché. Es fácil distinguir a los vecinos de Kamakura de la gente que está de paso: basta con fijarse en cuánta carne enseñan los jóvenes que llegan en tropel desde Tokio y paran un momento en la ciudad antes de continuar su peregrinaje hacia la playa.

Como los niños habían empezado las vacaciones, la papelería estaba más tranquila que de costumbre. La abuela no soportaba la idea de pasar tantas horas sin hacer nada, de modo que una vez llegó a sacar algunas mesas a la entrada y organizó un cursillo de caligrafía. Sin embargo, como era tan exigente, los alumnos no tardaron en sentirse frustrados y dejar de venir. Por lo demás, la papelería tenía un surtido de productos de lo más corriente: cuadernos, gomas de borrar, compases, reglas, rotuladores, pegamento, lápices, tijeras, chinchetas, gomas elásticas, papel de carta, sobres... Nada del otro mundo, en resumen.

Los básicos son importantes, eso no lo voy a negar, pero la tienda sufría de una marcada carencia de imaginación... y, en consecuencia, también de color. Me habría gustado tener allí cosas más bonitas, que pudieran despertar el interés de las chicas de mi edad, no solo productos dirigidos a los alumnos de primaria y secundaria que estudiaban en el barrio. Era una lástima que las circunstancias no me lo permitieran, como también lo era que no hubiera ni un solo portaminas en la tienda. La abuela se había negado en redondo durante toda su vida: si quieres escribir, hazlo con un lápiz. Le parecía especialmente absurdo que los niños lo usaran; de hecho, si alguno entraba en la tienda para pedirle uno, lo miraba con las cejas enarcadas y le soltaba un buen rapapolvo. Ni siquiera soportaba que lo compararan con un lápiz; para ella, un lapicero solo podía ser un lapicero.

Esto hacía que las ventas se resintieran, pero también que contáramos con una variedad exagerada de lápices para una tienda tan pequeña. El número que acompaña a la B del extremo superior indica el grado de oscuridad del grafito: cuanto más alta es la cifra, más intenso es el color y más blanda es la mezcla. Los lápices más habituales son los HB y los 2B, ambos de dureza intermedia, pero también vendíamos otros bastante menos frecuentes, como el 10B. El diámetro de la mina ocupa el doble de lo normal, lo que convierte a este modelo en un producto de gama alta que bien valía los cuatrocientos yenes que cobrábamos por unidad. Lo cierto es que el trazo recordaba mucho al de un pincel.

Con el calor que hacía, tuve que retrasar los planes para poner orden en las cosas de la abuela y me entretuve escribiendo los caracteres del silabario *hiragana* con un 10B mientras hacía guardia en la tienda. El único aparato de aire acondicionado que tenía en casa se había averiado. Cuando el electricista del barrio vino a echarle un vistazo, descubrió que no tenía las piezas de repuesto que necesitaba para arreglarlo y el chisme se quedó sin reparar.

La parte de la casa dedicada a la tienda tenía un ventilador de aspas instalado en la pared, cerca del techo. Por lo tanto, era hasta normal que me pasara el día con la barbilla en la mano, sin atreverme a dar un solo paso fuera del alcance de la corriente de aire. Había escrito ya las primeras dieciséis sílabas del poema —comenzando por *i, ro, ha, ni, ho, he, to*— cuando debí de quedarme dormida con el 10B en la mano. Desde que la casa se había convertido en un horno, a la que me descuidaba, me caía frita. Había leído en alguna parte que el sopor es un mecanismo de supervivencia frente a las altas temperaturas, así que sucumbí gustosa a los envites de aquella agradable modorra.

Cuando abrí los ojos, di un brinco al descubrir que una niña me observaba fijamente a pocos metros de distancia. Me puse en guardia, convencida por un instante de que estaba viendo un fantasma. No es que sea motivo de orgullo, pero si nos pusiéramos a contar a todas las personas que dicen haber visto espíritus en Kamakura, no acabaríamos nunca. Los espectros son una presencia habitual en la ciudad, sobre todo en este barrio, plagado como está de ruinas en las que tantísimas personas, incluidos linajes enteros, perdieron la vida en época de guerras y trifulcas. Kamakura siempre ha sido un núcleo de actividad espiritual, hablando en plata.

Al final resultó que la niña estaba vivita y coleando. Habría jurado que la había visto en alguna parte, pero era incapaz de recordar dónde. Su pelo cortado a lo tazón le daba cierto aire a una de esas muñequitas *kokeshi* talladas en madera que después se decoraban con una bonita media melena.

—Tiene una letra muy bonita, señora —dijo la muñequita sin molestarse en saludar.

Imagino que, a ojos de una niña de su edad, cualquier mujer que pasara de los veinticinco debía de ser una señora. Sobre todo si ese día había tenido que rebuscar entre la ropa de su abuela en busca de un vestido de tirantes —prácticamente un saco— porque no le quedaba nada en el armario. Mi predecesora lo había llevado a menudo en vida, lo que no quitaba que a mí me hiciera parecer vieja.

—¿Puedo ayudarte en algo?

Estuve a punto de decirle que, si buscaba un portaminas, no lo iba a encontrar en mi tienda. Por suerte, la pereza aún no me había abandonado y no tuve tiempo a decirlo en voz alta. Mientras tanto, la niña agitaba su abanico con una mueca de exasperación, como si aquello fuera lo peor que le podía haber pasado en la vida. Cuando la ligera brisa del abanico llegó hasta donde me encontraba, por poco suspiro de alivio.

—Usted escribe cartas, ¿verdad? —preguntó la pequeña, transformada de golpe y porrazo en la mismísima imagen de la seriedad.

Daba por sentado que había venido a comprar lápices o cuadernos. Hasta entonces, no me había visto en la tesitura de atender a una niña en esos términos.

—¡Es importante! —rogó con una urgencia repentina—. ¡Por favor!

—Verás... —empecé a decir.

—Si necesita dinero, ¡puedo pagarle!

No, el problema no era el dinero.

—Primero tienes que contarme a quién quieres escribir.

¿Qué me costaba escuchar su historia?

—Al profe —respondió a regañadientes.

—Y ¿por qué?

A juzgar por la cara que puso, estaba claro que iba a tardar en responder. Era costumbre de la tienda que se ofreciera algo de beber a los clientes que llegaban buscando un escribiente, de modo que dejé a la niña en la entrada y fui a la cocina en busca de un par de refrescos de cítricos que había guardado en la nevera. Los había enviado uno de los amigos de la señora Barbara, desde la prefectura de Kōchi, a modo del típico regalo veraniego, y mi vecina había decidido compartirlos conmigo.

—Aquí tienes —le dije a la niña, abriendo la botella y colocándola a su lado.

Hacía tanto calor que el sudor me recorría la espalda formando un reguero interminable. No lo aguantaba más, así que abrí el refresco que había cogido para mí, di un sorbo y sentí que las burbujas carbonatadas brincaban en mi boca como si fueran pececillos saltarines. A medida que el líquido bajaba por la garganta, su frescor iba abriéndose paso a través de mi cuerpo.

—La carta... —murmuró la pequeña como si le costase articular las palabras.

Hablaba en voz tan baja que apenas podía oírla. Lo mejor iba a ser que me asegurara de lo que había dicho:

—Es verdad, aún tenemos que hablar de la carta. —Esta vez la niña asintió en silencio—. ¿Qué quieres que le digamos a tu profesor?

En lugar de apresurarme, decidí tirarle de la lengua poco a poco, como quien se sienta a desenredar una madeja de lana con toda la paciencia del mundo. Sorprendentemente, la táctica funcionó.

—Cosas bonitas.

Muy bien, cosas bonitas: ¿para darle las gracias?, ¿para felicitarlo porque era un buen maestro?, ¿para que le subiera las notas? ¿Y si resultaba que...?

—¿Quieres enviarle una carta de amor?

Escogí las palabras con cuidado para asegurarme de que había entendido la situación. La niña por fin se llevó la botella de refresco a la boca y engulló el contenido de un solo trago. Me fijé en que un suave vello le rodeaba los labios.

—Si se la escribo yo, sabrá que es de una niña —confesó, con el aroma del refresco endulzando sus palabras—. La abuela dice que tengo que confesarle lo que siento y que la anciana que vive en esta tienda escribe muy bien.

Esa última parte me dolió en el alma, aunque supuse que lo decía por mi predecesora. En algún momento, la familia de la niña debió de pedirle a la abuela que escribiera algo para ellos.

—También dice que se casó con el abuelo gracias a una carta suya. ¡Tiene que ayudarme!

La muñequita acompañó estas palabras con una reverencia tan profunda que temí que me lo acabara pidiendo de rodillas. Por muchas ganas que ella tuviera de contarle a su profesor lo que sentía, yo no terminaba de ver claro que fuera una buena idea.

—¿Puedo pensármelo? —le pregunté con la seriedad que requería el asunto.

No era un encargo que pudiera aceptar a la ligera. La muchacha que tenía delante debía de estar en sexto de primaria: tal vez no fuera una mujer, pero saltaba a la vista que había dejado de ser una niña. Si escribía la carta en su nombre y aquello daba pie a cualquier problema o malentendido... Después de considerar la situación, me vi incapaz de tomar una decisión y opté por ser prudente.

—Gracias por el refresco.

La pequeña se puso en pie con energía y se marchó de la tienda dando saltitos, primero sobre una pierna y luego sobre la otra. No pude hacer otra cosa que observarla en silencio mientras se alejaba. El atardecer de verano teñía de naranja los rincones del callejón que llevaba a la papelería.

La señora Calpis vino a verme esa misma noche. Hacía horas que había cerrado la tienda y me encontraba en casa de la señora Barbara, devorando los fideos fríos que me había invitado a cenar. Según me contó, le habían cancelado una cita en el último momento y, por una vez, le tocaba pasar la noche en casa. De repente me pareció oír una voz junto a la papelería, me asomé y descubrí a mi clienta, pertrechada para jugar al golf, debajo de la inmensa camelia. De no haber sido por el estampado de los calcetines, no creo que la hubiera reconocido. Viéndola así vestida, supuse que si se encontraba lo bastante bien como para salir a hacer deporte, la pierna ya se le habría curado.

—Buenas noches —saludé, acercándome a ella por la espalda, mientras me prometía a mí misma que no iba a decir nada acerca de su reciente lesión.

La anciana se sorprendió al oír que alguien le hablaba y se giró para mirarme. Su semblante pálido, gracias seguramente a la crema solar, era lo único que se veía en la penumbra del callejón y hacía que pareciera una cabeza flotante. A unos pocos metros de nosotras, había aparcado un BMW rojo.

—Venía a pagarle lo que le debo.

La papelería llevaba un buen rato cerrada, pero tampoco importaba: no iba a ser tan maleducada como para pedirle que volviera otro día sabiendo que había ido hasta allí para saldar su deuda. Crucé el jardín trasero tan rápido como me lo permitieron las piernas, entré en la casa y abrí la puerta de la tienda desde dentro.

—Fue muy amable al escribirme esa carta de pésame —señaló mi clienta después de que la invitara a entrar—. La señora Sunada me llamó por teléfono el otro día para darme las gracias por el detalle y dijo que el mensaje le había parecido precioso.

—Me alegro muchísimo.

Descubrir que había hecho feliz a mi clienta era todo lo que necesitaba para sonreír.

—¿Ya tiene lista la factura?

Tras responderle que así era, abrí el cajón en el que había guardado el papelito y se lo entregué.

—Aquí la tiene.

—¡Ay, señor! —exclamó, sorprendida, cuando lo sacó del sobre y lo desplegó.

Estaba preparada para discutir el precio si hacía falta, pero por suerte no fue necesario. Se trataba, más bien, de lo contrario.

—¿Está segura de que no me ha cobrado de menos? —preguntó la anciana antes de abrir una lujosa cartera de piel y ofrecerme con elegancia un billete de diez mil yenes—. Quédese con el cambio, por favor.

El billete estaba tan liso y era tan perfecto que parecía recién salido de la imprenta. La señora Calpis insistió, intentando quitarle hierro al asunto, pero yo no estaba tan segura de que debiera aceptar todo aquel dinero.

—Llevo la vida que llevo gracias a su madre.

¿Cómo?

Mi clienta debió de advertir la confusión —yo no había tenido a nadie a quien pudiera llamar madre—, puesto que acto seguido añadió:

—¿No es usted hija de la señora que regentaba la tienda?

En esa ocasión, fue ella la sorprendida.

—Debe de referirse a mi abuela. La papelería era suya antes de que yo la heredara.

Si yo misma había pasado años convencida de que aquella mujer era mi madre, no me extrañaba que otros cometieran el mismo error.

—Las cartas de su abuela me ayudaron a conquistar al hombre de mi vida. Nos casamos gracias a ella. —Guardé silencio sin saber qué contestar, así que la señora Calpis siguió hablando, extrañada—: ¿Acaso no se lo habían contado?

—¿Por eso sabía dónde encontrar a alguien que pudiera escribirle una carta de pésame?

Misterio resuelto.

—De joven, vivía en la aldea de Kotsubo. Está a poco más de tres kilómetros de aquí, así que lo tenía fácil para venir a escondidas. Su madre... Disculpe, su abuela era muy conocida en toda la costa de Shōnan. No llegué a darle las gracias por las cartas ni me acordé de venir a verla. Cuando me enteré de que Gonnosuke había muerto, me dije a mí misma que no perdía nada por acercarme a probar suerte. Le aseguro que no esperaba que la papelería siguiera abierta, y mucho menos que una jovencita como usted se hiciera cargo de la carta con tan buen gusto. También le digo que eso no es nada en comparación con el susto que me he llevado al descubrir que mi nieta había venido a verla.

Las cosas empezaban a cobrar sentido, incluida la inesperada visita de esa tarde y la sensación de que había visto a la muñequita en alguna parte.

—Le habrá picado la curiosidad porque hace unos días le conté que ella había nacido gracias a la señora que trabajaba aquí. Espero que no le haya dado demasiados quebraderos de cabeza.

Apenas había terminado de hablar cuando el sonido de un claxon llegó hasta nuestros oídos: era un camión de reparto, que aguardaba inmóvil detrás del coche de la señora Calpis.

—¡Me he alargado más de lo que pensaba! ¡Cuánto lo siento! Si me disculpa... —se despidió, saliendo de la papelería con garbo, sin el menor rastro de la cojera que arrastraba el día que la conocí.

La anciana se subió al coche, hizo una reverencia desde el asiento del conductor y pisó a fondo. Cuando se alejó, me quedé a solas con las tinieblas de la noche.

Hasta que entré en primero de bachillerato, nunca me había atrevido a llevarle la contraria a la abuela.

—¡Es todo teatro! ¡Una farsa! ¡Estoy harta de mentiras!

Siempre había obedecido, sin rechistar, a lo que ella me decía. Ese día fue el primero que le planté cara.

—Si quieres creer que es una sarta de tonterías, adelante, tú misma. Pero recuerda que hay personas que darían lo que fuera por escribir una carta y no pueden, por eso nos pagan a nosotras: para que lo hagamos por ellas con discreción. Te recuerdo que no todo el mundo tiene el lujo de ganarse la vida ayudando al prójimo. Nosotras podemos hacer que sean un poco más felices, y ellos nos hacen llegar su agradecimiento. —La abuela tomó como ejemplo una caja de bombones y continuó hablando sin dejar de mirarme a los ojos—: Escúchame, Hatoko. Imagina que quieres regalarle a alguien una caja de bombones para demostrarle lo agradecida que estás. Todos sabemos que la mayoría de la gente iría a comprarla a una pastelería de confianza. Por supuesto, también hay quien tiene mano con los fogones y prefiere hacerlos en casa. ¿Crees que por comprar los bombones en una tienda tu agradecimiento vale menos?

No sabía qué decir, así que me limité a guardar silencio.

—No, Hatoko, no vale menos. Puede que no hayas hecho nada con tus propias manos, de acuerdo, pero habrás escogido el regalo que mejor expresa lo que sientes. No es tan distinto de lo que hacemos nosotras. Hay personas con un talento natural para expresar sus emociones con palabras; y ahí entramos nosotras, porque nuestro propósito es ayudar a quienes no pueden hacerlo. Sabemos dar forma a sus sentimientos mejor que ellos mismos. No creas que no te entiendo, pero lo único que vas a conseguir con esa actitud es privar de esta posibilidad a mucha gente. ¿Verdad que cuando quieres que algo esté bien hecho recurres a un especialista? Esto es lo mismo. Mientras haya alguien que necesite que le escriba una carta, aquí estaré para hacerlo. Eso es todo lo que puedo decir.

La abuela tenía sus cosas, pero por una vez tuve claro que se esforzaba para hacerme comprender algo que le parecía importante. Tal vez no alcanzara a capturar todos los detalles de lo que quería decirme, pero las ideas generales empezaban a cobrar forma, aunque fuera de manera difusa. El ejemplo de la pastelería había sido la parte más fácil de entender para una adolescente como yo: me había quedado claro que la escribiente del barrio no era tan distinta del pastelero.

Levanté la vista del suelo y miré las fotografías que me contemplaban desde ambos lados del pequeño altar budista de casa. Los ojos de la abuela y de la tía Sushiko me miraban con atención desde los retratos que presidieron sus respectivos funerales: la mujer de expresión adusta era la abuela, en tanto que la viejecita que sonreía como si hubiera disfrutado de la mejor comida el mundo era la tía. Nunca dos gemelas idénticas habían sido tan distintas.

La familia Amemiya adoptó a la abuela cuando tenía algo menos de un año. Las hermanas nunca jugaron juntas, nunca compartieron la bañera y nunca se sentaron a la misma mesa; al menos, desde que tuvieron uso de razón. A mi predecesora no le gustaba hablar de ello, pero es que hasta la tía Sushiko, por lo demás muy parlanchina, se sentía incómoda cuando la conversación giraba hacia esos temas. No retomaron el contacto hasta que yo entré en secundaria.

La abuela, que siempre había sido tan estricta conmigo, se transformaba cada vez que la tía venía a vernos. Yo la recibía con los brazos abiertos, puesto que, después de todo, eran los únicos momentos en los que me dejaban comer *sushi* o *pizza*. Si además se quedaba a dormir con nosotras, mi predecesora me dejaba saltarme las clases de escritura después de la cena: ¡eso era felicidad! No me puedo creer que hasta me permitieran ver la tele. La tía traía montones de chucherías cuando venía, así que nos sentábamos las tres juntas después de comer y nos pasábamos la sobremesa picoteando. Para mí, era casi como un sueño.

En aquel momento las hermanas descansaban en la tumba familiar que la abuela había dejado dispuesta, tal como habían acordado en vida. Mi predecesora murió primero, así que le tocó aguardar la llegada de la tía. Habían compartido el útero materno, las habían separado poco después de nacer y apenas tuvieron tiempo para reencontrarse en sus últimos días. No me extrañaba que quisieran estar juntas después de la muerte.

—¡Poppo!

Era la voz de la señora Barbara.

—¡Dígame!

—¡Quedan fideos!

—¡Ahora voy!

No nos hacía falta hablar por teléfono. Bastaba con que levantáramos un poco la voz para mantener una conversación perfectamente comprensible: ventajas de ser vecinas, supongo. Me apresuré a abrir la nevera para coger los melocotones que había comprado unos días antes en la frutería del barrio con intención de comérmelos con la señora Barbara. No tenía a nadie más en la ciudad: ella era mi única amiga. La fruta estaba en su punto y rezumaba un agradable aroma dulzón.

Me avergüenzo de algunas cosas que he hecho a lo largo de mi vida. Quien más quien menos, todo el mundo tiene un par de recuerdos que preferiría olvidar; sin embargo, en mi caso, la cosa es un poco más grave. Ya había contestado a la abuela en alguna ocasión, pero no fue hasta las vacaciones de verano de mi segundo año de bachillerato cuando empecé a llevarle la contraria por sistema. La edad del pavo me había llegado tarde, pero ahí estaba, haciendo acto de presencia en todo su esplendor. Hasta entonces mi predecesora había guiado cada uno de mis pasos: me había enseñado a comportarme en la mesa, a hablar con educación y a actuar con propiedad. Yo siempre había respondido a sus esfuerzos con devoción, hasta que un buen día no lo soporté más y estallé.

—Puta vieja... ¡Déjame en paz! ¡Cierra de una vez la boca!

Esas palabras, que durante tanto tiempo había guardado en mi pecho, salieron despedidas de mi boca sin que pudiera hacer nada para evitarlo. Yo fui la primera sorprendida; por desgracia, el mal ya estaba hecho.

—¡Deja de obligarme a vivir como tú! —grité, tirando el pincel al suelo.

Era el mismo que habían hecho para mí al poco de nacer.

—¡¿Quién coño necesita que le escriban una carta hoy en día?!

Ni por esas había conseguido quedarme a gusto, puesto que a continuación le di un pisotón a la cajita de cartas que había a mis pies; de ahí que la paloma de nácar de la tapa estuviera rota. La gente de mi edad se divertía, pasaba el día en la playa, iba de acampada... Hasta las compañeras de clase con las que mejor me llevaba, chicas tirando a discretas, estaban emocionadísimas con la idea de ir a Disneyland y hacer noche en el parque de atracciones. Entre la gente que se había apuntado al viaje había un chico del Club de Arte del instituto que me hacía tilín. A mí también me habían invitado a ir. Pero, claro está, tuve que decirles que no.

De repente, me paré a pensar. La cabeza se me había enfriado de golpe y me pregunté por qué tenía que ser yo la única que se pasaba el día encerrada en casa, con el calor que hacía, escribiendo como si no tuviera otra cosa en el mundo. Toda la rabia y todas las preguntas que había ido acumulando desde que era una niña estallaron como un volcán en erupción. Salí de casa, cogí la bici y pedaleé como loca hasta llegar al restaurante de comida rápida que había al lado de la estación. En cuanto tuve la hamburguesa entre las manos, la engullí, sin apenas masticarla, y la ayudé a bajar con algunos tragos de refresco. Hasta entonces siempre había respetado los deseos de la abuela: esa era la primera vez que me comía una hamburguesa y probaba una bebida de cola.

Aquel día supuso un punto de inflexión, puesto que, desde entonces, me dediqué a dejar bien claro que pensaba seguir por el mal camino: me recogía la cintura de la falda para que pareciera más corta, me cubría los calcetines con un par de calentadores, me teñí el pelo de castaño, me perforé las orejas, destrocé el talón de los mocasines del uniforme para parecer todavía más desaliñada, y mis uñas llamaban tanto la atención que la gente me veía desde la otra punta de la calle. Era la edad de oro de las *ganguro*, una tribu urbana de la cual aspiraba a convertirme en el máximo exponente.

Siempre había sido una niña tímida y discreta, de las que procuraban no ser el centro de atención. Es natural que las personas que me conocían, incluidos mis compañeros de clase, se sorprendieran al ser testigos de un cambio tan repentino. Me había convertido en la antítesis de lo que había sido hasta el momento y me introduje a toda velocidad en el mundo de las subculturas de la época. Aquello me valió más de una discusión con la abuela. Recuerdo que llegué a apartarla de en medio a base de empujones y hasta le clavé las uñas en el brazo en más de una ocasión. Desde mi punto de vista, aquellos eran los primeros actos de resistencia que llevaba a cabo, una justa reivindicación por la vida que me había tocado vivir. Por una parte, tenía que vengarme de la persona que me había robado la infancia si quería volver a respirar tranquila; por la otra, me moría de ganas de recuperar el tiempo que había perdido durante todos aquellos años llevando la ropa que me gustaba, maquillándome como quería y comiendo lo que me daba la real gana.

Desde el momento en el que di ese giro radical, me convertí en un lobo solitario que no se acercaba a nadie en el instituto. Me juego lo que sea a que mis compañeros se pasaron meses sin saber qué pensar mientras intentaban mantenerse a una distancia prudencial. Se me caía la cara de vergüenza cada vez que lo recordaba, aunque sabía que en aquellos momentos tampoco habría sido capaz de comprender lo que me estaba pasando. Cuando acabé el instituto y entré en la escuela de diseño, volví a vestirme como una persona normal. Por mucho tiempo que hubiera pasado desde entonces, me seguía poniendo como un tomate cada vez que me cruzaba con algún conocido de mi época de bachillerato. Puestos a elegir, habría preferido que fingieran no conocerme y pasaran de largo sin saludar.

El día después del espectáculo de fuegos artificiales vino a verme un nuevo cliente preguntándome si podía escribir una notificación de divorcio. Si me hubiera pedido el típico mensaje para anunciar que se había casado, no habría tenido ningún problema. Sin embargo, tratándose de un divorcio, me quedé plantada como un poste sin saber por dónde empezar. El libro de la abuela tampoco decía nada al respecto, de modo que no me quedó más remedio que improvisar.

En lo que al contenido se refería, procuré evitar que fuera demasiado emotivo, aunque no por ello tenía que convertirse en una circular de empresa. Según me había dicho el exmarido, como la boda se había celebrado por todo lo alto, le parecía correcto informar oficialmente de la separación a las personas que habían participado en el enlace. El matrimonio no había tenido hijos y habían decidido poner fin a la relación porque ella se enamoró de otro.

—No quiero que parezca que es la responsable —dijo con serenidad mi cliente, entre sorbito y sorbito del agua con gas que le había servido cuando vino a verme a la tienda.

—¿Quiere que exponga la causa del divorcio o prefiere que no entremos detalles?

Era una decisión importante que me convenía saber antes de empezar a trabajar. El hombre dejó escapar un suave gemido mientras bajaba la vista a los pies. Siempre podíamos achacarlo a una genérica «incompatibilidad de caracteres», aunque tendría que hacer lo posible para que no sonara como un cliché. El exmarido, en contra de todo pronóstico, se decantó por la opción más valiente.

—Puede contar lo que quiera. Solo le pido que, antes de entrar en materia, se asegure de dejar claro que fuimos muy felices durante el tiempo que pasamos juntos —añadió tras un breve silencio.

Después le pedí que me describiera los momentos más hermosos que había compartido con la mujer que había sido su esposa. Estaba tan concentrada tomando nota de cualquier cosa que pudiera facilitarme el trabajo que me costó darme cuenta de que me había puesto a llorar. No me parecía justo que, después de haber compartido instantes tan hermosos, dos personas que se habían jurado amor eterno tuvieran que separarse por una estúpida broma del destino. Yo no estaba casada, y mucho menos divorciada, así que tampoco podía fingir que lo entendía. Ni siquiera había conocido a alguien junto a quien me hubiera planteado pasar el resto de mi vida.

—Bien está lo que bien acaba, como se suele decir —concluyó el caballero, mirándome a los ojos—. Eso es lo que quiero dar a entender con esta carta. Pero, cada vez que lo intento, me emociono tanto que no puedo seguir. Le estaría muy agradecido si pudiera escribirla en mi lugar.

Hay que ser una persona muy honesta para tomarse tantas molestias con el fin de solventar un problema que bien podría haberse arreglado con un simple correo electrónico. Tenía treinta y nueve años; su exmujer, cuarenta y dos, y juntos habían decidido poner fin a un matrimonio que se había prolongado durante una década y media.

Empecé estudiando el contenido de la futura carta delante del ordenador. Si el texto era sencillo, me gustaba escribirlo sin hacer cálculos ni versiones previas, ya que así suena más sincero. En casos como este, por el contrario, hay que escoger las palabras con cuidado y pulir bien el texto antes de darlo por bueno. La abuela no utilizó un ordenador en la vida, faltaría más, pero preparaba debidamente sus borradores en papel cuadriculado, como el que se usa para escribir novelas y hacer redacciones para la escuela.

La carta tenía que expresar el agradecimiento de la expareja hacia todas aquellas personas que habían velado por su matrimonio. Mi cliente quería hacerles saber que toda esa buena fe no había sido en vano. Por desgracia, el matrimonio no había logrado preservar su enlace, motivo por el cual quería disculparse y pedirles a sus allegados que siguieran a su lado a pesar de que marido y mujer hubieran optado por seguir caminos diferentes.

El contenido no lo era todo: el papel, el sobre y los útiles de escritura también tenían que convertirse en objeto de reflexión. Si el mensaje está dirigido a una sola persona, lo habitual es escribirlo en vertical con pincel y papel de rollo para cartas. El problema era que, al igual que había sucedido en su momento con las invitaciones de boda, el comunicado de divorcio iba a enviarse a más de un centenar de casas. Siempre podía redactarlo a la manera tradicional y fotocopiarlo, pero me arriesgaba a que resultara poco sincero, incluso descortés, para quien lo leyera. Las cartas no solo tienen que encontrar la forma de expresar lo que siente el remitente, sino que además deben asegurarse de que el destinatario se siente cómodo al leerlas.

No fui capaz de dar con una solución que me convenciera, así que renuncié a la opción de escribir el mensaje a mano y lo hice a ordenador. Al fin y al cabo, como el texto iba a estar firmado por dos personas, seguramente fuera la mejor manera de que esa voz conjunta se plasmara como es debido. Si escogía una tipografía lo bastante delicada, no había ninguna razón para que los matices más emotivos se perdieran por el camino. Me había propuesto que fuera una carta dulce y sensible, sin formalismos.

Tuve que reunirme varias veces con mi cliente hasta que obtuve su visto bueno. La exmujer vivía con su nueva pareja en una isla remota del sur, en el archipiélago de Okinawa, así que no llegó a pisar la papelería. Sin embargo, como el comunicado de divorcio iba a llevar la firma de los dos, también necesitaba su aprobación. Por suerte, mi cliente se ofreció a hacer de intermediario y a comunicarme las conclusiones a las que habían llegado juntos.

Unos días antes de enviar la carta a la imprenta, el exmarido insistió en que estaba dispuesto a pagarme un extra si se me ocurría la forma de que el mensaje resultara todavía más sincero. En respuesta a su demanda, requería a la empresa que hiciera las copias mediante tipos móviles. Ahora bien, por si acaso, evité recrearme con los detalles para que nadie pudiera tildar el mensaje de frívolo. En el término medio está la virtud, ¿no?

La impresión de tipos móviles fue desarrollada por Johannes Gutenberg y llegó a Japón a finales del siglo XVI. Se fundamenta en el uso de planchas en las que se insertan una serie de bloques que componen el texto carácter a carácter. A continuación, esos bloques se impregnan de tinta y se prensan sobre el papel. Hoy en día la impresión *offset* se ha extendido a casi todos los rincones del mundo; pero, durante siglos, una infinidad de libros vieron la luz gracias al invento de Gutenberg. La presión de los bloques sobre el papel crea pequeñas depresiones en la hoja, así que tal vez consiguieran transmitir la calidez artesanal que quería para el encargo.

Hasta el último momento no supe si escribir la carta en vertical o en horizontal, aunque finalmente me decanté por lo segundo. Cuando intentaba redactarla en columnas, como es tradición, la estructuraba sin querer en fórmulas de saludo, cuerpo del texto, fórmulas de despedida, posdata y énfasis final: demasiado ceremonioso para el resultado que buscaba. Las cartas en horizontal, por otra parte, permitían que me saltara la mayoría de estos formalismos y hacían que la causa del divorcio se convirtiera en el núcleo del mensaje sin miedo a que quedara eclipsada por los detalles de cortesía. Además, a diferencia de lo que pasaba hacía unos años, la gente ya no sentía tanto rechazo ante la idea de recibir una carta escrita al estilo occidental.

El resultado que llegó de la imprenta me pareció tan bonito que me habría pasado media vida acariciando las copias. Habían usado papel de algodón de la marca Crane & Co., en cuya superficie los caracteres estaban alineados con orden y discreción. Como al final había escrito la carta en horizontal, escogí un modelo de sobre apaisado de la misma casa. La cara interna estaba forrada con un delicado papel de color azul marino, parecido al del cielo nocturno en invierno. Con este detalle quería expresar que, incluso en la oscuridad más absoluta, la esperanza sigue brillando igual que las estrellas lo hacen en la noche.

Una vez que el texto estuvo listo, me preparé para escribir el nombre y la dirección de los destinatarios, uno por uno, en los sobres. La expareja había decidido que todas las personas que acudieron a la boda recibirían asimismo el correspondiente comunicado de divorcio. Mientras echaba un vistazo a los nombres, comprobé que varios de los asistentes se habían divorciado, con los consiguientes cambios de apellido y dirección. Como el texto del sobre también iba a estar escrito en horizontal, me olvidé del pincel y cogí una pluma. La tinta pertenecía a la gama clásica de Herbin. Entre los más de treinta colores que ofrecía, escogí el gris *nuage*, «gris nube» en francés.

Cuando probé la tinta sobre una muestra del papel de algodón, el tono me pareció tan claro que me recordaba demasiado a la tinta diluida que usaba para las cartas de pésame: no me quedó otra que dejar el frasco abierto durante la noche para que se evaporase una parte del agua. En realidad, habría sido más rápido guardar el bote en un recipiente hermético de plástico con una solución deshumidificadora. Una vez eliminado el exceso de agua, la tinta se había vuelto más densa y acompañaba mucho mejor al papel de Crane & Co. El resultado me pareció limpio, elegante y emotivo. Reflejaba la reserva con la que se comunicaban los sentimientos de la expareja, pero sin llegar a ser de un color triste. Después de todo, más allá de las nubes sigue estando el cielo azul.

Los sellos fueron un quebradero de cabeza hasta el último momento. Si se dice que el anverso del sobre es el rostro de la carta, el sello bien puede compararse con el pintalabios: tiene su misma capacidad para cambiar por completo la impresión que causa una cara. Si está mal elegido, da igual lo que intentes hacer con el resto del maquillaje, que la batalla estará perdida. En este trabajo, el gusto está en los detalles, así que una decisión tan concreta como la elección del sello puede llegar a decir muchas cosas acerca de la sensibilidad del remitente.

Era un encargo extraño, que no celebraba una buena noticia, pero que tampoco lloraba una tragedia. Lo convencional habría sido utilizar un sello que evocase la estación del año que estaba a punto de llegar, pero me pareció una opción demasiado manida. Teniendo en cuenta lo que decía el mensaje y el efecto que iba a provocar en sus destinatarios, un sello conmemorativo de Kamakura tampoco me parecía adecuado, por mucho que la pareja hubiera vivido durante años en la ciudad. Ni siquiera echando mano de la colección de sellos de la abuela encontré algo que me convenciera. Viendo que a mi alrededor no había nada que pudiera usar, acabé recurriendo a internet en busca de una colección que se hubiera expedido quince años antes, es decir, cuando mis clientes contrajeron matrimonio. Si los sellos habían visto la luz a la par que su vida en común, al menos tendría sentido que ocuparan un lugar en el sobre.

Queridos familiares y amigos:
El verano se ha abierto paso con fuerza y ha llenado Kamakura de luz y de verdor. Esperamos, de todo corazón, que estéis disfrutando de estos días.
Parece que fue ayer cuando nos reunimos con vosotros en el santuario de Tsurugaoka Hachiman-gū para festejar la ceremonia que nos convirtió en marido y mujer. También a nosotros nos cuesta creer que hayan pasado quince años desde entonces. Contraer matrimonio en vuestra presencia, bajo aquella hermosa lluvia de pétalos de cerezo, fue un momento mágico que jamás olvidaremos.
Hemos vivido consagrados al trabajo durante estos años, haciendo pequeñas escapadas a la playa y a la montaña

durante los fines de semana. Puede que no parezca gran cosa, pero compartir el día a día nos ha permitido disfrutar de una felicidad plácida y cotidiana. En nuestra opinión, son estas pequeñas cosas las que te enseñan a amar y a comprender a otra persona.

Como sabéis, no hemos conocido la dicha de ser padres. No obstante, nuestra perrita Hanna ha sido un auténtico regalo del cielo y se ha convertido en la niña mimada de la casa. El viaje que hicimos con ella a Okinawa es uno de los recuerdos más preciados que guardamos.

Por desgracia, nos dirigimos a vosotros con una mala noticia: a finales de julio decidimos poner fin a nuestra relación y solicitamos el divorcio. Hemos hablado durante horas buscando la forma de seguir adelante con nuestra relación y queremos expresar nuestro más sincero agradecimiento a los amigos que han actuado a modo de intermediarios en busca de una manera de arreglar las cosas.

Sin embargo, a pesar de nuestros esfuerzos, nada ha logrado apaciguar el malestar de la que era mi esposa, quien ha decidido iniciar una nueva vida en compañía de otra persona. Lo mejor que podíamos hacer era poner fin a este matrimonio con el objetivo de que no haya nada de lo que debamos arrepentirnos en el futuro.

No podremos pasar la vida juntos, como era nuestro deseo, pero continuaremos brindándonos apoyo mutuo, desde la distancia, en esta nueva etapa que estamos a punto de iniciar. Os rogamos que también vosotros aceptéis esta decisión como un acto de valor, con el que esperamos volver a ser felices a su debido tiempo.

Nos parte el corazón traicionar las expectativas de todos aquellos que habéis velado con afecto por nuestro matrimonio y os damos las gracias por vuestro cariño y amabilidad. Ojalá tuviéramos palabras para expresar el apoyo y el bienestar que hemos sentido siempre en vuestra presencia.

Incluso si nuestros caminos se han separado, nos haría muy felices que siguierais formando parte de nuestras vidas. Rezamos para que llegue el día en el que podamos volver a reír juntos.

Muchas gracias por todo lo que nos habéis ofrecido a lo largo de los años.

Con cariño,

Lo siguiente era añadir la fecha y escribir a mano el nombre de los remitentes.

La escritura vertical tiene la ventaja de que omite gran parte de la puntuación. La horizontal, en cambio, es capaz de hacer que cualquier mensaje parezca una carta de negocios. El resultado final ocupó dos hojas, que doblé con cuidado a medida que las introducía por parejas en los sobres. Solo faltaba sellarlos con lacre, para lo que usé una tonalidad intensa, entre el verde y el azul, casi turquesa. La exmujer apenas había mostrado su parecer en lo que al texto se refiere, pero no tuvo ninguna duda a la hora de escoger aquel color.

Coloqué la cera en la misma cuchara de plata que usaba la abuela para estos menesteres, la sostuve sobre el quemador de alcohol y dejé que la pasta se deshiciera poco a poco mientras aspiraba su característico olor a miel. Cuando estuvo lista, la derramé sobre el cierre del primer sobre y la presioné con el sello. Tras retirarlo con cuidado, admiré la impronta en forma de M que tenía grabada en la base y que coincidía con la inicial del nombre de mis dos clientes. Según me contó el exmarido, lo encontraron por casualidad durante su luna de miel en Italia. Estrenarlo para sellar la carta que anunciaba su divorcio me pareció una grandísima ironía del destino, aunque el resultado, tan brillante que parecía húmedo, era magnífico.

Cada vez que usaba el sello, tenía que esperar a que volviera a enfriarse; pero, incluso así, no descansé hasta que todos los sobres estuvieron cerrados. Si alguno no quedaba del todo bien, esperaba hasta que la cera se atemperase, volvía a derretirla y empezaba de cero. En cuanto los llevara a la oficina de correos de la estación por la mañana, el proyecto al que había dedicado casi todo el último mes estaría terminado. Pese a que sabía que la expareja ya había firmado los papeles del divorcio, algo me decía que el matrimonio no se habría disuelto de verdad hasta que enviara las cartas.

Nada más acabar el trabajo, me asaltaron las dudas y corrí a pesar un sobre cualquiera en la vieja balanza de la bisabuela. No se me ocurría peor falta de educación que enviar una carta a la que iban a tener que ponerle un sello de «franqueo insuficiente». Para enviar correspondencia estándar, de hasta veinticinco gramos, se usaban sellos de ochenta y dos yenes. Si las cartas sobrepasaban ese límite, había que pegar un sello adicional por valor de diez yenes. Por suerte, solo pesaban dieciocho gramos. ¡Falsa alarma!

Miré el calendario y me di cuenta de que estábamos en agosto. Muy pronto se celebraría el Obon, la fiesta de los difuntos. Sin darme cuenta, el festival de los farolillos, así como el del *jizō* negro —un hombre santo que aliviaba el fuego de las llamas del infierno—, habían quedado atrás. Por primera vez después de varias semanas, sentí como si me quitara los tapones que alguien me hubiera puesto en las orejas. El insistente canto de las cigarras volvía a atravesar mis oídos.

La papelería Tsubaki cerró sus puertas durante la semana del Obon. El último día de fiesta, fui andando hasta la estación de Kamakura, cogí el tren que iba en dirección a Yokosuka y me apeé en Tokio. No tenía nada que hacer en casa, así que aproveché el tiempo para comprar sellos. Puede que Kamakura no sea una gran ciudad, pero tiene de todo para hacer las compras del día a día, de modo que aquella era la primera vez que iba a la capital en mucho tiempo.

Las notificaciones de divorcio habían llegado correctamente a sus destinatarios. Aunque no mencionaban de manera explícita los motivos que habían conducido a la separación, parecía que casi todo el mundo había comprendido las circunstancias. Por lo que el exmarido me contó más tarde, muchas personas de las que se había distanciado con el paso tiempo retomaron el contacto para darle ánimos en aquellos momentos tan difíciles: se le veía más alegre que la primera vez que entró en la tienda. Si informar oficialmente de una decisión tan importante le había ayudado a pasar página, aquellas cartas debían de haber cobrado un valor muy especial para la expareja. Me avergonzaba del mal rato que había pasado por culpa de los sellos. Incluso después de enviar las cartas, seguí dándole vueltas al asunto, preguntándome si acaso no habría podido encontrar una opción mejor. Como no me apetecía arrepentirme por segunda vez de un descuido como ese, decidí renovar la colección de sellos de la papelería.

Después de sobrevivir al comunicado de divorcio —que había terminado por convertirse en un proyecto de considerable magnitud—, empecé a sentirme orgullosa de mi profesión. Hubo una época en la que me empeñé en llevarle la contraria a la abuela y en maldecir la suerte que me obligaba a seguir sus pasos. Sin embargo, a medida que el tiempo pasaba, fui dándome cuenta de que eso era lo único que sabía hacer de verdad. Mis estudios de diseño también contaban, por supuesto, pero fue la práctica con el pincel la que me permitió salir a flote mientras huía de todo, refugiada en el extranjero, cuando la abuela murió.

Cada vez que empezaba a verme apurada de dinero, aceptaba encargos de caligrafía para aquella enorme cantidad de extranjeros que habían quedado fascinados por la lengua japonesa y su escritura. El interés por las culturas orientales estaba en auge, y muchos jóvenes llevaban, con sumo orgullo, camisetas con mensajes en *kanji* o incluso se tatuaban los caracteres en la piel. En la mayoría de los casos, estaban mal escritos o expresaban ideas tan absurdas que me sacaban una sonrisa; aunque, estrictamente hablando, no pudieran considerarse errores. Raro era el día que no veía que alguien confundía el carácter 侍 («samurái») con 待 («esperar»), pasando por alto el pequeño detalle de que el segundo tiene un trazo más. Otro tanto sucedía con la palabra 自由 («libertad»), que se transformaba en 無料 («gratis») al imprimirse en la camiseta de alguna chica que caminaba despreocupada y ajena a lo que decía el texto. El error procedía de que ambas ideas, «libertad» y «gratuito», equivalían a la misma palabra inglesa: *free*. Encontrar un texto correcto era casi un milagro.

Yo escribía con pincel lo que mis clientes me pedían, bien fuera con uno de los dos silabarios o bien recurriendo a los *kanji*, y quiero pensar que el resultado los hacía felices. Solo entonces comencé a darme cuenta de que las enseñanzas de la abuela podían ayudar a la gente. Cuando, por primera vez en la vida, quise darle las gracias por mostrarme los secretos del oficio, ya era tarde. Al cabo de un tiempo, la tía Sushiko también nos dejó, volví a Kamakura y me hice cargo de la papelería. No estaba segura, probablemente nunca lo estaré, pero tenía la impresión de que los años que pasé en el extranjero habían contribuido a asentar las bases de mi formación y a encender la llama de mi vocación como escribiente.

Después de hacer acopio de sellos, regresé a Kamakura al atardecer, orgullosa de haber aprovechado el día. Estaba a punto de salir del andén por la puerta este de la estación cuando oí que alguien me llamaba.

—¡Poppo! —exclamó una voz alegre en medio del gentío.

Me eché a temblar, temiendo que alguna antigua compañera de instituto me hubiera reconocido. Nada más lejos de la verdad: tal como sugerían el tono y el timbre de voz, solo era la señora Barbara. Al girarme hacia ella, la vi saludándome entre la marabunta de viajeros. Me abrí paso entre ellos como buenamente pude y, tras lo que me pareció una odisea, al fin me reuní con mi vecina. Debía de volver de la peluquería, puesto que llevaba su media melena perfectamente rizada.

—¡Le sienta de maravilla!

—Gracias, querida. ¿Has salido? —me preguntó, con su alegría habitual.

—Sí, he ido a Tokio a comprar sellos.

—¿Ya has cenado?

Cuando le dije que no, me propuso que fuéramos a la playa a comer algo; su sonrisa era tan radiante como una bombilla de cien vatios. Me había pasado las fiestas del Obon comiendo sola, de modo que la idea de ponerles fin cenando acompañada me parecía sacada de un sueño. Además, la señora Barbara era la única persona con quien tenía la confianza de sentarme a comer a la mesa.

Dejamos atrás la estación y avanzamos por la avenida Wakamiya en dirección al mar, admirando la deslumbrante puesta de sol que nos acompañaba. De camino, pasamos junto a la panadería de la cooperativa y aproveché para comprar un par de bollos rellenos de pasta de judías dulces. Estrictamente hablando, se trataba del «punto de venta directo de la cooperativa agrícola de Kamakura», pero nadie lo llamaba así. Funcionaba, a casi todos los efectos, como un mercado cubierto en el que los agricultores de la zona podían vender sus productos. El complejo abría a diario, a las ocho de la mañana para ser exactos, excepto en alguna que otra fecha señalada y en los cuatro días festivos de Año Nuevo. Una de las esquinas estaba ocupada por Paradise Alley, una panadería donde vendían unos bollos de judías rojas capaces de enamorar a cualquiera. Por muchas veces que fuera, la carita feliz, dibujada con harina, con la que decoraban la parte superior de los bollitos siempre me robaba una sonrisa. Debían de estar recién hechos, porque todavía se conservaban calientes.

Una vez en la playa, los tenderetes se sucedían, siguiendo la línea de costa, con todo tipo de comida. Me quité los zapatos en mitad de las escaleras que bajaban desde el paseo y me di cuenta de todo el tiempo que llevaba sin caminar descalza. Tan pronto como dejé atrás el tacto del cemento y pisé la arena, su refrescante textura me envolvió los pies.

—¡Me encanta ir descalza por la playa! —exclamó la señora Barbara, alegre como una niña, con su hermosa pedicura blanca.

—Es agradable, ¿verdad?

Seguí a mi vecina hasta los puestos. Con cada paso que daba, la arena me cubría los pies y volvía a desprenderse de ellos como si estuviera habitada por un séquito de minúsculas hadas decididas a hacerme cosquillas.

El puesto de comida tailandesa favorito de la señora Barbara estaba a rebosar. Después de asegurarnos una mesa con vistas al mar, salimos de la terraza y nos dirigimos a la zona de tenderetes para decidir qué íbamos a cenar. Yo pedí unos rollitos de primavera y unas espinacas de agua salteadas, mientras que la señora Barbara no pudo resistirse a un plato tailandés de fideos fritos con cacahuete llamado *pad thai*. Cuando volvimos a la mesa, lo compartimos todo, como buenas amigas.

Ya había anochecido y el cielo se vestía de negro. Los niños jugaban en la arena con sus bengalas, iluminando la joven noche. Mientras tanto, las olas acariciaban la costa con tanta ternura como la madre que canta una nana entre susurros. En medio de aquel paisaje, me pareció ver a un perro que movía sus patitas, decidido a nadar en dirección al vasto mar. Al oír que la señora Barbara gritaba mi nombre, comprendí que me había quedado embobada mirando la escena.

—Me parece muy bien que te atontes mirando el mar, ¡pero a este paso se te va a enfriar la cena! —dijo, sirviéndome otro poco de *pad thai*.

Los fideos tenían un aroma agridulce, cargado de matices asiáticos y demasiado complejo como para discernir los ingredientes solo con olerlos. En cuanto a los palillos de plástico que nos habían dado, no eran, lo que se dice, demasiado prácticos. Cuando los sujeté para degustar el primer bocado, el humo que desprendía el *pad thai* se extendió a su alrededor en una danza neblinosa. Los cacahuetes fritos conferían al plato una textura crocante y un regusto de lo más agradable. Por su parte, la señora Barbara había mordido un rollito de primavera, dejando escapar el característico crujido de la masa al romperse. Después de haber dado tantas vueltas por el mundo, trabajando en los campos de cultivo o en cualquier otro trabajo que se terciara, me había acostumbrado a la intensidad del cilantro y de la salsa de pescado tailandesa. Las espinacas de agua también estaban en su punto, ni demasiado sosas ni demasiado saladas. Todas las raciones eran generosas y enseguida tuve claro que no íbamos a quedarnos con hambre.

Cuando miré de nuevo al mar, las estrellas brillaban en el cielo y desplegaban sus constelaciones sobre las aguas; por extraño que parezca, se me antojaban más grandes y plácidas que de costumbre. Mientras conversaba en silencio con esos puntitos de luz, la voz de la señora Barbara volvió a sacarme de mi ensimismamiento.

—No puedo creer que el verano casi haya acabado —suspiró, encogida de hombros, con una tristeza que parecía nacerle del alma.

La playa, que en esos momentos rebosaba de vida, empezaría a vaciarse tras la fiesta de los difuntos. Con la llegada de septiembre, también los puestos desaparecerían.

—¿Cuál es su estación favorita? —le pregunté a mi vecina mientras seguía observando el mar.

—Todas, ¡faltaría más! —Ni siquiera tuvo que pensarlo—. En primavera florecen los cerezos; en verano, puedes ir a nadar; en otoño, la comida sabe mejor; y en invierno, las estrellas son más bonitas que nunca y el mundo parece en paz. Soy una caprichosa, así que me niego a conformarme con una cuando puedo tenerlas todas: primavera, verano, otoño e invierno. Apúntame las cuatro.

No se me habría ocurrido una respuesta más propia de ella.

—¿Y la tuya, Poppo?

—Creía que era el verano —contesté con evasivas.

—¿Este año no te lo has pasado bien?

—No, no es eso —dije, procurando sonreír.

Las bengalas se habían apagado, el perro había regresado a la orilla y el viento empezaba a soplar con fuerza. Si bien los días seguían siendo cálidos, la brisa marina se volvía cada vez más fría al caer la noche.

—¿Quieres que vayamos a tomar un té a la cafetería de enfrente? —sugirió la señora Barbara, al verme abrir el bolso en busca de la chaqueta.

La cafetería en cuestión estaba en la playa de Zaimokuza. Durante la temporada de verano, un puente de madera la conecta con la de Yuigahama, así que basta con subir un tramo de escalones para atravesar el estuario del río Nameri, que es lo único que las separa. De esta manera, la gente puede ir de un lado a otro sin necesidad de dar toda la vuelta por el camino de la costa. Todavía descalzas, la señora Barbara y yo atravesamos el puente en nuestro camino hacia la orilla opuesta. Casi todos los turistas vienen a Yuigahama, mientras que la población local suele preferir la playa a la que nos dirigíamos en esos momentos. Sentí que la arena estaba mucho más fresca que cuando habíamos bajado a cenar. Entre una cosa y la otra, debía de haber cogido frío, ya que el cuerpo me agradeció el calor del té de jazmín que bebía sorbito a sorbito mientras escuchaba la canción de los Southern All Stars que sonaba a todo volumen en el local. La bebida caliente hizo que enseguida nos entrara sueño, así que decidimos dar la noche por terminada. La playa es uno de esos lugares que te drenan la energía con solo estar en ellos: aunque no hagas nada, acabas agotada.

Envueltas por la noche, pusimos rumbo a la estación apretando el paso. Desde donde estábamos, podía verse el santuario de Hachiman-gū en la distancia. Dicen que, antes de que la línea de Yokosuka entrara en servicio, había un primer arco ritual que señalaba el punto donde comenzaba la calle que, pendiente arriba, conducía hasta el templo. Cuando nos acercábamos al segundo de estos arcos, todavía en pie, la luna por fin se dejó ver en el cielo y la señora Barbara comenzó a tararear una melodía improvisada que bien podría haber sacado de una canción infantil.

Como dijo que tenía que comprar algunas cosas antes de volver a casa, nos despedimos al llegar a la estación. Aún no eran las ocho de la tarde, de modo que, con un poco de suerte, pillaría el supermercado Kinokuniya abierto, aunque fuera por los pelos. A mí no se me ocurría nada que pudiera necesitar, así que me adelanté y cogí el siguiente autobús en dirección al santuario de Kamakura-gū; estaba demasiado cansada como para llegar a casa andando. Daba gusto avanzar a toda velocidad por la avenida Wakamiya, sabiendo que, durante el día, los embotellamientos hacían que el tráfico fuera un infierno. En la pastelería Yoshimaya, una de las más populares de la ciudad, había colgado un *oharahisan* tan grande que parecía un *hula-hoop*.

Cada vez que contemplaba el santuario de Hachiman-gū de noche, me venía a la mente el castillo submarino del rey dragón que sale en los cuentos. También en aquella ocasión lo miré absorta, reluciente bajo la luz de los focos, hasta que me acordé de los bollitos de judías dulces. Los había comprado para comérmelos con la señora Barbara cuando llegáramos a la playa, pero al final se habían quedado en mi bolso. Consciente de que no era de buena educación, mordisqueé con disimulo un trocito mientras seguía sentada en el autobús.

La corteza crujiente, similar a la de una *baguette*, ocultaba en su interior la esponjosa pasta de judías, suave y cremosa, sin rastros de piel, como a mí me gustaba. Tenía un ligero toque agridulce, por lo que era posible que también contuviera trocitos de fruta, tal vez de albaricoque. El bollito que había reservado para la señora Barbara la estaría esperando en la puerta de casa cuando llegara, colgando del pomo en una bolsa.

La papelería Tsubaki volvería a ofrecer sus servicios al día siguiente. Por el momento, no obstante, tenía suficiente con entrar en mi propia casa. Nada más cruzar el umbral, advertí un extraño sonido procedente de algún lugar de la vivienda: un grillo se había colado durante mi ausencia y ya llevaba un buen rato oyendo su refrescante cri, cri, cri. En un primer momento, pensé en buscarlo para echarlo de la casa de inmediato. Sin embargo, al cabo de unos segundos, cambié de opinión y decidí disfrutar de su canto un poco más.

Me apetecía tomarme una copa antes de acostarme, así que cogí la botella de licor de ciruela que la tía había dejado en casa y me serví un vaso. Sus padres deseaban que a las gemelas nunca les faltara comida que llevarse a la boca, de ahí que a la mayor la llamaran Kashiko y a la menor Sushiko, esto es, «niña de los dulces» y «niña del *sushi*», respectivamente. No estoy segura de que aquel deseo llegara a cumplirse. Solo sabía que en esos momentos las dos hermanas con nombres de comida descansaban juntas en una tumba.

De repente, caí en la cuenta de que la fiesta de los difuntos aún no había terminado y coloqué un vaso con una ofrenda de licor de ciruela en el altar. La tía Sushiko disfrutaba de alguna que otra copa ocasional, pero la abuela no bebía ni gota de alcohol. Siempre me había parecido gracioso que dos personas con el mismo rostro pudieran ser tan diferentes. Cuando a la abuela le ofrecían cualquier cosa, la rechazaba y se disculpaba incómoda; cuando se lo ofrecían a la tía, lo aceptaba, sonriente y agradecida.

Procurando acompañar a la solitaria melodía del grillo, golpeé el cuenco metálico que había junto al altar y junté las manos en señal de oración. Mi nuevo compañero de piso debía de haber traído el otoño consigo, puesto que en ese instante un soplo de aire fresco se coló en la casa por algún rincón.

OTOÑO

秋

Puede que el otoño sea la época del año en la que más cartas se escriben. Desde finales de verano, no habían dejado de llegar encargos: mensajes de despedida, de preocupación tras recibir malas noticias, de ánimo para quien no había conseguido el trabajo al que aspiraba y de disculpa cada vez que alguien perdía el conocimiento en la barra del bar por haber bebido demasiado. En resumen, más de la mitad de mi trabajo consistía en poner por escrito cosas que la gente no se atrevía a decir a la cara. Fue entonces cuando recibí la propuesta de enviar una carta normal y corriente.

—¿También escribe cartas normales? —inquirió con cierta reserva el señor Sonoda—. Solo quiero hacerle saber a alguien que estoy vivo.

Su voz era apacible y tranquila, como la dulce brisa que sopla en lo alto de una hermosa colina.

—¿A quién va dirigida? —pregunté, procurando suavizar el tono de mis palabras para acomodarlo al suyo.

—Es para una amiga de la infancia con quien estuve prometido. Las cosas no salieron como esperábamos, me casé con otra mujer, tuve una hija... Me he enterado de que ha conocido a alguien y de que es feliz en el norte. No hay nada en particular que quiera contarle, después de todo, hace más de veinte años que no nos vemos. Solo quiero que sepa que estoy bien.

Si fuera tan fácil, habría escrito la carta él mismo. Estuve a punto de decirlo en voz alta, pero por suerte me mordí la lengua antes de que las palabras se escaparan de mi boca: la situación era más compleja de lo que parecía a simple vista.

—Me cuesta aceptarlo, es cierto, pero la quería de verdad. Era la única mujer con la que habría compartido mi vida, pero...

El señor Sonoda bajó la vista al suelo, incapaz de seguir hablando. Hacía ya un rato que oía a un pajarillo piando frente a la puerta de la tienda. Lo veía dar golpecitos en el suelo mientras movía la cola de un lado a otro, por lo que supuse que debía de tratarse de una lavandera. El cielo ya se había teñido de los colores del otoño, y pronto me tocaría encender la estufa en la tienda, a menos, claro está, que quisiera que tanto los clientes como yo nos quedáramos helados de frío.

Tenía la impresión de que, si le daba un poco de tiempo, el señor Sonoda recuperaría la compostura. Mientras tanto, yo me dirigí a la cocina y preparé un par de tazas de té negro. Coincidía que esa misma mañana había pasado por la pastelería Nagashima mientras hacía la compra y tenía algunos pastelitos de arroz en casa. Coloqué uno relleno de castaña sobre un papelito tradicional para servir comida y se lo acerqué a mi invitado cuando llevé la tetera. En cuanto vertí el té en unas tazas anticuadas, su aroma, cálido como un rayo de sol, se extendió por la tienda.

—He pensado que a lo mejor le apetecía —dije, ofreciéndole el té y el pastelito de arroz.

Esperaba que aquello contribuyera a calmar sus nervios, así que crucé los dedos para que le gustaran los dulces. Yo misma bebí un sorbo de té y probé el pastelito de judías que había servido para mí. La pasta de arroz que lo recubría se mantenía suave y esponjosa.

Así que... una carta normal y corriente. En la inmensa mayoría de los casos, la gente venía a buscarme cuando tenía algo importante que contar. Por eso, a la que hablaban de cartas normales y corrientes, me saltaban todas las alarmas.

—¿Qué le gustaría que dijera la carta? ¿Hay algo en particular que quiera contarle a su amiga? —le pregunté al señor Sonoda mientras me limpiaba la harina de los labios.

—Debe de pensar que soy un desconsiderado por pedirle que escriba lo que quiera, pero le aseguro que basta con que hable de trivialidades. Verá, a ella siempre le han gustado las cartas. Mantuvimos una relación a distancia durante un tiempo, cuando éramos estudiantes. Ella escribía a menudo; raro era el día que no tenía una carta suya en el buzón. A mí, en cambio, no se me dan bien estas cosas. A pesar de todo, se alegraba como una niña cada vez que por fin me animaba a escribirle. Se le notaba en la manera de responderme después. A veces incluso me enviaba alguna flor prensada en el sobre. Podría escribirle yo mismo, lo sé, pero no me parece que fuera justo para mi esposa.

—Lo comprendo —dije, asintiendo.

—¿Y la letra? ¿Podría escribir la carta con letra de mujer?

—¿Con letra de mujer?

La pregunta me pareció tan fuera de lugar que, en vez de responder, solo acerté a repetirla palabra por palabra. Que yo supiera, en este trabajo, los encargos de hombre se escriben con letra masculina, y los de mujer, con caligrafía femenina.

El señor Sonoda volvió a hablar antes de que pudiera responderle.

—Estoy seguro de que es feliz y por nada del mundo querría hacer algo que pusiera en peligro esa situación, por eso no quiero que su marido sospeche que es un hombre quien le escribe. Nunca me perdonaría que su relación se viera afectada por mi culpa. —Volví a asentir para indicar que lo comprendía—. Por suerte, me llamo Kaoru, que es nombre tanto de hombre como de mujer. Si por algún casual fuera él quien recogiera el sobre del buzón, no sospecharía nada al ver el remite ni la letra. Pensaría que le ha escrito una antigua compañera de clase o tal vez una amiga. Me parece que es lo más adecuado para evitar que su esposo se forme ideas equivocadas y, a la vez, hacerle saber a Sakura que soy yo quien le escribe. Ese es su nombre: Sakura.

—Me hago cargo de la situación.

Me había convencido: no quería retomar la relación ni confesarle a Sakura lo que sentía, tan solo se había propuesto enviarle una carta. El señor Sonoda se llevó la taza de té, ya medio frío, a los labios y sonrió como una flor de camelia que despliega sus pétalos.

—Le prometo que lo he pensado largo y tendido.

Tenía una sonrisa dulce y amable. No me cabía duda de que Sakura se sentiría de lo más dichosa al recibir un mensaje de un hombre como aquel. Después de servir una segunda taza de té, le hice a mi cliente algunas preguntas acerca de sus recuerdos en común y del tipo de vida que llevaba ahora. Lo había apuntado todo, excepto la dirección de Sakura y su nombre de casada.

—Después de casarse, pasó a llamarse Sakura Sakura —reveló, sonriente, mientras bajaba la vista a una hojita de notas que traía preparada de casa.

En japonés, hay muchos nombres y apellidos que suenan igual, pero que se escriben de manera diferente. Mirando sus apuntes por encima del hombro, comprobé que su antiguo amor figuraba como 桜 (Sakura: nombre) 佐倉 (Sakura: apellido). De modo que ahí estaba, la señora Sakura Sakura, residente en una pequeña localidad del norte y, de repente, tan cercana a mi corazón que me parecía que la conociera de toda la vida.

—¿Podría llevármelo a casa? —preguntó tímidamente el señor Sonoda, señalando el pastelito de arroz una vez que las tazas volvieron a estar vacías—. A mi hija le encantan.

Era evidente que había rehecho su vida y que la señora Sakura no formaba parte de ella. De manera similar, también aquella mujer del norte había renunciado para siempre a la posibilidad de convertirse en la señora Sakura Sonoda. Mientras nosotros hablábamos, la pequeña golosa debía de estar esperando impaciente que su padre volviera a casa.

—¡Desde luego! ¡Enseguida se lo envuelvo en un poco de film transparente! —exclamé, poniéndome en pie antes de dirigirme a la cocina.

—No se moleste, por favor.

El señor Sonoda había desplegado el papel sobre el que le había servido el pastelito y lo había usado para envolverlo.

—¿Le pago ya?

—No hay prisa. Ya lo hará otro día que le venga de paso —dije mientras lo acompañaba hasta la puerta.

Cuando se disponía a salir, se cruzó con un par de niñas que habían entrado a comprar. En las últimas semanas, ya habían venido unas cuantas veces.

Me sorprendió que aquel hombre se tomara tantas molestias con tal de hacerle llegar una carta a su primer amor. Hoy en día, con internet, habría podido contactar con ella de mil formas más sencillas. No habría sido ni la primera ni la última vez que una persona busca a su expareja en las redes sociales, aunque con frecuencia esto acaba dando pie a que vuelvan a estar juntos. Él nunca habría hecho algo parecido, y tenía la impresión de que Sakura tampoco lo habría permitido. La carta tenía mucho más sentido de lo que parecía a primera vista: era la manera perfecta de no cruzar ciertas líneas, de evitar acercarse y de asegurarse de que no perjudicaba de ninguna manera la vida de la persona a quien iba dirigida. Me pareció un detalle de una delicadeza extraordinaria.

Pasé los días siguientes en compañía del señor Sonoda. No en sentido literal, por supuesto. Quería asegurarme de que el mensaje transmitía su dulzura, su cuidado a la hora de escoger las palabras, su recuerdo, incluso su olor: siempre se ha dicho que las cartas son un reflejo de la persona que las escribe. Mi cliente me había contado que pronto iban a tener que ingresarlo. No entró en detalles y me aseguró que su vida no corría peligro, pero el susto había bastado para que, por primera vez, se parara a pensar seriamente en la muerte. Gracias a ello, se dio cuenta de que solo tenía una espina clavada: Sakura. Mirándome a los ojos y con voz grave, me dejó claro que, en el hipotético caso de que algo saliera mal, quería marcharse de este mundo sin nada de lo que arrepentirse. Reía avergonzado, confesándome que la perspectiva de la operación le había removido algo por dentro.

No dudo que fuera cierto. Por muy rutinaria que sea una cirugía, es imposible que alguien se quede tranquilo sabiendo que van a dormirlo y a abrirlo con un bisturí; me parecía natural que el señor Sonoda se pusiera en lo peor. De no haber sido por ello, es posible que nunca se hubiese planteado escribir a Sakura. Mientras pensaba en su situación, la imagen de la abuela me vino a la cabeza. La habían operado algunos años antes, pero yo no había estado a su lado.

Después de hacerme una idea de cómo debía ser la carta, escogí las herramientas que iba a necesitar y me enfrasqué en el trabajo. Las mismas palabras pueden causar impresiones muy distintas según estén escritas con bolígrafo, pluma, rotulador con punta de pincel o pincel. Por norma general, escribir una carta a lápiz se considera de mala educación, así que esa opción quedaba descartada. Después de mucho pensarlo, me decanté por utilizar una pluma de cristal. Me parecía la mejor elección para plasmar la dulzura, limpia y cristalina, del señor Sonoda. Me había propuesto que esa carta se convirtiera en un regalo encantador que mi cliente le enviaba a su antigua amada.

Hacía muchísimo tiempo que no cogía la pluma de cristal que había en la cajita para cartas que me había regalado la abuela. Estos útiles de escritura se fabrican en una sola pieza de vidrio. Me había pasado media vida creyendo que venían de Europa, hasta que un buen día descubrí que, de hecho, los primeros modelos fueron creados en Japón, en el año 1902, por un soplador de vidrio llamado Sadajirō Sasaki. Poco después de ver la luz, el invento se extendió a marchas forzadas por Francia e Italia. Las plumas de cristal se caracterizan por tener ocho pequeños surcos en la base, que son los que permiten absorber la tinta para después dejar que se libere por la punta.

No es una herramienta que se emplee a menudo, por eso confiere una magia especial cuando se usa en el momento adecuado. La pluma de la abuela era una elegante obra de artesanía de color rosado. ¿Podía haber algo más oportuno para escribir a una persona que se llama igual que las flores del cerezo?

El papel tenía que ser afín a una pluma de estas características, así que opté por una hoja de superficie lisa. Las variedades con fibras menos uniformes, como sería el caso del papel japonés, no son las más indicadas para este tipo de labores: como la punta de la pluma es tan rígida, suele engancharse en las fibras sueltas y esto impide que la tinta fluya como es debido. En esa ocasión escogí un papel verjurado de color crema de origen belga, un material que se usaba desde hacía siglos en las casas reales y aristocráticas de Europa. Durante el proceso de fabricación, el alambre que rodea el rodillo de filigrana deja su impronta en el papel y crea delicadas vetas que le conceden esa textura tan particular. Al tocarlo, transmite la calidez del papel hecho a mano, la misma dulzura y la misma suavidad. Me parecía perfecto para preservar los matices del mensaje que el señor Sonoda me había pedido que transmitiera.

En lo que a la extensión de la carta se refiere, intenté que cupiera en una tarjeta postal. Si el texto se alargaba durante páginas, Sakura podría sentirse abrumada; mientras que si me limitaba a enviarle una simple postal, era posible que alguien leyera el contenido. Los sentimientos del señor Sonoda se merecían algo mejor que aquello, así que no paré hasta encontrar un término medio: decidí que el mensaje no debía superar la extensión de una postal, pero que a su vez se mantendría a salvo en su sobre. Sakura sería la única persona que leería el contenido, y los buenos deseos del remitente no le causarían daño a nadie.

Estaba decidida a escribir la carta con tinta sepia. Fue el color en el que pensé cuando el señor Sonoda me contó su historia, y desde entonces nada había hecho que cambiara de opinión. Destapé el frasco de tinta, introduje la pluma y los ocho pequeños surcos del extremo inferior absorbieron el líquido. La pluma de cristal, que hasta entonces había sido tan diáfana como un carámbano, se tiñó del color de las hojas secas. Escribí la fórmula de saludo en una cara de la postal, dejé la pluma y esperé con paciencia hasta que la tinta se secó.

Había dedicado un buen rato a pensar en el modo de dirigirme a la destinataria: «Señora Sakura» (桜様), por su nombre; «Señora Sakura» (佐倉様), por su apellido; o «Señora Sakura Sakura» (佐倉桜様), lo que haría que la carta tuviera un tono bastante más formal. Había probado todas las combinaciones para ver cómo quedaban por escrito, ya que también el tratamiento honorífico con el que iba a dirigirme a ella me planteaba algunas dudas. Lo habitual era expresarlo en *kanji* (様), pero como tenía que colocarlo justo después del conjunto de sinogramas que formaban el nombre, se me ocurrió que a lo mejor podía limitarme a reproducir la sonoridad de la palabra y escribirla directamente en el silabario *hiragana* como さま (*sama*). Era una opción que solía reservarse para casos en los que el remitente se dirigía a alguien a quien consideraba de una posición social inferior; pero, dado que el señor Sonoda y la señora Sakura habían mantenido una relación tan estrecha, no creía que supusiera una falta de respeto. Al contrario, con un poco de suerte podía acabar transmitiendo una cierta cercanía.

Volví a escribir las tres opciones, olvidándome del *kanji* del tratamiento honorífico y dando prioridad a la fonética: «Señora Sakura» (桜さま), por el nombre; «Señora Sakura» (佐倉さま), por el apellido; o «Señora Sakura Sakura» (佐倉桜さま). Una vez plasmada sobre el papel, me di cuenta de que esta opción no producía el efecto que buscaba: el sinograma era mucho más adecuado para reflejar la cortesía que caracterizaba a mi cliente. Ahora bien, no estaba dispuesta a renunciar a algún grado de intimidad, así que intenté alcanzar cierto equilibrio escribiendo el nombre de la señora Sakura mediante los caracteres del silabario: さくら. No solo resultaba más cálido, sino que además la propia destinataria podía interpretar si el «Sakura» que figuraba en la tarjeta hacía referencia a su nombre o a su apellido. Esa ambigüedad me parecía más adecuada que el empeño por definir las emociones de mi cliente.

Cuando la tinta se secó, di la vuelta a la hoja. Ya había decidido, a grandes rasgos, lo que iba a decir la nota, pero todavía tenía que darle forma sobre el papel. En esa ocasión, ni me planteé hacer un borrador: lo que escribiera en la primera versión sería también el texto definitivo. Seguía decidida a no extenderme y a capturar la belleza del mensaje en una cuartilla del tamaño de una postal, que escribiría del tirón. Era, en mi opinión, la mejor manera de hacer justicia a la sutileza de lo que sentía el señor Sonoda.

Respiré hondo un par de veces, sumergí la pluma en el frasquito de tinta sepia por segunda vez y empecé a escribir el mensaje, deseando de todo corazón que Sakura disfrutara de una vida plena y feliz, tal como anhelaba mi cliente. Las palabras cubrieron el papel, línea a línea, a medida que la pluma bailaba sobre la hoja con aquellos susurros rasgados tan reconocibles.

Los trazos resultaron incluso más fluidos de lo que había imaginado, y la punta no se enganchó en ningún momento con las vetas del papel. Era como si se deslizara sin esfuerzo sobre un estanque helado que brillara bajo el sol de la mañana.

Espero que sonrías con la llegada de cada nuevo día. Conociéndote, supongo que aún te pones a cantar de felicidad cuando nadie se lo espera.

A mí las cosas me van bien. Me gusta llevar a mi hija al monte los fines de semana. Está a punto de entrar en primaria y es un terremoto.

También nosotros hicimos nuestras escapadas. ¿Recuerdas el temporal que se nos vino encima cuando subimos al Gassan? Es curioso... Mientras estábamos allí, creí por un momento que no íbamos a salir con vida; pero el paso de los años lo ha convertido todo en una bonita memoria.

Nada me haría más ilusión que saber que eres feliz. Yo también lo soy. Prométeme que te cuidarás, ¿de acuerdo?

Quiero que sepas que rezo por tu felicidad, aunque sea desde la distancia.

Con cariño,

Escribí la carta con una facilidad sorprendente, haciendo girar la pluma entre los dedos de vez en cuando. Ni siquiera tenía que ejercer presión sobre el papel para obtener un trazo claro, de modo que las palabras quedaban registradas con la misma espontaneidad con la que salían de mi mente. La tinta se agotó en el preciso instante en el que terminé de escribir la fórmula de despedida, así que tuve que rellenar el depósito antes de firmar la tarjeta.

· Como no quería que un mensaje tan valioso se mojase con la lluvia, guardé la cuartilla en un sobre impermeable. Con los años, la abuela y yo habíamos reunido una inmensa colección de sobres y papel de carta. Entre todo lo que se acumulaba en el pequeño almacén, había un sobre del tamaño ideal recubierto de parafina y lo bastante resistente como para saber que la carta llegaría sana y salva a su destino. También me preocupaba que el nombre y la dirección pudieran emborronarse si llovía demasiado, así que los escribí con un rotulador permanente de punta fina. El problema de los sobres impermeables es que los sellos de cola de toda la vida —los que hay que humedecer antes de pegarlos— se desprenden con facilidad. Para evitar disgustos, usé un sello autoadhesivo. Llevaba, además, el dibujo de una manzana, ya que el señor Sonoda me había contado que fue en una ciudad de provincias, famosa por su producción de esta fruta, donde había compartido con Sakura esa época de sus vidas. No me costaba imaginarlos trepando juntos a los árboles o comiéndose a medias una de esas manzanas. Muy pronto empezaría la temporada, así que nadie repararía en el sello a menos que estuviera al corriente de su relación.

Lo último que hice fue untarme la punta de los dedos con miel para cerrar el sobre. Como temía que aquello no bastara y se acabara abriendo, añadí un adhesivo al cierre. Bueno, quien dice un adhesivo, dice un sello extranjero de los muchos que había reunido durante los años que pasé dando vueltas por el mundo.

Una vez concluido el trabajo, extraje con un poco de algodón el líquido que había quedado en la pluma y la limpié con cuidado en el fregadero para asegurarme de eliminar hasta el último resto de tinta. El color sepia no tardó en desaparecer y la punta recuperó su naturaleza traslúcida como el hielo. Las plumas de cristal son instrumentos frágiles que pueden romperse con el más leve golpe, así que la envolví con cuidado en un pañuelo de gasa y la devolví a la cajita que me había regalado la abuela. Dicen que las cartas de amor han existido desde el día en el que se inventó la escritura. Quizá, la carta del señor Sonoda también lo fuera. Era innegable que estaba cargada de sentimiento. Incluso si a primera vista parecía una tarjeta normal y corriente, para mí brillaba con un resplandor rojizo que seguro que también Sakura era capaz de apreciar. Ese día comprendí que podía pasarme la vida plasmando en palabras sentimientos tan delicados como aquellos.

Acababa de pasar un tifón cuando ya se nos estaba echando otro encima. Habían dicho que azotaría de lleno la región de Kantō, así que colgué un cartelito en la puerta para informar de que ese día la papelería permanecería cerrada. El viento soplaba con fuerza, la lluvia era cada vez más intensa... Incluso si hubiera abierto la tienda a pesar del temporal, nadie en su sano juicio habría salido a la calle en medio de aquella ventolera para comprar lapiceros o bolígrafos. O eso creía, ya que de repente me pareció que alguien llamaba a la puerta. Con el ruido de la tormenta, me costó un poco darme cuenta.

—¡¿Hola?! ¡¿Hay alguien?!

El viento había amainado un instante. Me encontraba en el piso de arriba, poniendo orden en el armario empotrado del dormitorio de tatami de la abuela, cuando oí una voz femenina que venía de la entrada. Me asomé a la ventana y vi a una mujer empapada de los pies a la cabeza.

—¿Se encuentra bien? —pregunté desde lo alto.

—¡Necesito su ayuda! —gritó, levantando la vista en un gesto desesperado.

Tenía el pelo, la cara, la ropa, el cuerpo entero..., todo empapado. Quizás había venido a hacer turismo a la ciudad sin saber que había un tifón de camino y solo buscaba un lugar en el que cobijarse hasta que el tiempo mejorara. Eso era lo último de lo que me apetecía encargarme en aquellos momento, sobre todo, teniendo en cuenta que había tomado la precaución de colgar el cartel. Como tampoco podía dejarla en la calle tras haber hablado con ella desde la ventana, lo mejor sería que le ofreciera una toalla y la invitara a quedarse hasta que pasara el chaparrón.

Bajé las escaleras y me dirigí a la entrada de la papelería. Cuando llegué a la puerta, vi que la mujer parecía confusa y que el cartel que había pegado con cinta de carrocero había salido volando por culpa del viento. Después de todo, sí que tenía sentido que alguien hubiera acudido a mí. Quité el cerrojo, abrí la puerta y unos cuantos goterones se colaron en la papelería. En lugar de preguntarle a la desconocida qué le había pasado, la invité a pasar: si seguía un segundo más ahí fuera, acabaría pillando un resfriado.

—He echado una carta al buzón y ahora me arrepiento —dijo, con voz temblorosa, mientras yo buscaba una toalla en la parte de atrás de la casa.

Al girarme, vi que tenía los ojos llenos de lágrimas.

—En cuanto la he soltado, me he dado cuenta de que era un error; pero ya no tenía remedio. Llevo todo el día esperando a que venga el cartero. Con el tifón, los horarios han cambiado.

Se echó a llorar cuando apenas había terminado de hablar. Debía de tener poco más de treinta años y, a pesar de estar calada hasta los huesos, no ponía en duda su buen gusto. Tal vez fuera por la situación, pero me parecía encantadora.

—¿Ese buzón de ahí?

Yo misma intentaba usarlo lo menos posible. Era un antiguo buzón cilíndrico pintado de rojo. Muy bonito, pero poco práctico, puesto que solo venían a vaciarlo dos veces al día: al mediodía y por la tarde. Lo utilizaba para enviar correo administrativo, pero nada más. Las cartas de mis clientes eran demasiado importantes como para jugármela, de modo que las llevaba expresamente hasta la oficina de correos que había junto a la estación. La abuela decía que así podía estar segura de que llegarían antes a buen puerto.

Mi invitada no dejaba de mirar al buzón mientras consultaba la hora.

—No puedo seguir esperando, lo siento mucho —dijo con la mirada cada vez más llorosa—. Sé que no puedo pedirle algo así a una desconocida, pero tiene que ayudarme. ¿Podría recuperar la carta que he echado al correo? —suplicó sin apenas pararse a respirar.

Se la veía tan angustiada que temí que fuera a pedírmelo de rodillas. Supuse que la carta debía de tratar algún tema incómodo, por lo que enseguida me puse en su lugar. No es raro que, después de una discusión de pareja, la gente se lance a escribir para poner fin a la relación, y que después, ya más tranquila, se dé cuenta de que ha metido la pata. Es, de hecho, muy parecido al susto que te llevas cuando envías un formulario al ayuntamiento y de golpe recuerdas que has dejado una casilla sin rellenar. Hay ejemplos de todo tipo. Yo solo sabía que la recién llegada me miraba como si esa carta fuera lo más importante del mundo.

En realidad, no había motivo para que se preocupara, ya que el servicio postal cuenta con sus propios mecanismos para recuperar una carta que ya se ha echado al buzón. No es muy habitual, pero eso no significa que no pueda hacerse: el personal de correos no es tan inhumano como para permitir que cometas el error de tu vida por haber entregado un sobre sin pensarlo dos veces. Teniendo en cuenta que la tormenta seguía sin amainar, había muchas posibilidades de que la carta de la discordia siguiera en el buzón. Recuperarla no podía ser tan difícil.

—Tampoco es que tenga nada mejor que hacer con este tiempo —dije, con voz suave, procurando que la desconocida se tranquilizara.

Nadie sabe adónde puede llevar un encuentro fortuito. Además, incluso si para ella era una cuestión de vida o muerte, a mí no me costaba nada ayudarla. A fin de cuentas, el buzón estaba a unos pocos metros de casa.

Saqué un bloc de notas y un bolígrafo del cajón, y se los entregué a la desconocida para que escribiera su nombre y sus datos de contacto. Necesitaba también la información del destinatario, así como una descripción del sobre por si tuviera que darle explicaciones al cartero. Cuando terminó de escribir, estaba lo bastante tranquila como para darme algunos detalles de lo que le había ocurrido.

—Mi padre está muy enfermo, por eso me han dicho que vuelva a casa. Tengo que coger el avión de la tarde o no llegaré a tiempo.

Yo no estaba tan segura de que el avión fuera a despegar con ese tiempo, pero preferí guardar silencio.

—No se preocupe —respondí, mirándola a los ojos—.
Estoy segura de que recuperaremos la carta sin problemas.
Cuando vi los caracteres que había escrito, lo primero que
pensé fue que aquello no podía ser un nombre japonés. Sin
embargo, después de meditarlo un poco, caí en la cuenta de
que tal vez se leyera como «Hanko Kusunoki». No había tiempo para seguir charlando, así que dejé de entretenerla y la
acompañé a la puerta procurando animarla. Segundos después,
Hanko volvía a estar en medio de la tormenta, haciendo saltar
el agua con cada paso apresurado que daba.

Como no quería que el cartero pasara mientras me distraía
con alguna otra cosa, me senté junto a la ventana del piso de
arriba y me quedé mirando la calle. La lluvia caía cada vez con
más fuerza, hasta el punto de que la camelia de la entrada
—por lo general imperturbable— agitaba sus ramas como si
fueran resortes. Dentro de lo malo, me alegraba que la señora Barbara no estuviera sola en casa con aquella tormenta: se
había ido a Europa con uno de sus amigos.

La lluvia no amainó hasta bien entrada la tarde. Cuando por
fin abrí la ventana, un atardecer como jamás había visto se desplegó ante mí: el negro de la noche se mezclaba con el rosa del
crepúsculo y creaban un degradado tan lúgubre que parecía
que el mundo fuera a acabarse en cualquier momento. El aire
frío lo envolvía todo y el cielo se mostraba tan fascinante como
amenazador. En ese instante, vi que desde el otro extremo de
la calle se acercaba una moto roja. Bajé las escaleras a toda velocidad, salí de la papelería y eché a correr hacia el buzón con
un esprint digno de cualquier competición deportiva.

—¡Espere, por favor! —le grité al cartero mientras me
acercaba.

Respiré hondo unas cuantas veces para recuperar el aliento y le conté a grandes rasgos cuál era la situación. No quería entrar en detalles, así que le dije que la carta era mía para ahorrarme explicaciones. El empleado de correos resultó ser un hombre amable y comprensivo. Como, además, el sobre de Hanko era el único que había en el buzón, no hubo ningún problema para recuperarlo. Por lo que leí en el anverso, estaba dirigido a un hombre. La lluvia debía de haberlo mojado en algún momento, puesto que la dirección —escrita con un bolígrafo normal y corriente— estaba emborronada en varias partes.

Me pregunté si mi inesperada visita había venido hasta la papelería a sabiendas de que me ganaba la vida escribiendo cartas por encargo o si solo había sido fruto de la casualidad. La dirección que constaba en el remite era de Zushi, una ciudad a unos cinco kilómetros de distancia. ¿Qué podía haber traído a esa mujer hasta Kamakura, en medio de semejante temporal, para enviar una carta?

Seguía sin entender lo que había pasado, pero me había quedado claro que mi visita de aquella mañana no quería que el mensaje llegara hasta su destino ni que su destinatario lo leyera. Había recuperado la carta y estaba impaciente por contárselo a su propietaria. Una vez pasada la tormenta, vi que una libélula roja volaba en el cielo del atardecer. Sus alas, frágiles como una lámina de cristal, resplandecían con el fulgor del sol poniente.

El recipiente blanco que normalmente descansaba junto a la estela epistolar había salido volando durante la tormenta y había acabado tirado en el suelo del jardín. Lo recogí, le quité el barro con cuidado, retiré las hojas secas, lo limpié a conciencia y lo llené hasta el borde con agua. Después de devolverlo al lugar que le correspondía como ofrenda sagrada, junté las manos en señal de oración. Cuando volví a mirar a mi alrededor, descubrí que un gran ramillete de flores del infierno, rojas y blancas, llenaba ahora uno de los rincones del jardín.

La señora Barbara regresó de su viaje a Europa cinco días después de que el tifón pasara por Kamakura.

—¡He vuelto, Poppo! —dijo nada más entrar por la puerta, poco antes del anochecer—. Acabo de llegar.

—¡Me alegro mucho de verla!

Me hacía tanta ilusión volver a oír su voz que estuve a punto de saltar de alegría.

—¿Cómo ha ido el viaje?

No habría puesto la mano en el fuego, pero tenía la impresión de que la piel de la señora Barbara —por lo general tan blanca como la nieve— había cogido un poco de color.

—¡Una maravilla! Fuimos a París, después a Marruecos... Era todo tan bonito que me habría quedado a vivir allí.

—¡Me alegro de que se lo haya pasado tan bien!

Bastaba con mirarla a la cara para saber que habían sido unos días increíbles.

—Te he traído una cosita de regalo —dijo, y me entregó una sencilla bolsa de papel con dos frasquitos dentro.

—Aceite de argán y agua de rosas; los compré en Marruecos. El aceite de argán va muy bien con las ensaladas, y el agua de rosas es para la piel.

Se me estaba a punto de acabar la loción facial, así que el regalo no podía haber llegado en mejor momento.

—¿Sabías que el aceite solo se puede conseguir allí? Es un auténtico tesoro nacional.

Cuando abrí el botecito y olisqueé el contenido, me pareció notar un aroma tostado, semejante al del aceite de sésamo.

—También puedes usarlo para la piel.

—Muchísimas gracias, señora Barbara.

Le estaba dando las gracias por cuarta o quinta vez cuando Hanko entró en la papelería. En un primer momento no la reconocí pero, al reparar en las curvas de su pecho, caí en la cuenta de que solo podía ser ella.

—¡Panty!

¿Panty? ¿Como las medias? Me quedé blanca del susto, pero la recién llegada, en cambio, ni siquiera se alteró. Supuse que la señora Barbara y ella debían de conocerse.

—Soy maestra en la escuela primaria del barrio. Como me llamo Hanko, todo el mundo empezó a llamarme «Hanko teacher». De ahí, pasó a «Hanty», y de ahí, a «Panty». No es que sea un sobrenombre muy afortunado, pero como me gusta hacer pan, acabé por aceptar lo inevitable. Estoy acostumbrada a que la gente se sorprenda cuando no sabe la historia.

Imagino que debió de verme la cara de susto, porque lo explicó todo de carrerilla. Cuando me fijé en el chándal que llevaba, todo empezó a cobrar sentido: trabajaba en la escuela que había a pocos minutos de la papelería. Eso explicaba que conociera a la señora Barbara, aunque solo fuera de vista.

—Muchas gracias por ayudarme el otro día. Le aseguro que me salvó la vida.

Su tono era tan formal y educado que no me sorprendió que acompañara sus palabras de una reverencia.

—Fue un placer.

Frente a una muestra de amabilidad tan manifiesta, acabé siendo yo quien se sintió agradecida. El día del tifón, cuando recuperé la carta, le dejé a Hanko un mensaje en el buzón de voz del número de teléfono que me había dado. Ya podía sacar el sobre del cajón en el que lo había guardado bajo llave, dada la importancia que revestía. No quería que le pasara nada, así que, por si acaso, lo había metido en una bolsa protectora y la había cerrado con pegamento.

—Aquí la tiene —dije, entregándole la bolsita transparente.

No me parecía bien que la señora Barbara y ella tuvieran que estar de pie, así que cogí los taburetes que tenía apilados en un rincón y les ofrecí asiento. Una vez resuelto el incidente de la carta, lo que más me preocupaba era el estado del padre de Hanko.

—¿Cómo se encuentra su padre? —pregunté, con la sospecha de que habría hecho mejor en no sacar el tema.

—El avión despegó tarde por culpa del tifón. No llegué a tiempo, pero me consuela saber que nos dejó en paz. Después del funeral, me quedé unos días con mi madre. La verdad es que volví ayer mismo. Ah, antes de que se me olvide: le he traído una cosa para agradecerle las molestias —dijo, y sacó un paquetito de la bolsa de papel que traía consigo.

—¿Es pan?

¡Qué olor! La hogaza desprendía un aroma delicioso.

—Cuando empiezo a estar falta de ánimos, amasar me ayuda a dejar la mente en blanco.

—Es el mejor pan que probarás en tu vida —me aseguró la señora Barbara, quien llevaba un rato escuchando la conversación—. No tenía ni idea de lo que había pasado mientras estaba de viaje, querida.

Las palabras de mi vecina transmitían el profundo cariño que sentía por Hanko.

—Lo siento mucho.

Si me hubiera dado cuenta un poco antes de que Hanko estaba en la calle y me hubiera ofrecido a vigilar el buzón en su lugar, quizás habría podido coger el vuelo anterior y le habría dado tiempo a estar con su padre en sus últimos momentos. No sabía si me lo perdonaría algún día.

—No se preocupe —dijo la maestra, como si me hubiera leído la mente—. Vivo lejos de casa, de modo que era consciente de que igual no llegaba a tiempo para despedirme. Si le soy sincera, me preocupaba más que el cartero se llevara esto —añadió con suavidad mientras contemplaba la bolsita transparente que descansaba en su regazo—. Me asusté cuando me dijeron que a mi padre le quedaba poco tiempo y quería que me viera vestida de blanco, caminando hacia el altar, así que escribí para aceptar la propuesta de matrimonio de un hombre por el que no siento nada. En cuanto me recuperé del susto, supe que mi padre nunca habría querido algo así.

Los ojos se le llenaron de lágrimas al hablar de él. Sin embargo, cuando parecían haber rebasado su límite, se negaban a caer.

—Voy a buscar una cosita de picar que compré durante el viaje —intervino la señora Barbara al notar que el silencio empezaba a alargarse.

—Siento que la conversación haya tomado este cariz por mi culpa.

Hanko no dejaba de parpadear, esforzándose para que su voz sonara animada, aunque sin mucho éxito.

—Pondré agua a hervir. ¿Toma el té con leche y azúcar? —Me di cuenta de que quizá me había precipitado, así que preferí asegurarme de que mi visita estaba de acuerdo—: ¿Tiene tiempo de quedarse un rato?

Igual tenía que volver al trabajo.

—Las clases ya han acabado, así que no tengo prisa. Puede llamarme Panty si quiere; hasta lo niños lo hacen.

—Yo me llamo Hatoko, pero todo el mundo me llama Poppo.

—Encantada de conocerte, Poppo.

—Igualmente.

No había terminado de preparar el té cuando la señora Barbara volvió a la tienda, trayendo consigo una cajita preciosa.

—Los compré en el aeropuerto de París justo antes de volver a casa. Ya que hemos tenido la suerte de encontrarnos, me parece que podríamos aprovechar para celebrarlo.

—¿Son *macarons*?

La cajita contenía un surtido de pastas circulares colocadas como si aquello fuera un expositor.

—Sí, de la pastelería Ladurée. ¡Verás qué delicia!

Mientras escuchaba la agradable voz de la señora Barbara, volví a la papelería con la tetera y serví una generosa taza de té para cada una.

—¡Coged el que más rabia os dé!

Puesto que la señora Barbara nos había animado a ello, eché mano del *macaron* que había más a la derecha. Era de un radiante color amarillo. No terminé de reconocer el sabor, pero noté un refrescante regusto a cítricos cuando la crema que contenía se me extendió por la boca: era mi primer *macaron* de Ladurée.

—¡Me comería toda la caja!

También Panty, que unos minutos antes tenía los ojos empañados de lágrimas, disfrutaba de su pastelito de color marrón claro. La señora Barbara había elegido uno de vistoso rosa salmón; parecía que lo hubieran hecho a medida para ella.

A cada estación, su sabor: amargor de primavera, vinagre en verano, picante de otoño y grasa para el invierno.

El viejo mantra de la abuela seguía colgado en la pared de la cocina. Lo había escrito hacía años en la parte de atrás de un calendario, pero llevaba tanto tiempo pegado en el mismo lugar que el papel había perdido su blancura y las salpicaduras de aceite habían creado una constelación de pequeñas estrellas. Cuando volví a Kamakura, me propuse tirarlo; sin embargo, cada vez que acercaba la mano con intención de arrancarlo, me detenía en seco y al final no me había atrevido a tocarlo.

Resultó que, después de todo, la abuela no solo me había dejado un montón de papeles inservibles. Eso lo descubrí el día que ordenaba su armario y empezaron a aparecer cajas y más cajas de cartón. Las abrí sin esperar gran cosa, pero, para mi sorpresa, resultaron estar llenas de material de papelería. La mayoría eran productos de la tienda que no habían llegado a venderse y estaban sin estrenar, aunque en medio de todo aquello también había escondido algún que otro artículo de importación: reglas de madera, portacelos de marcas estadounidenses, escuadras de metal, pegamento en lata, sacapuntas manuales y mecánicos, tijeras, etiquetas adhesivas, corrector líquido, clips, blocs de notas, cuadernos, grapadoras, rotuladores de punta fina, fluorescentes, lápices de colores, pinturas de cera, papel para hacer redacciones... y, como no podía ser de otro modo, un enorme surtido de lapiceros.

Ya era tarde para preguntarle a mi predecesora qué hacían allí esas cosas, pero aún podía darles uso. El diseño se había quedado un tanto obsoleto; sin embargo, con el paso del tiempo y la llegada de la moda *vintage*, tampoco me habría sorprendido que hubieran visto incrementado su valor. Cogí las piezas de una en una y les dediqué todo el tiempo que hizo falta hasta descubrir la marca y el país de origen de cada una. Encontré productos que habían dejado de fabricarse, así como otros de empresas que ya ni siquiera existían: todo era de primerísima calidad. Después de encontrarme de bruces con semejante tesoro caído del cielo, tenía que ponerlo a la venta.

Me apresuré a organizar los estantes de la papelería con el fin de hacer sitio para todo lo que había descubierto. Como nunca había tenido problemas de espacio, ni siquiera tras añadir los nuevos productos daba la impresión de que la tienda estuviera sobrecargada. Resumí las características de cada objeto en una tarjetita, que más tarde coloqué junto al artículo en cuestión. Entre todo aquello había incluso una vieja máquina de escribir y un globo terráqueo. Como suponía que nadie querría comprar esas antiguallas, las usé para adornar, a modo de curiosidades. Entre una cosa y la otra, la papelería Tsubaki adquirió aquel día un aspecto un poco más maduro y profesional.

Con la llegada de octubre, extendí unas cuantas lonas bajo los aleros de la tienda. Cogí los cuadernos viejos que había en la papelería, los abrí y dejé que se airearan en el suelo para evitar que los insectos y el moho los estropearan.

—¡Eh, señorita! ¡Aquí! —oí que decía, con urgencia, una voz de hombre.

Al girarme hacia ella, vi que el Barón estaba de pie detrás de mí. No sabía con certeza quién era ese hombre, tan solo que parecía importante y que acostumbraba a pasearse por el barrio vestido con un kimono. Nunca habíamos hablado, pero me lo había encontrado más de una vez leyendo el periódico en la cafetería mientras se tomaba algo. Siempre llevaba un delicado sombrero decorado con plumas o algún que otro pequeño accesorio, por lo que los vecinos habían empezado a llamarlo «el Barón».

—Quiero que le respondas —dijo sacando una carta de la manga del kimono y agitándola en el aire con fuerza.

—¿Quiere que le escriba una carta a alguien?

Todavía estaba intentando descubrir qué quería de mí.

—¿Qué otra cosa iba a hacer aquí? —respondió con voz airada.

A pesar de sus malos modos, cogí la hoja de papel que me tendía. No es que fuera algo habitual, pero de vez en cuando los clientes me pedían que contestara a una carta que habían recibido. Cuando el remitente es un amigo de confianza, no suele pasar nada aunque la respuesta se haga esperar. Si se trata de un jefe o de un mentor, por otra parte, o si la carta es demasiado formal, la presión suele ser bastante más grande. Sobre todo, si no eres aficionado al medio epistolar. Cuanto más tiempo esperas para responder, más culpable te sientes, hasta que al final no son pocas las personas que acaban recurriendo a los servicios de un escribiente para salir del paso.

El problema del Barón no era ese.

—¡Va listo si cree que le voy a dejar dinero! No quiero que esto traiga consecuencias, así que necesito que te niegues en redondo. Te pagaré en cuanto el asunto se haya arreglado.

Ni siquiera esperó a que le contestara. Cuando terminó de decirme lo que quería de mí, dejó la carta en mis manos y se marchó. No entendía a santo de qué venían tantas prisas. Por tradición, la papelería Tsubaki invitaba a una bebida a cualquiera que llegara buscando a un escribiente, pero el Barón se había ido sin llegar a poner un pie en la tienda.

La luz del sol bañaba los cuadernos que había dejado al aire libre. Como no tenía nada más que hacer allí, excepto esperar, entré en la papelería y eché un vistazo a la carta que me había confiado el Barón. Tal y como acababa de contarme, le escribían pidiendo un préstamo. Reparé en los flagrantes errores de escritura, así como en los torpes giros lingüísticos que habían usado para sacar a la luz una vieja deuda que intentaban emplear a modo de chantaje. Comprendía que el Barón se hubiera negado de una forma tan contundente; es más, si esa carta me la hubieran enviado a mí, habría reaccionado de una manera muy parecida.

Supuse que me vendría bien salir un rato, así que di un paseo hasta el restaurante Fukuya, detrás del templo budista de Hongaku-ji, aprovechando que se me había antojado alguna especialidad de la región de Yamagata. Se trataba de un local pequeño, sin mesas, solo con una barra, pero los vecinos de Kamakura se aseguraban de que siempre estuviera lleno. Todavía me asustaba que pudiera cruzarme con algún antiguo compañero de clase, aunque hasta la fecha, afortunadamente, no había visto a nadie que estuviera al corriente de mi oscuro pasado.

Me senté al fondo del restaurante y pedí una ración de bolitas de gelatina vegetal y un poco de sake frío. Sin embargo, tan solo cuando me sirvieron el plato principal —fideos de arroz con salsa de curri y taro, un tubérculo similar a la patata—, las primeras palabras para la carta del Barón comenzaron a cobrar forma en mi mente. Mientras volvía a casa dando un paseo, acabé de perfilar el contenido que más tarde plasmaría en papel.

Nada más llegar, me di una ducha, preparé una taza de té verde bien cargado para que el alcohol me bajara cuanto antes y me senté delante del escritorio. Este tipo de cartas, en las que te ves obligada a declinar una propuesta, tienen que reflejar el ímpetu con el que el remitente la rechaza. Algunas requieren de varios borradores, mientras que otras, como la del Barón, se escriben solas. Me parecía que una pluma de trazo grueso encajaría con el carácter de mi cliente mejor que un pincel: lo más adecuado sería emplear una Montblanc con la tinta más negra que el carbón. En cuanto al papel, no podría haber encontrado nada mejor que las hojas cuadriculadas de la marca Masuya que había descubierto en el transcurso de mis excavaciones arqueológicas en el armario de la abuela. Esa noche no necesitaba preparativos, prefería lanzarme de cabeza a por la versión definitiva.

> *He leído tu carta.*
> *Iré al grano: no ando bien de dinero, así que no voy a dejarte ni un mísero yen. Te recomiendo que pruebes suerte llamando a otra puerta.*
> *Lo que sí puedo ofrecerte es un plato en mi mesa cada vez que tengas hambre. Te estaré esperando en Kamakura. ¿Sigues teniendo tanto apetito?*
> *El frío llegará muy pronto. Intenta cuidarte.*
> *Seguro que saldrás adelante.*
> *Ja, ja.*

La calidad del papel resultó sorprendente: deslizar la pluma por la superficie era un auténtico placer. Según había oído, los fabricantes se habían esmerado en que el papel ofreciera un excelente resultado sin importar la tinta con la que se usaba, de modo que lo fueron mejorando de manera paulatina. La afinidad con la Meisterstück 149, la obra maestra de Montblanc, era arrebatadora. El modelo se había desarrollado antes de la guerra, con una circunferencia gruesa que me pareció idónea para reproducir los trazos firmes que se asocian a un carácter masculino.

Utilicé una hoja cuadriculada de 20 × 20 casillas y me aseguré de que el mensaje estuviera bien centrado. Tras el punto final, dejé una línea en blanco, escribí la fecha y firmé con el nombre del Barón. El siguiente renglón a la izquierda contendría el nombre del destinatario, y en otro renglón más allá —aunque un poco más abajo— se incluiría la fórmula de despedida. Este último elemento no era necesario, pero me pareció que ayudaría a reflejar la determinación de mi cliente. Sí, había decidido concluir la carta con una sonora carcajada.

Escogí un sobre de estilo oriental en tonos crema, puesto que era lo que más se ajustaba a mi imagen del Barón, siempre enfundado en su kimono. Ese tipo de papel pedía a gritos que usara un pincel para escribir el nombre y la dirección del destinatario. Me aseguré asimismo de tratarlo con el respeto y la seriedad que requería la ocasión, añadiendo un honorífico de cortesía, lo que equivaldría a un tratamiento más educado que «señor». Por si esto no fuera suficiente, a la hora de escribirlo me decanté por la versión elaborada (樣), en lugar de la más común (様), ya que tiene un trazo más en la parte inferior del símbolo. Para acabar, añadí al sobre la misma fórmula de cortesía que con la que había concluido la carta, todo ello con unos caracteres que desprendían la misma fuerza viril que mi cliente.

Por su parte, el sello mostraba a una fiera divinidad guardiana que puede encontrarse en la entrada de muchos templos budistas. Si bien me había costado quinientos yenes, me pareció una demostración de fuerza adecuada para dejar claro que el Barón no tenía ninguna intención de entregar aquel dinero. Si el sello causaba una impresión más vacilante, tarde o temprano acabaría llegando una segunda carta para insistir en que le concediera el préstamo. Tal como hacía con todos los trabajos, dejé el sobre abierto en el pequeño altar budista. Por la mañana, lo revisé a fondo y lo cerré aplicando un poco de pegamento. Solo faltaba un último detalle: coger el sello de madera que había dejado preparado la noche anterior y presionarlo contra el anverso del sobre para reproducir la máxima zen que reza: «En paz con lo que tengo». Estas palabras constituyen un recordatorio que invita a reflexionar acerca de cuál es nuestro lugar en el mundo y a sentirnos satisfechos con ello.

En ningún momento di explicaciones acerca de la situación económica del Barón, pero tampoco me pareció que fuera necesario para transmitir su negativa. Una vez terminado el trabajo, solo me quedaba esperar.

La fórmula con la que comienza una carta tiene como finalidad elevar la posición del interlocutor y rebajar la propia. La de cierre, en cambio, se añade como pareja de la primera y sirve para expresar el respeto del remitente. Estos elementos admiten diversos grados de corrección, por lo que si el inicio de la carta es más formal, también tiene que serlo la despedida. Salvando las distancias, se podría comparar con el hecho de hacer una reverencia. Del mismo modo que la inclinación se realiza de manera más o menos marcada según el respeto que se quiere expresar, las cartas comienzan y concluyen con expresiones ya establecidas que se adecúan al nivel de formalismo deseado.

El problema de estas estructuras es que se escriben en *kanji*, lo que puede resultar demasiado rígido cuando la carta la escribe una mujer. Es por ello por lo que se emplean fórmulas alternativas que aprovechan los trazos sinuosos del silabario *hiragana* para expresar esas mismas ideas, pero desde una perspectiva femenina. La palabra かしこ (*kashiko*), por ejemplo, deriva del verbo «obedecer con respeto», lo que en este caso cobra el sentido de «me despido humildemente». Vendría a decir lo mismo que 敬具 (*keigu*) o 敬白 (*keihaku*), ambas fórmulas masculinas, solo que con un tono más delicado. Si se responde a una carta, también se puede agradecer el detalle, o incluso expresar alegría, en el encabezamiento del texto: ambas son fórmulas de inicio adecuadas según la ocasión. Y un かしこ al final nunca está de más.

Esta fórmula de despedida cuenta con una variante un poco más elaborada: あらあらかしこ (*ara ara kashiko*). La parte inicial, que significa «de forma general» o «en términos habituales», añade un matiz de humildad al texto, puesto que acentúa que la carta no es más que un pequeño detalle que se envía al destinatario. En resumen: no importa cuál sea el encabezamiento, tanto *kashiko* como *ara ara kashiko* son opciones adecuadas si el mensaje lo escribe una mujer.

Algo parecido ocurre con las referencias a la época del año, una segunda fórmula de cortesía que se añade tras el saludo inicial. Si ambas expresiones se omiten porque el remitente quiere pasar al contenido del texto, las fórmulas a disposición de hombres y mujeres son bastante diferentes. Los primeros pueden abreviar estos formalismos con un sencillo 前略 (*zenryaku*, «omitir los preliminares»), mientras que las segundas vuelven a dar prioridad a la delicadeza del lenguaje con fórmulas más desarrolladas y curvilíneas, como «disculpe la brusquedad del mensaje» o «disculpe la ausencia de formalismos». En consonancia con el tono rígido de 前略, la carta puede concluir con un tajante 不一 (*fuitsu*). A efectos prácticos, podría traducirse como «atentamente», aunque etimológicamente remite a la idea de que el mensaje no decía todo lo que debería haber dicho. También es posible rematar este tipo de cartas con la fórmula 草々 (*sōsō*), aunque en este segundo caso constituiría un modo de disculparse por la falta de tiempo con la que se ha escrito el mensaje. Ambas opciones se emplean en combinación con el 前略 inicial, un saludo informal y espontáneo que debería reservarse para las relaciones más estrechas.

Este complejo sistema de fórmulas se concentra, sobre todo, al principio y al final de la carta. El cuerpo del mensaje, por su parte, tiene en cuenta otra serie de factores que merecen su propia consideración. En primer lugar, se debe procurar que el nombre del destinatario y los tratamientos honoríficos que se emplean para hablar de su familia estén escritos con letra un poco más grande de lo habitual. Si se intuye que alguna de estas palabras va a quedar relegada a la parte inferior del renglón, hay que dejar un espacio en blanco delante del nombre o bien pasar directamente a la siguiente línea para que la alusión al destinatario coincida con la parte superior de la carta. De manera inversa, las referencias a uno mismo y a la propia familia se escriben con letra más pequeña y suelen realizarse pequeños ajustes para que coincidan con la mitad inferior de la hoja.

Eso dice la teoría. A la hora de la verdad, si te dejas arrastrar por todas estas convenciones, corres el riesgo de que la carta quede artificiosa, grandilocuente y torpe. En realidad, el arte de escribir no se diferencia tanto del trato cara a cara: la clave está en respetar al interlocutor, comportarse con amabilidad y guardar las formas para evitar malentendidos. Como en casi cualquier ámbito, no hay fórmulas mágicas ni verdades absolutas.

Recuerdo que, durante todo el tiempo que pasé ayudando a la abuela, nunca nos pidieron una carta de negocios. Suelen ser textos sencillos, sin mayor misterio, pero tenía la impresión de que en los últimos tiempos habían dado lugar a más de un problema. Si la gente ya no sabía reconocer cómo era el papel que se había usado tradicionalmente para mantener correspondencia, no me extrañaba que hubiera personas que no habían escrito una carta en la vida. En aquella época, el correo electrónico ya valía para todo.

El primer lunes de octubre, poco después de que abriera la tienda, un hombre trajeado entró a toda prisa por la puerta. A juzgar por su aspecto, debía de ser incluso más joven que yo. Ya me estaba preparando para rechazar cualquier oferta que pudiera hacerme la empresa de papelería a la que seguro que representaba, pero no tardé en descubrir que andaba muy desencaminada.

—No le diga a nadie que he venido, por favor —rogó, entregándome su tarjeta sin ni siquiera darme los buenos días.

Cuando bajé la vista al pequeño rectángulo de cartulina, advertí que contenía el nombre de una gran firma editorial, de esas que cualquier persona del país reconocería nada más verla. El joven era atractivo, pulcro y educado; sin embargo, su manera de actuar demostraba una marcada falta de experiencia en la vida. Esperé en silencio hasta que, por fin, estuvo listo para hablar.

—El caso es que quiero escribir a un autor de ensayo para pedirle que trabaje con nosotros.

No me cabía duda de que había estudiado en una buena universidad, por lo que cada vez me sentía más confusa: había algo que no terminaba de encajar en aquella situación. Por algún motivo, tenía tantas ganas de hacerle pasar un mal trago al muchacho que tuve que hacer un esfuerzo para contenerme. Consciente de que debía tranquilizarme, me levanté, fui a la cocina y puse agua a hervir mientras el chico se quedaba en la entrada toqueteando el móvil. Sé que con un té del montón habría bastado, pero justo había coincidido que se me había terminado y tuve que recurrir al *gyokuro*, una variedad mucho más selecta que se caracteriza porque las hojas se cultivan a la sombra.

Cuando volví a la tienda, cargada con la bandeja de té, el joven seguía mirando la pantalla del teléfono.

—Aquí tiene.

No acostumbraba a usar platitos cuando servía bebidas calientes, pero ese día hice una excepción.

—¿En qué puedo ayudarlo? —le pregunté al recién llegado cuando, con el té delante, por fin se dignó a mirarme.

Por el momento no me había dicho gran cosa de lo que quería de mí.

—Me preguntaba si podría escribir una propuesta en mi nombre. Un compañero que lleva años en la editorial me ha dicho que su papelería ofrece estos servicios. —Hablaba sin remilgos, con voz calma y decidida—. El caso es que el contenido es sencillo: solo tiene que resumir nuestros objetivos y condiciones. Lo ideal sería que se pareciera a esto.

Mientras terminaba de hablar, giró su iPhone para enseñarme la imagen que se mostraba en pantalla. Era una plantilla bastante completa del texto que necesitaba.

—¿No le sirve ese modelo? —pregunté con tanta espontaneidad que ni me paré a pensar en lo que decía.

—Al parecer, no. Yo también creía que solo tendría que añadir el nombre del autor, pero mi jefe ha rechazado la carta, pues opina que es muy fría.

Era extraño; tal como lo contaba, era como si nada de todo aquello tuviera que ver con él.

—Entonces ¿por qué no intenta darle un tono más humano? —insistí, a continuación, con una mezcla de exasperación y sorpresa.

A esas alturas, la abuela ya lo habría echado de la tienda sin contemplaciones. Yo misma me sentía tentada de coger la escoba que había al lado de la puerta y darle la vuelta como una sutil indirecta para que se marchara.

—El caso es que no sé hacerlo.

Hasta entonces había conseguido morderme la lengua, pero a la tercera ya no pude seguir aguantando.

—El caso, el caso, el caso... ¡Deje de decir esa muletilla cada vez que abre la boca y haga el favor de contarme de una vez cuál es el caso!

Más rotunda, imposible. El problema era que, una vez que me habían dado cuerda, ya no podía parar. No es que me sienta particularmente orgullosa de ello, pero había que tener en cuenta que contaba con un pasado, digamos, polémico.

—Se supone que es editor, a pesar de que, según parece, no sabe ni dónde está la máquina de café, así que le recomiendo que empiece a cuidar un poco su forma de hablar. Si tantas ganas tiene de pedirle a un autor que colabore con usted, será porque le interesa, digo yo. Esto es como escribirle una carta a la chica que le gusta. Si no se ve capaz de hacerlo, igual es que no tiene madera para supervisar lo que escriben otros. Mire, le voy a dar un consejo: deje el trabajo y métase a chico de compañía en algún local de alterne. ¡Nos hará un favor a todos!

Sabía que el sermón no tenía ni pies ni cabeza, pero ni por esas conseguí callarme. La niñata malhablada que llevaba dentro había vuelto a estallar con toda su furia.

—Sí, me gano la vida escribiendo. Sí, puedo redactar cualquier cosa que me pidan. Lo hago porque la gente me necesita y porque me gusta brindar felicidad, no porque un niño mimado quiera ahorrarse problemas. Por favor, dígame que al menos ha intentado hablar directamente con ese hombre. Sé que mi profesión está anticuada, pero no voy a dejar que se rían de mí por ello. Puede que hasta ahora siempre haya tenido a alguien que le saque las castañas del fuego, así que, mire, le adelanto que la vida no funciona así. Escriba usted mismo la puñetera carta.

Por muy poca gracia que me hiciera, ese hombre seguía siendo un posible cliente. No tendría que haberme despachado a gusto con él, aunque sabía cómo podría haberlo evitado. Los mismos caracteres que en japonés significan «carta», en chino quieren decir «papel higiénico». Lo que me había pedido aquel joven era precisamente eso: que le salvase el culo con un trozo de papel... ¡Qué asco!

—Debería marcharme.

El muchacho se puso en pie, hizo una reverencia y salió de la tienda. Por el modo como se había desarrollado la situación, era evidente que a los dos nos quedaba mucho que aprender en la vida.

El último fin de semana de octubre no dejó de llover. Estaba harta de tanto tifón, pero eso no impedía que las borrascas siguieran paseándose por el litoral nipón y que en breve fuéramos a tener otra encima. Hacía apenas unos días que la mujer del pescadero había venido a verme.

—¿Te interesa, Poppo? Compré la entrada hace una eternidad. Me moría de ganas de ir, pero el sábado por la noche me toca cuidar de los niños y sería una lástima que se desaprovechara —dijo mientras me tendía un papelito que había sacado del delantal—. Si pudieras ir en mi lugar, no me sentiría tan mal. Considéralo un regalo de Mamá Pez.

El regalo en cuestión era una entrada para un espectáculo de comedia tradicional, y «Mamá Pez» era el sobrenombre con el que la mujer del pescadero se había referido a sí misma desde que yo tenía uso de razón. Siempre me había parecido un detalle encantador. Cuando colgaron los carteles de la obra por la ciudad, vi que se iba a representar en el templo de Kōmyō-ji y que se trataba de una actuación en solitario de la nueva promesa del *rakugo*. No era una experta en la materia, desde luego, pero tampoco me disgustaban esos espectáculos de humor tan japonés en los que un cómico se sienta en el suelo a contarle sus cosas al público. Hasta entonces solamente los había visto por televisión, así que sentía curiosidad por saber cómo sería la experiencia en directo.

—Le pagaré lo que le haya costado.

Insistí varias veces, pero no era rival para Mamá Pez y al final me tuve que quedar con la entrada sin pagarle nada por ella. Habiendo recibido un regalo como aquel, no podía faltar a la cita por mucho que lloviera. Tampoco es que estuviera cayendo el aguacero del siglo, bastaba con que saliera de casa con las botas y el chubasquero, por lo que pudiera pasar. El templo de Kōmyō-ji estaba en Zaimokuza, así que me esperaba un paseo de algo más de una hora si me lo tomaba con calma. Como tenía tiempo, salí de casa un poco antes de lo necesario y puse rumbo al templo dando algún que otro rodeo para disfrutar de la caminata.

Llegué cuando faltaban cinco minutos para que comenzara la función. Habían dispuesto el escenario en una plataforma frente al ídolo principal del templo: una escultura de Amida, el buda celestial. El cómico contaría su historia desde allí, acompañado tan solo por el biombo recubierto de pan de oro que se desplegaba al fondo. No cabía ni un alfiler en el gran salón: niños, adultos, jóvenes, viejos, hombres, mujeres..., todo el mundo escuchaba con atención lo que se decía en el escenario.

Cuando terminó el espectáculo, casi había dejado de llover. Estaba saliendo por el acceso principal del templo —que es el portón más grande de Kamakura, todo sea dicho— cuando tuve la impresión de que alguien me llamaba. Supuse que habrían sido imaginaciones mías, así que no le hice caso y seguí andando. Lejos de desaparecer, la voz fue subiendo de volumen hasta que noté un golpecito en el hombro. Cuando me giré, extrañada, me encontré cara a cara con el Barón.

—Llevo un buen rato llamándote —dijo, quitándose uno de los auriculares que llevaba puestos—. Te agradecería que no me ignoraras.

Hablaba en el mismo tono tajante que tan bien recordaba, como si siempre tuviera algo de lo que quejarse.

—Disculpe, no me había dado cuenta.

Ni en sueños habría imaginado que me lo encontraría en un lugar como aquel. El auricular que en esos momentos sostenía en la mano dejaba escapar los sonidos de una pieza de *jazz*. Las notas suaves y dulces del saxofón se entrelazaban unas con otras y se fundían con delicadeza en la quietud de la noche.

—¿Ha venido a ver el espectáculo?

—¿Qué otra cosa iba a hacer aquí?

Había un enorme charco de agua bajo sus pies.

—Lo siento.

Intuyendo que mi comentario no le había hecho mucha gracia, le pedí perdón una vez más y seguí caminando a su lado por las calles envueltas en la penumbra. No sabía hasta dónde tenía intención de acompañarme, pese a lo que actué como si aquello fuera lo más natural del mundo para que no descubriera lo que me rondaba por la cabeza. Habría jurado que la conversación no iba a alargarse mucho después de que hubiéramos intercambiado nuestras impresiones acerca de la obra. Una vez más, me equivocaba de cabo a rabo.

—¿Tienes un momento, Hatoko? —me preguntó de repente.

¿Por qué había usado mi nombre de pila? ¿Y por qué quería saber si tenía un momento?

—Hiciste un buen trabajo con la carta —señaló sin darme tiempo a responder, tras lo que siguió hablando con la vista mirando al frente—. Muchas gracias.

Llevaba días queriendo saber qué efecto había causado mi carta, pero la única manera de descubrirlo era aquella: que el Barón en persona me lo contara. En el momento en el que oí esas palabras, me quité un enorme peso de encima.

—Quedamos en que te pagaría si la cosa salía bien. Dime qué quieres cenar, lo que sea, yo invito.

Su voz grave reverberaba en la oscuridad. Aprovechando que había dejado de llover, dimos la espalda a la playa de Zaimokuza y nos encaminamos hacia la parada más cercana, siguiendo la misma ruta que recorre el autobús. Habría preferido un pago en efectivo, pero no me atrevía a pedírselo por miedo a quedar como una caprichosa. No quería saber cuál sería su reacción si le decía que me bastaba con el dinero, así que accedí a su propuesta. Bien mirado, todos los meses me dejaba una parte considerable de mi sueldo saliendo a cenar; así que, en el fondo, no era tan distinto a permitir que me invitara. Según cómo marcharan las cosas, puede que incluso saliera ganando y todo. Quizá fuera un poco retorcido por mi parte, pero no voy a negar que eso era justamente lo que estaba pensando.

Las sandalias de madera del Barón repicaban contra el suelo mojado con cada paso que daba. Me extrañó que hubiera tan poco tráfico y que apenas se viera gente por la calle, a pesar de ser sábado. Igual la lluvia tenía algo que ver.

—Podemos cenar anguila.

Se me había ocurrido en cuanto oí la pregunta, pero decidí esperar un poco antes de responder para aparentar que me lo estaba pensando. Había descartado la opción de decirle que me daba igual adónde fuéramos; seguro que aquello me habría valido otro par de gritos.

—Muy bien, pues anguila. Ven conmigo —dijo, inspirando con fuerza por la nariz, lleno de orgullo.

Empezó a caminar con paso más vivo que antes, lo que hizo que el chaquetón tradicional que vestía, a juego con el kimono, ondeara a su espalda. Yo tuve que esforzarme para no quedarme atrás, y fue entonces cuando me di cuenta de lo molesto que resultaba el chirrido de mis suelas de plástico en comparación con el elegante taconeo de las sandalias de mi acompañante.

El Barón me llevó al Tsuruya, un restaurante de la avenida Yuigahama donde solo servían anguila. Todo el mundo, incluida yo, lo conocía por su larga trayectoria en la ciudad. No había estado allí desde mi época de bachillerato, por lo que, entre pitos y flautas, había pasado más de diez años sin pisar ese local. No me había atrevido a hacerlo.

En cuanto nos acercamos al edificio, sentí un particular olor que lo envolvía todo: era el aroma, entre dulce y picante, de la salsa con la que servían sus platos, y que en esos momentos rodeaba la angosta construcción. Siguiendo los pasos del Barón, crucé la puerta de cristal esmerilado que había junto a un modesto escaparate y entramos en el local.

—¡Buenas noches!

Mi acompañante debía de ser un cliente asiduo, ya que la cabeza del dueño asomó por la puerta de la cocina y cruzaron una breve mirada.

—Lo de siempre, para dos —dijo el Barón alzando la mano discretamente.

Una vez hecho el pedido, volvimos a salir.

—No podemos cenar solo anguila. Vamos a picar algo.

Mientras hablaba, guio sus zancadas hacia las enormes cristaleras del restaurante italiano que había cruzando la carretera. Se acercó al mostrador, hizo el pedido sin necesidad de ver el menú y añadió una copa de jerez para acompañar los entrantes. Yo me decanté por un vino tinto español, con la esperanza de que me ayudara a combatir el frío.

Momentos después, nos habían servido una ración de pan y otra de jamón. El primero lo habían calentado al horno delante de nuestros propios ojos, mientras que el segundo, de cerdo ibérico, llegó ya cortado en lonchas. Lo habían presentado todo en una pequeña sartén.

—Si quieres dejar sitio para la anguila, te recomiendo que no te acerques al pan.

Me iba a quedar con ganas de probarlo. Pero, visto lo visto, sería mejor que le siguiera la corriente para no contrariarlo.

—Está riquísimo —dije, sin darme cuenta de que había empezado a sonreír.

—¿A que sí?

La grasa del jamón se derretía al contacto con la lengua, tal como haría un delicado copo de nieve que acabara de tocar el suelo. Me fijé en que, en lugar de usar el tenedor, el Barón cogía las lonchas con la mano y se las llevaba a la boca. Cuando bajé la mirada a la mesa, descubrí que su copa ya estaba vacía. También allí debían de conocerlo, puesto que en un abrir y cerrar de ojos le sirvieron una generosa copa de vino blanco sin que hubiera tenido que pedirla.

Entre la copa de vino tinto y los fogones que ardían junto a nosotros, poco a poco fui entrando en calor. Me había llevado las manos a las mejillas para intentar refrescarlas cuando el camarero nos trajo el siguiente entrante: una *bagna càuda* con pasta de cangrejo. Llegó acompañada, unos segundos más tarde, por un plato de anchoas fritas que el Barón aderezó con un buen chorro de limón.

—Cómetelo antes de que se enfríe.

Su forma de hablar seguía siendo brusca, eso nadie podía negarlo, pero me pareció que aquel hombre también tenía sus pequeños detalles de cortesía. Obedeciendo a su última recomendación, probé el plato de comida humeante y sentí que un intenso sabor a mar me llenaba la boca. Cada vez que creía que iba a quemarme la lengua, la verdura de la *bagna càuda* hacía que la temperatura bajara de nuevo. El sabor de la pasta de cangrejo con la que habían hecho la salsa se dejaba sentir con fuerza.

—Solo con esto ya casi habría cenado —murmuré mientras masticaba.

—No seas tonta —se quejó el Barón—. Todavía no hemos probado la anguila, así que vigila cuánto comes. Si sobra algo, siempre puedes pedir que te lo pongan para llevar.

Me daba igual lo que dijera ese hombre: la cena estaba mejor recién servida que recalentada en casa. Por lo tanto, ignoré su recomendación y seguí comiendo hasta notar que empezaba a estar llena. Después de una media hora en el restaurante italiano, el Barón miró su reloj y pidió la cuenta: era hora de que volviéramos a cruzar la avenida Yuigahama y regresáramos al Tsuruya. Mientras esperábamos a que la anguila terminara de hacerse, mi acompañante pidió una botella grande de cerveza.

La trajeron al momento, acompañada de una ración de hígado de anguila hervido en salsa de soja dulce.

—Son *kimotsuku* —dijo señalando el cuenco—. Entran de maravilla con la cerveza.

Viendo la expresión satisfecha de su rostro y el excelente humor que gastaba, debía de ser uno de los platos favoritos del Barón. Tras ver que me había servido un vaso de cerveza, quise hacer lo mismo y cogí la botella dispuesta a devolverle el gesto.

—Ni se te ocurra. Tú no eres mi criada.

Ya se había vuelto a enfadar. Me parece que se dio cuenta de que sus palabras me habían afectado, puesto que de inmediato añadió en un tono más suave:

—La cerveza me gusta más cuando me la sirvo yo mismo. Si lo hace una niñata que no sabe cómo funciona el mundo, es capaz de amargarme la cena.

Me sentí como una mocosa malcriada a la que estuvieran sermoneando porque no atendía a razones. El Barón era un hombre complicado y tenía su forma de hacer las cosas; daba igual lo que yo intentara, porque iba a enfadarse de todos modos, así que me adueñé de un buen bocado de aquella ración de hígado sin que me importara lo más mínimo lo que él dijera o dejara de decir. El regusto del jengibre, cortado en juliana, casaba de maravilla con el sabor entre dulce y picante de la salsa de soja en la que se había hervido la carne. Ese plato era una auténtica delicia. La salsa se había espesado tanto en algunas partes que parecía gelatina, lo que me animaba a seguir comiendo.

—Me alegro de que no seas como tu abuela —dejó caer el Barón mientras yo estaba ocupada comiendo—. Esa mujer no probaba ni una gota de alcohol.

—¿La conocía?

Intuía la respuesta, pero preferí esperar a que me lo confirmara.

—Hay cosas que no merece la pena preguntar. Cuando has vivido tanto como yo, das por sentado que te ha pasado de todo. ¿Sabes que te cambiaba los pañales cuando eras pequeña? —inquirió, masticando con energía los últimos trocitos de hígado que quedaban en el cuenco.

—¿En serio?

La abuela no me había dicho nada. Me sentí incómoda al descubrir que un perfecto desconocido sabía cosas sobre mí que yo misma ignoraba. A pesar de todo, si lo que decía era cierto, lo mínimo que podía hacer era darle las gracias.

—La parienta era conocida de tu abuela. Acababa de tener al niño, así que de paso te amamantó a ti también.

—No lo sabía —reconocí—. Permita que le dé las gracias.

¿La parienta? Así es como debía de referirse a su esposa.

—Te pasabas el día llorando.

Un suave rubor le teñía las mejillas, por lo que debía de ponerse como un tomate cada vez que empinaba el codo. Yo no sabía nada acerca de mis primeros años de vida, así que incluso un detalle como aquel me parecía interesante. Todavía intentaba asimilarlo cuando la dueña del restaurante trajo dos cajitas laqueadas en una bandeja: contenían los filetes de anguila que habíamos pedido.

—Aquí tiene, Barón: su casita de dos pisos.

¿Qué casita de dos pisos?

Me alegré al comprobar que aún servían la comida en cajitas laqueadas de factura artesanal y decoradas con la técnica de grabado tradicional de Kamakura, tal como recordaba. En cuanto destapé la mía, impaciente por inspeccionar su contenido, el suculento aroma procedente del interior me llevó al séptimo cielo. Hacía muchísimo tiempo que no comía anguila, y todo mi cuerpo gritaba emocionado ante la perspectiva de saborearla de nuevo.

La carne estaba crujiente por fuera y jugosa por dentro. La salsa, en su punto, envolvía el filete por ambos lados y se filtraba con delicadeza hasta el lecho de arroz. Este último constituía por sí mismo una auténtica delicia, ya que lo habían preparado *al dente*, sin dejar que se pasara ni un segundo. La cajita contenía, además, una pequeña sorpresa: los filetes no solo coronaban el plato, sino que formaban una segunda capa oculta entre el arroz.

—Por eso la llamo «casita de dos pisos» —explicó orgulloso el Barón, sin darse cuenta de que un grano de arroz se le había pegado en la comisura de los labios.

—No la había probado hasta ahora —dije con sinceridad.

—Es solo un plato de arroz con doble capa de anguila, pero bendito sea el día en el que se me ocurrió llamarlo así. Todos nos merecemos algún capricho de vez en cuando —añadió, llevándose el grano rebelde a la boca.

—A la abuela le encantaba la anguila —dije, recordando su rostro.

Solíamos ir al Tsuruya cada vez que teníamos algo que festejar: que había entrado en la escuela primaria, que había aprobado el examen de acceso a bachillerato, las celebraciones rituales de los tres, cinco y siete años... Ella casi nunca comía fuera; de hecho, aquel era el único restaurante al que me había llevado. También fue allí, en el salón de tatami del piso de arriba, donde le sugirió a la tía Sushiko que se divorciara mientras comían juntas el plato más barato de la carta.

Todos aquellos recuerdos habían hecho que se me saltaran las lágrimas. La imagen que tenía de la abuela estaba tan asociada a un plato de anguila que, por un momento, tuve la impresión de que volvíamos a comer juntas. La última vez que fuimos al Tsuruya, empezamos a discutir y me marché del restaurante dejando la mitad de la comida en la cajita laqueada. Ni había vuelto a entrar en el local ni me había atrevido a comer anguila desde entonces.

—¿Tanto te gusta que vas a ponerte a llorar? —preguntó el Barón mientras sacaba un pañuelo de entre los pliegues del kimono y me lo ofrecía sin darle mayor importancia.

—Lo siento mucho —me disculpé con la voz ahogada por el llanto.

Cuando cogí el pañuelo, me fijé en que el tejido de lino estaba planchado con esmero.

—Suénate los mocos, límpiate la cara y haz lo que tengas que hacer para calmarte, pero sigue comiendo.

Su voz conservaba el tono brusco que siempre le había oído usar conmigo, pero se notaba en ella cierto cariño.

—Puedes quedarte con el pañuelo, Hatoko. No creo que vuelva a usarlo. —Era la segunda vez que decía mi nombre—. «Po, po, po, hace la palomita; si tienes hambre, aquí tengo más semillas». Ya basta de llorar, boba. A este paso se van a pensar que te estoy haciendo algo.

Después de ponerse a cantar y de haberme insultado a la cara, el Barón volvió a centrar su atención en la generosa porción de la casita de dos pisos que todavía le quedaba en la caja y empezó a masticar como si le fuera la vida en ello. Mientras tanto, yo me enjugué las lágrimas, recogí los palillos y, siguiendo su ejemplo, me concentré en devorar la cena. La suavidad de la anguila, la salsa entre dulce y picante, los granos de arroz *al dente*..., todo aquello formaba parte de un delicioso conjunto que había decidido meterme entre pecho y espalda aunque fuera a la fuerza. Incluso habiendo dado buena cuenta de los entrantes en el restaurante italiano, con la anguila ocurre lo mismo que con los postres: siempre hay sitio para ella en el estómago. Empecé a sentirme realmente llena cuando todavía me faltaba la mitad del plato, pero no paré de engullir hasta que en mi cajita acabó vacía, como la del Barón.

—Estaba riquísimo.

Cuando levanté la vista de la mesa, mi mirada se cruzó de lleno con la suya. Sostenía un mondadientes entre los labios y tenía el aspecto de un hombre que estaba en paz con el mundo.

—¡La cuenta!

Su vozarrón se abrió paso a través del silencio que reinaba en el restaurante. Por lo que me pareció ver, ya habían empezado a recoger la cocina y el piso de arriba estaba vacío. Lo más probable era que los propietarios del Tsuruya estuvieran retrasando la hora de cierre en deferencia a un cliente habitual.

—Nos vamos.

Me levanté del asiento como un resorte, sorprendida, una vez más, ante la impaciencia que podía llegar a mostrar ese hombre.

—Gracias por la cena —dije, con timidez, mientras salía del local siguiendo sus pasos.

—Quedamos en que cobrarías si me quitabas a ese hombre de encima. Te has pagado la cena con el sudor de tu frente, Hatoko, conque puedes ahorrarte el agradecimiento. Si le hubiera tenido que dejar dinero al muy canalla, la broma me habría salido bastante más cara. Un consejo: si vas a prestarle dinero a alguien, no esperes nada a cambio. De lo contrario, es mejor que no lo hagas. Supiste negarte como es debido, por lo que soy yo quien está en deuda.

Así debía de ser como daba las gracias el Barón. No supe qué responder, de modo que guardé silencio y le dediqué una reverencia aunque me estuviera dando la espalda.

—Ya que estamos, te llevaré a un último sitio, no vayamos a quedarnos sin el postre. Imagino que, a una niña como tú, no la espera en casa un hombre.

Dicho esto, se echó a reír, ignorándome por completo. No me pareció un tema de conversación adecuado para la ocasión, pero tampoco podía replicarle: había dado en el clavo. El local al que me llevó a continuación estaba muy cerca del Tsuruya. Había oído que hacía poco que habían inaugurado un bar con cierto estilo cerca del cruce de los Seis Hombres Santos. Por fortuna o por desgracia, como yo vivía en la parte de la ciudad que daba a la montaña, no me dejaba caer demasiado a menudo por la zona costera.

—Adelante —me invitó a pasar el Barón, abriéndome la puerta.

En la parte superior del edificio había un cartel en el que podía leerse: «Sucursal de Yuigahama».

—Hace años, esto era un banco.

En un primer momento, me sorprendió que el Barón frecuentara un lugar tan sofisticado, aunque, bien mirado, tuve que reconocer que le pegaba más de lo que estaba dispuesta a admitir. El local contaba con un mostrador imponente, que parecía gritar a los cuatro vientos que en otra época había visto cambiar de manos auténticas fortunas. Puede que el bar en sí no fuera muy grande, pero tenía los techos altos, y eso invitaba a que la clientela se sintiera como en casa.

Tomamos asiento en un sofá al lado de la entrada. Había más clientes esa noche, pero todos bebían en silencio, sentados junto a la barra.

—¿Qué te apetece? —preguntó el Barón, limpiándose la cara y las manos con una de las toallitas húmedas que nos habían traído—. Para mí, lo de siempre, y para ella...

Seguía ojeando la carta, incapaz de decidirme, cuando la voz grave de mi acompañante volvió a tronar en medio del silencio con su impaciencia.

—Date prisa, que el camarero está esperando.

—Un cóctel de frutas de temporada, que no esté muy cargado, a poder ser —respondí de carrerilla a causa del apuro.

—De paso, tráenos unos bombones —añadió el Barón.

—No sabía que en Kamakura hubiera bares tan acogedores —dije cuando al fin me limpié las manos con la toallita.

—Es acogedor precisamente porque está en Kamakura.

El Barón tenía razón. Me costaba imaginar un ambiente tan distendido y relajado en medio de la gran ciudad. El sofá de cuero negro en el que nos habíamos sentado era cómodo, y el mortero deslucido que recubría las pareces le confería al bar un atractivo añadido.

—Primero fue un banco; después, una consulta pediátrica; y ahora, un bar. Recuerdo haber venido aquí al médico alguna que otra vez.

—No me diga.

—El edificio sigue en buen estado. Me alegro de que todavía esté en pie.

Mi acompañante había pedido «lo de siempre». Cuando el camarero se lo trajo, descubrí que «lo de siempre» era la bebida más rara que había visto en la vida.

—¿Qué es eso? —pregunté, sorprendida, mientras me echaba atrás del susto.

—Se llama «sambuca con mosca» —dijo el camarero—. Se sirve flameado después de añadir granos de café al licor de sambuca para que liberen su sabor. —Eso explicaba por qué unas llamas azuladas envolvían la copa—. Es el favorito del señor Barón.

El sobrenombre de mi nuevo amigo resultaba aún más llamativo cuando lo llamaban «señor». Mientras yo me esforzaba para contener la risa, el camarero, haciendo gala de una exquisita educación, me sirvió un cóctel de bonitos colores. El Barón me sugirió que apagara el flameado, de manera que soplé en dirección a las pálidas llamas que flotaban sobre la copa y brindamos por tercera vez aquella noche. En cuanto me llevé el cóctel a los labios, el suave aroma cítrico del *yuzu* se extendió por doquier.

—Lleva *yuzu*, mandarina de verano y champán.

Puesta a disfrutar, decidí probar los bombones artesanales que nos habían traído. Al haber añadido nata y licor a la mezcla, el chocolate no era tan empalagoso como podría parecer. En resumen, se trataba de un placer para paladares refinados.

—Es bueno tirar la casa por la ventana de vez en cuando.

Le di la razón con un profundo asentimiento.

Había salido vestida para ver un espectáculo de *rakugo* y al final me había pasado la noche paseando de local en local. El Tsuruya, el restaurante italiano y el bar en el que nos encontrábamos en ese momento se concentraban en un radio tan pequeño que podría haber ido de uno a otro con los ojos cerrados. Mientras el Barón se acercaba a la barra y charlaba animadamente con el camarero, aproveché para ir al servicio. Cuando salía, alguien me paró en seco:

—¡Poppo!

Levanté la mirada sin saber qué estaba pasando y vi a Panty. Teniendo en cuenta las dimensiones de Kamakura, no es tan raro que te encuentres con un conocido el día que sales a dar una vuelta.

—Ya me parecía que eras tú —comenzó a decir—. Te estaba oyendo hablar justo detrás de mí, pero te veía tan a gusto que no quería molestar. ¡Me alegro de haber acertado!

Panty debía de haber malinterpretado mi relación con el Barón. Como iba a tardar demasiado en explicárselo junto a la puerta del baño, lo dejé correr y cambié de tema.

—¿Hoy trabajabas?

—Solo unas horas. He terminado cuando aún era de día, así que he salido a dar una vuelta y mira dónde he acabado. No bebo, pero aquí me hago una idea de lo que se siente cuando las copas te empiezan a subir a la cabeza.

Estaba más bonita que nunca. Llevaba una minifalda ceñida de la que nacían un par de piernas tan largas y esbeltas como los brazos de un compás.

—¿Por qué no quedamos algún día para hacer pan? —dijo, con la voz de alguien que, en efecto, había estado bebiendo.

Se me debió de pegar su forma de hablar, porque, al cabo de nada, le respondí en el mismo tono achispado.

—¡Me encantaría, sería mi primera vez! La hogaza que llevaste a la tienda es de lo mejor que he probado en la vida.

Lo decía en serio: ese pan era una maravilla. Había quedado tan fascinada por su sabor que solo pude pensar en comérmelo y al final se me olvidó darle las gracias a Panty por el detalle. De repente, vi que mi acompañante empezaba a ponerse la bufanda, así que me apresuré a despedirme de mi amiga.

—Se ha hecho tarde —dijo el Barón mientras cruzábamos el paso de cebra que había junto al local—. Te llevaré a casa en taxi.

Sin pararse a pensarlo dos veces, llamó a un coche y se subió al asiento de atrás sin molestarse en preguntar si me parecía bien. El taxi dejó atrás el cruce de Geba, giró a la izquierda en el de Ōmachi y siguió recto por la avenida Komachi, en dirección al santuario de Hachiman-gū. A esas horas, incluso los farolillos del restaurante Fukuya estaban apagados. Le dije al Barón que podía dejarme junto al santuario de Kamakura, pero él insistió en que el taxi recorriera los estrechos callejones que conducían hasta la puerta de la papelería Tsubaki.

—Muchas gracias. Ha sido usted muy amable —le agradecí después de bajarme del coche.

—Que descanses.

Eso fue todo lo que dijo, con su aspereza habitual, antes de que el taxi arrancara de nuevo. Una vez en casa, me acerqué al altar budista y junté las palmas. Durante años había creído que me había abierto camino en la vida yo sola, pero estaba equivocada. Mi madre me había traído al mundo, la esposa del Barón me había amamantado y la abuela me había llevado en brazos a verla cada vez que lloraba de hambre. Aquella noche, delante del altar, di las gracias en silencio a todas las personas que habían hecho posible que estuviera allí en esos momentos, que habían velado por mí y que me habían educado. Por primera vez, me pareció que la abuela sonreía. La recordaba vestida con su impecable kimono y con su mirada, siempre severa, atravesando el cristal de las gafas. Solo se relajaba cuando se sentaba a fumar en el porche, pero yo nunca me atreví a acercarme cuando la veía allí. Su rostro había sido en vida una máscara de insatisfacción constante, como si se quejara en silencio de que el mundo nunca estaría a la altura de sus expectativas, pero esa noche... Esa noche sonreía.

La semana siguiente, entró en la tienda una de las mujeres más hermosas que había visto en la vida. En un primer momento pensé que a lo mejor se trataba de una actriz: era tan alta que tenía que levantar la cabeza para hablar con ella, y su simple presencia hacía que la papelería resplandeciese. De rasgos hermosos, gestos delicados y refinada en su porte, toda ella desprendía gracia y belleza. Llegué a plantearme si no estarían grabando una película en los alrededores, ella había salido a pasear aprovechando un descanso y había acabado entrando en la papelería por casualidad. Era como contemplar un sueño que, por algún motivo, se hubiera abierto paso hasta el mundo real.

—Tengo disgrafía —dijo la desconocida, mirándome fijamente.

Yo la observaba extasiada, aspirando el dulce aroma a melocotón, fresa, vainilla y canela que emanaba de ella.

—¿Di... disgrafía? —repetí, dubitativa, sin tener la menor idea de lo que intentaba decirme.

Por lo que a mí respectaba, podía estar hablando de una discográfica y haberse dejado media palabra por el camino a causa de los nervios; porque distrofia, puedo garantizar que no tenía ninguna. Viendo que ni lo uno ni lo otro tenía demasiado sentido en aquel contexto, descarté ambas opciones y seguí escuchando.

—Significa que tengo una letra horrible —confesó, con cierta reserva, al percibir mi confusión.

Debía de tener entre veinticinco y treinta años. La abuela siempre decía que cada cual tiene su letra y que solo hace falta echarle un vistazo para saber con qué clase de persona tratas. Supuse que la mujer que tenía delante lo decía por modestia: mucha gente se queja de que escribe mal cuando, en realidad, solo tiene ciertas particularidades caligráficas.

—Como imaginaba que no iba a creerme, he escrito los caracteres del silabario para que los vea. Esto no está siendo fácil para mí, créame... Entenderá a qué me refiero en cuanto lea la hoja.

Acto seguido, con los ojos llorosos, sacó un sobre del bolso. Ese sencillo gesto resultó tan elegante y cautivador, tan lleno de gracia, que me convenció de que aquella sería la forma que habría adoptado un cisne que hubiera decidido transformarse en mujer. Sin embargo, al cabo de unos segundos, llegó el horror. Si vamos a ser sinceros, seámoslo del todo: las tripas se me revolvieron hasta tal punto que empecé a tener arcadas. Nunca, en toda mi vida, había visto una letra más sucia, fea y horrible que esa.

—He hecho todo lo posible para escribirlas lo mejor que puedo, pero ya ve el resultado.

Nadie me había preparado para afrontar una situación como aquella. A lo largo de su carrera como escribiente, la abuela se había encontrado de todo: ¿qué habría dicho para consolar a esa pobre mujer que estaba a punto de deshacerse en lágrimas?

—¿Le apetece un té? —pregunté, levantándome del asiento para dejarla a solas un instante.

En primer lugar, tenía que recomponerme. Por esa época, ya había sacado la estufa, un armatoste cilíndrico que funcionaba con aceite y que, de paso, me servía para calentar el agua. Como acababa de comprar un bote de pasta de *yuzu*, aproveché la ocasión y mezclé una cucharadita con un generoso chorro de agua hirviendo. Como intuía que la conversación se iba a alargar, serví la mezcla en dos grandes tazones para café con leche. Durante los meses de frío, la estufa me permitía preparar bebidas calientes sin tener que dejar a los clientes en la tienda mientras yo corría a la cocina. Era una pequeña alegría que nunca estaba de más.

La recién llegada debía de tener más reparos en enseñar su letra que en quedarse desnuda. A pesar de todo, ahí estaba, haciendo gala de un valor admirable desde el momento en el que se había atrevido a compartir su mayor vergüenza con una completa desconocida: debía hacer lo que fuera para ayudarla.

Lo primero que me dijo fue que se llamaba Karen.

—Se escribe con los *kanji* de «flor» y «loto». Son demasiado complicados para mí, por eso solo transcribo su pronunciación. Así, por lo menos, disimulo un poco la disgrafía.

Hasta entonces no me había parado a pensar en lo difíciles que tienen que ser las cosas para las personas con problemas de escritura. Como siempre había tenido buena letra, supongo que era natural que ni se me hubiera pasado por la cabeza.

—¿A qué se dedica?

—Soy azafata de vuelos internacionales —respondió con elegancia—. Me habría gustado ser profesora, pero tuve que renunciar a ello porque nunca habría sido capaz de escribir delante de una clase. Intento evitar que la gente vea mi letra, incluso he dejado de asistir a bodas y funerales para no tener que firmar el libro de invitados. Cuanto más nerviosa estoy, peor me responde la mano, aunque me imagino que todo esto le parecerá una tontería.

—En absoluto.

No sabía qué otra cosa podía decirle. La abuela enarcaba las cejas cuando se quejaba de que la vida moderna estaba reduciendo poco a poco las ocasiones que la gente tenía de escribir a mano. Desde el punto de vista de una persona como Karen, en cambio, esas ocasiones eran todavía demasiado frecuentes, ya que no siempre podía recurrir al correo electrónico. A esas alturas, su rostro era la viva imagen de la tristeza.

—He venido a preguntarle si podría escribir algo en mi nombre. Mi suegra les da mucha importancia a estas cosas. —Interrumpió la explicación con un suspiro, así que aguardé pacientemente a que se recuperara y siguiera hablando—. Verá, mis padres siempre se han preocupado mucho por este problema. Intentaron enseñarme a escribir en casa e incluso me apuntaron a clases de caligrafía, pero no sirvieron para nada. Dicen que podría tratarse de un trastorno neurológico que me impide reproducir la forma de los caracteres. Por eso, cada vez que me presento a una oferta de trabajo, es mi madre quien prepara el currículum. Entre una cosa y la otra, me las he arreglado para salir adelante; pero, cuando conocí al que ahora es mi marido, mi letra volvió a convertirse en un problema. Tampoco habría sido el primer novio que me deja por lo mal que escribo, ¿sabe? Cuanto más tiempo intentara ocultárselo, peor lo iba a pasar después, de modo que decidí enseñarle mi letra antes de que empezáramos a salir y le pregunté si iba a suponer un problema. Respondió que no, y desde entonces hemos estado juntos.

—Parece un buen hombre.

—Dice que nadie es perfecto —respondió Karen con una sonrisa tímida—. Y que sería ofensivo que una mujer como yo no tuviera algún defecto; que, en el fondo, eso lo tranquiliza. No sabe cómo me llenan de paz esas palabras, sobre todo, teniendo en cuenta que, durante una época, renuncié a la idea de casarme por culpa de la disgrafía.

—Debió de sentirse muy feliz cuando lo conoció.

No había muchos hombres dispuestos a aceptar los defectos de su pareja con tanta naturalidad y ternura. Es más habitual que la gente aproveche estas debilidades para atacar donde más duele cuando la relación se complica.

—El problema es mi suegra...

El gesto de Karen se tensó a medida que hablaba. Por el tono con el que había dicho la última palabra, me pareció que no tenían una buena relación.

—Me llevo muy bien con mi madre, pero mi suegra es una mujer complicada. Recuerdo que una vez le escribí al móvil para felicitarla porque me encontraba en el extranjero, y se enfadó muchísimo. Desde entonces me he esforzado para escribir a mano sus felicitaciones de cumpleaños y de Año Nuevo, hasta que un buen día me dijo que la letra es un reflejo del alma y que, viendo cómo escribía, yo debía de estar podrida. No se le ocurrió otra cosa que apuntarme a un curso de caligrafía por correspondencia para arreglar el problema de raíz... sin consultármelo primero, claro. Me paso el día trabajando y tampoco puedo hacer milagros: la disgrafía es una enfermedad crónica, no va a curarse con un cursillo por correo. Como le he dicho, hace tiempo que lo intenté y tuve que darlo por imposible. No tendría que haberla animado a creer que lo estoy siguiendo.

—Lamento su situación.

Yo también había vivido convencida de que la letra reflejaba el carácter sin excusas ni paliativos: si eras una persona descuidada, tenías una letra descuidada, en cambio, si eras una persona pulcra, tenías una letra pulcra. Por muy meticuloso que alguien me pareciera a primera vista, si su letra no decía lo mismo, estaba segura de que tarde o temprano la impetuosidad de los trazos acabaría por manifestarse en su forma de actuar. Había letras bonitas pero más frías que el hielo, mientras que otras, a pesar de sus imperfecciones, eran tan cálidas como una hoguera en pleno invierno.

Por lo menos, así había entendido el mundo hasta entonces. La visita de Karen hizo que me diera cuenta de lo equivocada que estaba: también había gente como ella, que por mucho que lo intentara, no podía tener la letra que se merecía. Decirle a alguien que eso era un reflejo de su alma me parecía caer muy bajo.

—Mi suegra va a cumplir sesenta años —continuó Karen, quien ya tenía el tazón casi vacío—. He hablado con mi marido para decidir qué vamos a comprarle, pero no me atrevo a escribir la tarjeta que acompaña al regalo. Me gustaría que lo hiciera usted por mí.

No supe decir a qué se debía, pero tuve la impresión de que había acudido a la papelería después de pasar varias noches en vela, dándole vueltas. Si no era capaz de ayudar a una persona como ella, ¿de qué servía mi profesión?

—Estaré encantada de ayudarla —dije, decidida.

Hice una pequeña reverencia sin levantarme del taburete, tras lo que una sonrisa de alivio afloró en el rostro de mi clienta. Instantes después, me estaba enseñando la tarjeta que había traído.

—¡Es preciosa! —exclamé, con los ojos como platos.

Era, sin duda, una de las cosas más bonitas que había visto.

—La encontré en una pequeña papelería de Bélgica. En cuanto la vi, supe que era perfecta para ella.

La superficie de la tarjeta mostraba un fino relieve de hojas.

—¿Es de época? —pregunté mientras acariciaba el grabado con cuidado de no mancharlo.

—Sí, es posible. El dependiente dijo que tiene más de un siglo.

—No me extrañaría, la verdad. Es la primera vez que veo una textura como esta.

Estaba a punto de restregarme aquel papelito contra la mejilla. Transmitía un tacto tan agradable como cuando acaricias la espalda de un gato de raza.

—¿Le corre mucha prisa?

—Aún queda tiempo para su cumpleaños, pero mañana tengo que subir a otro avión. Si pudiera...

Cuanto antes estuviera lista, mejor.

—No creo que tarde demasiado. Descuide, la tendré acabada antes de que termine el día.

El texto no entrañaba ningún problema, puesto que Karen me había dado una copia impresa de lo que tenía que escribir.

—¡Muchísimas gracias! ¡No sabe el favor que me hace! Mis padres viven en el barrio de Komachi, así que puedo venir a recoger la tarjeta más tarde.

Cuando se puso en pie, me pareció tan hermosa como una rosa sin espinas. Hasta entonces había sido una peonía sentada en su trono, que adquirió la elegancia de un lirio tan pronto como la vi caminar. Eran tópicos literarios que se habían utilizado desde el período Edo, pero nunca había visto a alguien que los encarnara tan bien como Karen.

Dado que el sol había empezado a ponerse y no parecía que fuera a recibir más visitas aquel día, decidí cerrar la tienda un poco antes que de costumbre. Después de hacer sitio en la mesa de trabajo, dejé a la vista la hoja en la que Karen había escrito los cincuenta caracteres del silabario. Mientras la observaba, intentaba recordar todo lo que me había transmitido mi clienta: tenía que encontrar el modo de armonizar esas dos imágenes.

Para tener buena letra, no basta con dibujar líneas escrupulosas y bien trazadas. Hay otro tipo de letras, capaces de transmitir calidez y alegría, de inspirar paz y tranquilidad: esas son mis favoritas. La belleza de Karen distaba mucho de ser fría y altiva; al contrario, lo que la hacía tan hermosa era precisamente su honestidad. Por lo tanto, me propuse buscar una letra que reflejara su manera de ser, que fuera personal e intransferible: el reflejo perfecto de su alma.

Lo natural habría sido escribir el texto con pluma, pero, considerando la situación, me pareció que sería más adecuado usar un bolígrafo. Si hubiera tenido una copia de la tarjeta, podría haber hecho algunos trazos de prueba para ver cómo reaccionaba la tinta al entrar en contacto con el papel. Por desgracia, ese no era el caso. Tratándose de un papel de origen europeo, podía dar por hecho que se adaptaría bien a las particularidades de la pluma. El problema era que, al ser un soporte tan antiguo, nadie podía prever el resultado. Si por algún casual la tinta se emborronaba, no habría nada que pudiera hacer para arreglarlo. Como no quería echar a perder la tarjeta que Karen había encontrado en la otra punta del mundo, al final me decidí a usar un bolígrafo. Eso no quería decir que me resignara a utilizar un modelo barato que ni siquiera regulaba bien la tinta, ni mucho menos, ya había pensado en el Romeo No. 3 al que tanto cariño tenía desde pequeña.

La gama de productos Romeo, que incluye plumas y bolígrafos, salió al mercado en 1914 por cortesía de la cadena de papelerías Itoya. El bolígrafo que yo usaba databa de esos tiempos y en su época fue una de las herramientas de trabajo preferidas de la bisabuela. Con su ayuda y la de una hoja de papel en sucio, copié varias veces el texto que Karen me había entregado. Lo que tendría que haber sido un trabajo sencillo se complicó inesperadamente: no había manera de que los caracteres quedaran como yo quería. Hay letras que te salen a la primera, mientras que para otras ya puedes repetir el mismo texto cien veces, doscientas o trescientas sin conseguir el resultado que buscas. Escribir no es tan distinto de experimentar una respuesta fisiológica: por mucho que te esfuerces en reproducir un texto, si no hay manera, no hay manera. Ya puedes tirarte al suelo y retorcerte de dolor, que no te va a servir para arreglarlo. Había días en los que los trazos y los caracteres se negaban a salir y se convertían en auténticos monstruos.

Seguía atrapada en aquel callejón sin salida cuando me pareció oír la voz de la abuela susurrándome al oído: «Los textos se escriben con todo el cuerpo, Hatoko». Tenía razón, puede que hubiera estado escribiendo solo con la cabeza. Cuando me levanté para echar un vistazo a través de la ventana, me di cuenta de que ya había oscurecido. Apoyé la cara contra el vidrio de la puerta y, por un momento, fue como si la noche me observara a mí. Cuando me alejé unos cuantos pasos, el reflejo de mi rostro se había transformado en una luna creciente que flotaba sobre la oscuridad.

Las palabras que la abuela había escrito en lo alto de la puerta, «Papelería Tsubaki», eran tan hermosas que me fascinaban incluso si las contemplaba invertidas desde el interior de la tienda. Sus caracteres carecían de la perfección milimétrica del texto impreso. De hecho, me habría atrevido a decir que, si resultaban tan exquisitos, era porque daba la impresión de que se habían escrito sin la presión de que fueran perfectos.

Esa era la clave. Concentré mi energía en el punto que hay justo debajo del ombligo, coloqué la tarjeta de regalo sobre la mesa y, cogiendo una vez más el Romeo No. 3, poco a poco cerré los ojos. No necesitaba releer el mensaje: después de tantas pruebas, me lo había acabado aprendiendo de memoria. Solo tenía que recrear la imagen de Karen en mi mente y apoyar mi mano sobre la suya para que, juntas, deslizáramos el bolígrafo por la superficie del papel. Respiré hondo, con los ojos aún cerrados, y empecé a escribir.

¡Feliz cumpleaños!
Le enviamos una rosa roja por cada año que ha cumplido. Queremos que sepa que su matrimonio ha sido siempre un modelo a seguir para nosotros.
Cuídese mucho.

Karen

Cuando abrí los ojos, me encontré cara a cara con una letra tan poco familiar que, por un instante, dudé que la hubiera escrito yo misma. Utilizar el bolígrafo había sido un acierto, puesto que reflejaba toda la pureza, la modestia y la discreción que caracterizaban a mi clienta. La nota había quedado perfecta, así que ya la podía guardar en su sobre.

Karen volvió a la papelería cuando el reloj dio las siete. Llevaba un abrigo de color azul marino de buena calidad y una bufanda blanca que la hacía aún más hermosa.

—Esto es lo que he conseguido —dije, ofreciéndole la tarjeta con timidez.

En cuanto vio el texto, estalló de alegría.

—¡Es como si la hubiera escrito yo! —Estaba tan contenta como una niña con zapatos nuevos—. ¡Muchas gracias!

Mientras me agradecía el esfuerzo, estrechó con firmeza mis manos, con los brazos extendidos sobre la mesa. Con el frío que debía de hacer fuera, me sorprendía que pudiera tenerlas tan calientes.

—No ha sido nada —respondí un poco avergonzada.

Era incapaz de reprimir su emoción.

—Me he pasado la vida soñando con escribir así, ¡justo así! —murmuró entre sollozos.

—Me alegro de haber podido ayudarla.

Al cabo de unos instantes, yo también me puse a llorar. Para ser sincera, apenas recordaba el momento en el que había cerrado los ojos y había empezado a escribir. Estaba demasiado concentrada intentando extraer aquellos caracteres del alma de mi clienta.

—Soy yo quien tiene que darle las gracias —dije, enjugándome las lágrimas—. Estaba equivocada. Hasta hoy, como su suegra, yo también había vivido convencida de que la letra era un reflejo del alma. Ahora, gracias a usted, he descubierto que no es cierto. ¡Lo siento muchísimo!

Mientras hablaba, los ojos se me habían vuelto a llenar de lágrimas y ya no había manera de detenerlas.

—¡No tiene que disculparse por nada!

También Karen lloraba desconsolada. Incluso con la expresión descompuesta por el llanto, su rostro seguía siendo de una hermosura sorprendente. Al ver su reacción, no me cupo duda de que este problema la había atormentado toda la vida.

—Venga a verme siempre que quiera. Si hay algo más que pueda hacer para ayudarla, tenga por seguro que lo haré.

Lo único que conseguí con esas palabras fue que rompiera a llorar con más fuerza. Cuando la abuela decía que la discreción formaba parte de nuestro trabajo, debía de referirse a este tipo de situaciones. Aquel día me sentí afortunada de haber seguido sus pasos.

Con la llegada de diciembre, cada vez se notaba más que el año estaba tocando a su fin: era la época de las felicitaciones de Año Nuevo y tenía la agenda llena de encargos que consistían en escribir el nombre y la dirección de los destinatarios. Solo aceptaba proyectos a partir de cien unidades. Esto limitaba el servicio a los restaurantes y los alojamientos tradicionales, así que ganaba por partida doble: el precio que les cobraba era mayor del que le habría ofrecido a un particular. A pesar de ello, no dejaban de llegar clientes preguntando si podía echarles una mano y, al final, entre una cosa y la otra, me pasaba el día sentada delante del escritorio de la tienda. Las felicitaciones me daban tanto trabajo que aprovechaba hasta los ratos muertos en la papelería para quitarme un par de tarjetas de encima. Eran días ajetreados, de esos en los que no paras desde que te levantas hasta que te acuestas. ¡Una auténtica locura! El sol cruzaba el cielo a toda velocidad, una y otra vez, sin tregua; cuando me paraba un momento, descubría que había pasado otra semana; miraba el calendario, y resultaba que estábamos a mitad de mes. En cuestión de segundos, como quien dice, el día de Navidad también había quedado atrás. Los hogares se preparaban para recibir el año nuevo decorando la entrada y se respiraba un delicioso ambiente de renovación en la ciudad.

La papelería Tsubaki también cerró sus puertas para despedir el año, y por fin puede encargarme de limpiar la tienda a fondo, como mandaba la tradición. Las felicitaciones estaban terminadas, aunque el exceso de trabajo se había saldado con una tendinitis en el brazo y un terrible agarrotamiento en la zona cervical. Para colmo de males, al recuperar la tranquilidad, mi cuerpo liberó de golpe toda la tensión que había acumulado y acabé medio resfriada. Sin embargo, a pesar de los ataques de tos, participé en el gran rito de purificación del santuario de Hachiman-gū. Me costaba creer que hubieran pasado seis meses desde que había ido a celebrar su homólogo veraniego. En mi mente, era como si solo hubieran transcurrido unos pocos días.

Nada más concluir la ceremonia, volví a casa y colgué el *oharahisan* sobre la puerta, aprovechando que acaba de limpiarla y brillaba sin una sola mancha de dedos. Cada vez que el viento soplaba, las tiras de papel rojas que colgaban del adorno bailaban mecidas por su aliento. Me sentía afortunada de que el último medio año hubiera transcurrido sin contratiempos.

Estaba a punto de entrar en la papelería cuando vi que había algo en el buzón. Llevaba unos días tan frenéticos que se me había olvidado mirar si tenía correo. En parte era porque, desde que la abuela murió, había dejado de recibir el periódico y no hacía falta que mirara el buzón todos los días. El remitente del sobre blanco y alargado que recogí era un tal Satoshi Murata. Estaba segura de no conocerlo, pero el destinatario que figuraba en el anverso era correcto: la papelería Tsubaki. Había decidido que la tienda volvería a aceptar cartas para su quema ritual, así que supuse que alguien se había adelantado a las fechas de envío. Entré en casa y abrí el sobre con ayuda de un abrecartas, puesto que solo había una forma de salir de dudas: leyendo lo que decía. La abuela no soportaba la idea de rasgar un sobre con los dedos y, con el tiempo, me había acostumbrado a abrirlos igual que ella.

Ahora que el año está a punto de acabar, espero que se encuentre bien.
Quería darle las gracias por lo que hizo por mí cuando nos conocimos. Hasta entonces nadie me había reprendido así, ni siquiera mis padres. Fue un duro golpe que, en un primer momento, me afectó mucho. Sin embargo, mientras subía al tren de la línea Yokosura y volvía al trabajo, reflexioné acerca de los motivos que me habían llevado a ser editor. Nunca me había parado a pensar en ello, así que fue una sensación nueva y agradable.

Quería crear libros porque deseaba que la gente fuera feliz. Al final escribí yo mismo la carta que le comenté, pero me la rechazaron. La diferencia es que en esta ocasión no voy a rendirme: lo intentaré una y otra vez hasta que lo consiga.

Tengo que dejarla, pero permita que antes le dé las gracias por su sinceridad.

Va a hacer mucho frío, abríguese bien.

P. D.: Esta es la primera carta que escribo, sin contar las del trabajo.

Saltaba a la vista que Murata se había esmerado. Puede que el texto no fluyera con mucha soltura, pero nunca lo hace cuando alguien escribe sus primeras cartas. A pesar de ello, fue su caligrafía desmañada lo que hizo que casi me echara a reír: era imposible que alguien lo tomara en serio si pedía los manuscritos con la misma letra descuidada con la que escribía la lista de la compra. Críticas aparte, lo importante era que se había atrevido a escribirme.

A mí también me había afectado la conversación que tuvimos aquel día. Se suponía que me ganaba la vida como escribiente; por muy mal que me cayera una persona o muy crítica que fuera con sus cartas, mi trabajo consistía en aceptar el encargo de buena gana. Al menos, eso me decía a mí misma. Había reflexionado largo y tendido acerca de lo que había sucedido y, justo cuando empezaba a dejar de sentirme culpable, llegó su carta. Al final, todo había sido para bien: en el mundo había otra persona que iba a tener que comprar sellos.

Después de cambiar el *oharahisan* y de leer la carta que había enviado Murata, sentí un cansancio tremendo por todo el cuerpo. Me arrastré hasta el sofá con el sobre en la mano, me tumbé y pensé durante un rato más en lo que había ocurrido. Mucha gente de mi edad usaba el correo electrónico incluso para enviar las felicitaciones de Año Nuevo. Si Murata era más joven que yo, ¿cómo no se me había ocurrido que gran parte de su generación no tendría que escribir una carta hasta haber alcanzado la edad adulta? Mientras le daba vueltas, los ojos se me fueron cerrando poco a poco y sin darme cuenta me quedé dormida.

Cuando me desperté, ya era de noche.

—¡¿Estás ahí, Poppo?! —llamó la señora Barbara desde su casa.

—¡Sí, señora Barbara! —respondí a voz en grito mientras me sentaba de golpe.

—¿Quieres que vayamos a ver las campanadas del templo?

Esas palabras me recordaron que era 31 de diciembre. ¿Cuánto tiempo llevaba dormida?

—¡Estaré lista enseguida!

Me levanté del sofá y me puse la bufanda, extrañada de que el tiempo se me hubiera echado encima de ese modo. Si afinaba el oído, podía oír el eco de las campanadas en la distancia. Kamakura está llena de templos budistas, de modo que la última noche del año el aire se llena con su repicar.

Avancé por el camino que discurría junto al río, silencioso y desierto, en compañía de mi vecina, quien se había envuelto el cuello con una estola de piel de zorro que me traía recuerdos de otros tiempos. La abuela se ponía a veces una parecida, por lo que supuse que debieron de estar de moda en su época. Desprendía un suave aroma a naftalina.

Esa noche hacía tanto frío que caminábamos pegadas la una a la otra, exhalando nubecillas de vaho blanco a medida que andábamos. En cierto punto del camino, la señora Barbara rodeó mi brazo con el suyo. Los árboles se habían quedado sin hojas y las estrellas brillaban en la distancia.

—Voy a contarte un secreto, Poppo —dijo de repente mi vecina.

—¿De qué se trata?

—Son las palabras mágicas que me han permitido ser feliz durante toda la vida —respondió riendo.

—No sé a qué espera para compartirlas.

—Solo tienes que cerrar los ojos y pensar «Brilla que brilla». Sí, eso es todo, descansas los párpados y repites: «Brilla que brilla, brilla que brilla». Por muy oscuras que creas que están las cosas en tu interior, muy pronto empezarán a llenarse de estrellas. Dales un poco de tiempo y tendrás dentro toda la Vía Láctea.

—Entonces ¿solo tengo que decir «Brilla que brilla»?

—Fácil, ¿verdad? Puedes hacerlo donde quieras y cuando quieras. Confía en mí, verás que hasta la tristeza y el dolor desaparecen en ese mar de luz. ¿Por qué no lo pruebas?

Puesto que la señora Barbara me había revelado su secreto, lo mínimo que podía hacer era aminorar el paso, cerrar los ojos apoyada en su brazo y repetir mentalmente las palabras mágicas que acababa de enseñarme.

«Brilla que brilla, brilla que brilla, brilla que brilla, brilla que brilla».

Tenía razón: allí donde solo había oscuridad, prendió una estrella, después otra y después otra... hasta que, entre todas, irradiaron una luz cegadora.

—Parece magia.

—Lo sé. Es un truco infalible, así que acuérdate de usarlo. Considéralo un regalo de mi parte —susurró.

Le di las gracias con la mirada fija en el cielo estrellado y la cabeza perdida entre las nubes.

INVIERNO

La tierra resplandecía una vez pasado el vestíbulo, junto a la puerta de casa. Cuando pisé con cuidado las hojas que la salpicaban, el crujido de la escarcha llegó hasta mis oídos con unos instantes de retraso. Era la mañana del 1 de enero y me apetecía comerme un cruasán. A pesar del frío, el cielo estaba despejado y lleno de vida, lo que me animó a recorrer con garbo el camino que bajaba hacia la costa para realizar mi primera visita del año a un santuario sintoísta. De paso, me serviría para estirar las piernas.

El horizonte era tan azul que casi hizo que se me saltaran las lágrimas. Después de caminar durante varios minutos por la avenida del autobús, giré a la izquierda y me adentré en el callejón que llevaba hasta una majestuosa camelia oculta en medio de una zona de viviendas.

La familia Amemiya acostumbraba a hacer la primera visita del año en el santuario de Yuiwakamiya. Una de las hipótesis más extendidas decía que la camelia que había junto a la tienda procedía de aquel espléndido árbol que en esos momentos tenía ante los ojos. Se le había roto una rama con el azote de un tifón, y la abuela, o quizá la bisabuela, la había plantado en la entrada de casa. Contra todo pronóstico, el esqueje echó raíces y germinó.

El santuario de Yuiwakamiya estaba formado por un modesto edificio en el barrio de Zaimokuza. Se encontraba, de hecho, en el mismo lugar en el que antiguamente se alzó el santuario de Hachiman-gū, por eso a veces también se le llamaba «viejo Hachiman». En vida de la abuela, todos los primeros de año comíamos la sopa tradicional de Año Nuevo —hecha con verduras y pastelitos de arroz— antes de ir de visita. Entre todos los templos y santuarios de la ciudad, puede que aquel fuera el que más acogedor me parecía. Los árboles crecían con profusión en torno al pequeño edificio, rodeándolo con su vegetación exuberante, incluso salvaje, no muy distinta a la de una selva. El interior, con sus ejemplares de bananero que salpicaban el recinto aquí y allá, me animaba a imaginar cómo sería la vida en un país tropical.

Estando a 1 de enero, obviamente, no iba a ser la única persona que fuera de visita al templo. Una sacerdotisa, sonriente y engalanada para la ocasión, repartía el alcohol ritual entre las visitas.

—Feliz año nuevo —saludó la joven.

—Feliz año nuevo.

—¿Le apetece un poco?

—Gracias.

Esa fue mi primera conversación del año. La noche anterior había salido a ver las campanadas con la señora Barbara, pero a las doce ya estábamos cada una en su casa. Por la mañana no había oído ni un solo ruido, de modo que di por sentado que había ido a contemplar la salida del sol con alguno de sus amigos. La sacerdotisa llenó con elegancia un pequeño tazón, cuyo contenido —entre dulce e intenso— extendió por mi boca el sabor característico del año que acababa de nacer. Degusté el licor ritual con calma, en tres sorbos, permitiendo que su textura espesa se me derramara por la lengua. Cuando el recipiente estuvo vacío, vi que mostraba la delicada silueta de una gru-lla. Era tradición que el santuario permitiera que las visitas se llevaran el pequeño cuenco blanco a casa; por algo tenía la ala-cena llena de tazoncitos idénticos, que habíamos ido acumu-lando diligentemente generación tras generación. En el san-tuario de Hachiman-gū usaban el mismo modelo, pero los recogían al terminar la ceremonia y no te los podías llevar de recuerdo. Por cierto, iban muy bien para servir la salsa de soja.

Tenía la cabeza un poco embotada —puede que haber estado bebiendo de buena mañana no ayudara—, así que me senté en uno de los bancos del recinto y levanté la vista al cielo, que seguía teñido de un azul impoluto: recuerdo haber pensado que su color no podía ser más intenso. La camelia extendía sus ramas hacia lo alto, como si intentara alcanzarlo, y en una de ellas sostenía a una hilera de pequeños gorriones en perfecta formación. Eran rechonchos y regordetes, como pastelitos de arroz. Dijeran lo que dijesen, en mi opinión, no había una estampa más tierna y característica del Año Nuevo.

Con el rostro todavía mirando al cielo, cerré los ojos para pensar en cuáles iban a ser los primeros caracteres que escri-biría ese año como vaticinio de lo que me gustaría que me depararan los doce meses siguientes. ¿«Inicio»? ¿«Alba»? ¿«Primer amanecer»? ¿«Esperanza»? Por muchas vueltas que le diera, no conseguía plasmar en palabras lo que sentía.

En ese instante, una dulce brisa sopló desde la costa y me agitó el flequillo como si lo hubiera invitado a bailar un vals. Era un viento suave, que en mi imaginación cobraba la forma de una cinta transportadora invisible que me traía solo cosas buenas. Es curioso, porque dicen que, en los viejos tiempos, la línea de costa llegaba hasta las mismísimas puertas del santuario. Volví a abrir los ojos cuando una pareja entró al recinto acompañada de un niño rebosante de energía. A lo lejos, se oía el graznido de las gaviotas. Por algún motivo que nunca he llegado a descubrir, ese sonido siempre me ha partido el corazón.

Cuando salí del santuario, cogí el autobús en la estación de trenes y me apeé en la parada del santuario de Jūniso. Desde allí, remonté la corriente del río Tachiarai en dirección a Asaina Kiridōshi, una de las siete antiguas entradas a la ciudad. No esperaba encontrar turistas en una región boscosa tan alejada del centro, pero me equivocaba. Al poco de haber llegado, una hilera de excursionistas, bien pertrechados para el paseo, bajaron por la pendiente con paso rápido y expresión ceñuda.

El río Tachiarai nace junto a un modesto salto de agua y se precipita desde las rocas a través de una fina caña de bambú. Después de lavarme las manos, las junté a modo de tazón y bebí con ganas. El agua estaba tan fría que sentí que me taladraba el cerebro y despertaba a gritos todas las células de mi cuerpo. También me sirvió para disipar los últimos efectos del alcohol, cuyos restos se alejaron de mí como pequeñas esquirlas que hubieran salido despedidas en todas las direcciones.

El Tachiarai es uno de los cinco manantiales de Kamakura. Dice la leyenda que un samurái limpió aquí su espada después de haber matado a alguien con ella, motivo por el que la fuente recibió el nombre de «el lavadero de espadas». A pesar de que todavía se hablaba de los cinco manantiales de la ciudad, por ese entonces ya solo podían visitarse dos: el Tachiarai y el Zeniarai Benten.

Antes de marcharme, saqué la botella de plástico que llevaba en el bolso y la acerqué a la caña de bambú para llenarla con el agua del arroyo. Era otra de las tradiciones que la abuela había preservado y que yo había decidido heredar: año tras año, la primera agua que entraba en casa procedía de ese arroyo. Había pasado mucho tiempo desde la última vez que me había sentado un 2 de enero para escribir los caracteres que auspiciarían el devenir del año entrante, así que me pareció la ocasión perfecta de retomar la costumbre, usando, además, el agua que había recogido del río. Orienté los útiles de escritura y el cojín hacia el punto cardinal propicio para aquel año, vertí el contenido de la botella de plástico en una pequeña calabaza de agua y diluí la tinta con esmero. La calabaza representaba, en realidad, a un personaje de manga llamado Hyō-chan, creado por Ryūichi Yokoyama, el mismo artista que había vivido en el lugar donde en esos momentos se encontraba el Starbucks. La entrañable calabaza se había convertido con el paso del tiempo en la cara del botecito de salsa de soja que acompañaba a los menús de empanadillas de la marca Kiyoken. En casa teníamos cuarenta y ocho versiones diferentes de este pequeño recipiente, que mostraban a Hyō-chan en diversas actitudes.

Ese día no iba a coger el pincel para nadie que no fuera yo misma. El trabajo me obligaba a expresarme desde el corazón y la experiencia de otras personas; y tal vez fuera un poco presuntuoso por mi parte, pero empezaba a creer que tenía cierta maña para transformar mi caligrafía y adaptarla a la personalidad de mis clientes. Eso, en contrapartida, implicaba que no conocía mi propia letra. Todavía no había descubierto cómo eran los caracteres que nacían de mi pecho, que recorrían mis venas, que reflejaban mi esencia y que se impregnaban de mi ADN con cada trazo.

Me daba la impresión de que la abuela nunca había tenido ese problema; puede que por eso no me atreviera a arrancar el texto que seguía colgado en la cocina. La esencia de mi predecesora estaba allí; podía sentir su aliento condensado en los ángulos y los giros de cada trazo. Incluso si a lo largo de su vida había aceptado cientos de trabajos como escribiente, nunca olvidó quién era y se mantuvo fiel a sí misma hasta el último momento. Tal vez su cuerpo hubiera quedado reducido a cenizas, pero su corazón seguía latiendo en los caracteres que había dejado a su paso. Eran un reflejo de su alma. En su origen, ese era precisamente el poder de la palabra escrita.

Empapé el pincel en tinta china, me detuve un instante y procuré dejar la mente en blanco. Solo entonces permití que mi mano descendiera sobre el papel y empecé a escribir.

A cada estación, su sabor: amargor de primavera, vinagre en verano, picante de otoño y grasa para el invierno.

Había querido reproducir las mismas palabras que me había legado la abuela. Cuando hube dibujado el último trazo, levanté el pincel con la misma suavidad con la que un platillo volante flota en el cielo. Tan solo duró un instante, pero supe que mi mente se había quedado en blanco durante esos segundos y que un nuevo soplo de vida me recorría por dentro. El resultado, por desgracia, no se parecía demasiado a lo que había en la cocina. No sé si se debía a la intensidad de los trazos, a la densidad de la tinta o a la imponente presencia de mi predecesora... La cuestión era que algo hacía los textos fundamentalmente diferentes, aunque no conseguía descubrir por qué. Seguí preguntándome durante un rato si aquello era bueno o malo; mientras, pegué mis primeros caracteres del año con cinta adhesiva verde junto al recuerdo que la abuela había dejado.

Después de los tres días festivos de Año Nuevo, el correo empezó a llegar en cantidades cada vez mayores: eran las primeras cartas y postales que recibía para la quema ritual. Año tras año, hasta la papelería llegaban cartas de todos los rincones del país, incluso del extranjero, con un denominador común: sus propietarios eran incapaces de deshacerse de ellas. Es complicado leer según qué cosas y después tirar la carta a la basura como si solo fuera un trozo de papel. Incluso si se trata de una sencilla postal, basta con que la hayan escrito a mano para que preserve las emociones del remitente y los minutos que le ha dedicado. Es una pena, pero nadie puede guardarlo todo: las cartas viejas se acabarían acumulando en la casa hasta invadir los rincones y llegar a un límite insostenible.

En este punto, la familia Amemiya ofrecía sus servicios. Podía sonar extraño, lo sé; sin embargo, generación tras generación, las escribientes de la casa habíamos sido responsables de oficiar un ritual sagrado. Del mismo modo que por todo el país se organizan ceremonias para dedicarles un último adiós a las agujas y a las muñecas, nosotras despedíamos las cartas —y el poder que revestían sus palabras— en nombre de sus dueños.

La mayor parte del correo que recibíamos para el rito estaba formado, cómo no, por cartas de amor. Las había que llevaban años en posesión de sus destinatarios, puesto que les costaba desprenderse de ellas. Con el tiempo, esas personas podían haber conocido a alguien, haberse casado y haber decidido que era hora de decir adiós a los recuerdos. Pero, ni por esas, mucha gente no se atrevía a tirar las cartas a la basura como si fueran papeles sin valor. También había quien nos enviaba toda la correspondencia que había recibido a lo largo del año, felicitaciones de Año Nuevo incluidas. El pago por este servicio se realizaba en términos de ofrenda a los dioses y quedaba a discreción de cada cual; el cliente solo tenía que introducir en el sobre la cantidad de sellos que considerara oportuna. Las cartas se recogían a lo largo del mes de enero. El 3 de febrero del antiguo calendario japonés, aquella correspondencia se reunía y se celebraba el servicio funerario, que consistía en una quema ritual que lo reducía todo a cenizas. Esta era la labor más importante que, durante generaciones, había llevado a cabo la familia Amemiya.

Era la primera vez que la ceremonia se celebraba desde hacía años, ya que la tradición había quedado interrumpida cuando, después de morir la abuela, la tía Sushiko se hizo cargo de la tienda. Dado que había vuelto a instalarme en la casa, me pareció que sería un buen momento para retomar la costumbre. Siempre me había dado pena recibir pilas y pilas de correo y que no hubiera ni una mísera postal de Año Nuevo a mi nombre; aunque, para hacer honor a la verdad, me había pasado las últimas semanas tan enfrascada en el trabajo que yo tampoco había enviado ni una sola felicitación. Tenía buenos amigos en el extranjero, pero todos me habían felicitado el año por correo electrónico. Por otra parte, habría sido muy raro que mi propia vecina me enviara una postal.

La papelería Tsubaki volvió a la carga el 4 de enero. La mayoría de los negocios de Kamakura cerraba sus puertas el 31 de diciembre y retomaba el trabajo al día siguiente; así que, en comparación con ellos, podía decirse que me lo estaba tomando con bastante calma. No creía que fuera a tener trabajo durante esas fechas; pero, para mi sorpresa, muchas personas que visitaban el santuario de Kamakura por Año Nuevo se animaron a entrar en la tienda para curiosear. Al ver la afluencia de posibles clientes, hice diez paquetitos sorpresa con los artículos que había encontrado en el armario de la abuela, y los diez volaron ese mismo día. Por lo tanto, cuando cerré por la tarde, preparé otros diez. Ni loca se me habría ocurrido que fueran a venderse tan bien, así que poco faltó para que me pusiera a brincar de alegría.

Esa no fue la única sorpresa agradable que trajeron los primeros días del año, ya que la señora Calpis y su nieta se pasaron a saludar por la tienda. Desafortunadamente, estaba ocupada y no pude hablar con ellas todo el tiempo que me habría gustado. Habían ido a visitar a unos parientes del barrio y se disponían a volver a casa. La anciana parecía haberse recuperado por completo de la lesión del tobillo y la niña caminaba con la cabeza alta, así que deduje que ambas se encontraban en plena forma. Antes de que se fueran, tuve ocasión de hablar un momento con la pequeña para preguntarle por la carta que, unos meses antes, me había pedido que escribiera.

—Ya no tiene que preocuparse por el profe —respondió, quitándole hierro al asunto—. Se ha casado.

Por el tono de su voz, parecía que aquella cuestión ya era agua pasada y había perdido el interés. En lo que a la señora Calpis se refiere, me hizo ilusión ver que llevaba una diadema con estampado de lunares, para variar. Si alguna de ellas hubiera descubierto la tempestuosa relación que había mantenido con mi abuela, las pobres habrían huido despavoridas. Mientras las veía alejarse de la tienda cogidas de la mano, me parecieron dos buenas amigas a las que no les importaba la diferencia de edad.

El Barón se dejó caer de manera inesperada el día 6, poco antes de que cerrara. Me sorprendió que los clientes, que desde primera hora no habían parado de entrar, desaparecieran en ese preciso instante como por arte de magia. Lo primero que oí fue el decidido golpeteo de sus sandalias de madera a medida que su figura imponente se acercaba a mí. Cuando levanté la vista, lo encontré allí plantado, tendiéndome una bolsa de plástico blanco. Tras obviar la cortesía de desearme un feliz año, me recordó —con su brusquedad característica— que era la víspera del Festival de las Siete Hierbas, dio media vuelta y se dirigió a la puerta.

—¡Espere, por favor! —grité, procurando detenerlo, para ofrecerle al menos una copa de sake dulce.

Fue todo tan repentino que mi voz sonó torpe y aguda, justo lo que necesitaba para morirme de la vergüenza. Aun sí, fingí que no había pasado nada, cogí un vaso y lo llené con el sake que seguía caliente en la olla de doble asa que había sobre la estufa. La había dejado al fuego para ofrecer una copa a los clientes que entraran en la tienda a lo largo de la semana que duraban las celebraciones de Año Nuevo.

—El sake dulce es una bebida de verano.

Me quedé helada por un momento, ya que, hasta entonces, había vivido convencida de que no había nada más típico del invierno.

—¿Está seguro?

—Los vendedores ambulantes suelen cargar con las tinajas al hombro, colgadas de una caña de bambú, mientras pregonan lo dulce que está. Dicen que va muy bien para la fatiga veraniega.

Se tomase en verano o en invierno, el caso es que el Barón vació el vaso de un trago. Temí que se quemara la garganta al ver cómo lo engullía, pero solo se puso rojo como un tomate.

—En verano no se bebe caliente, ¿verdad? —le pregunté, para confirmar mis sospechas.

—También está bueno frío.

Me dio las gracias por la copa y se marchó de la tienda con su elegancia habitual. La bolsa de plástico que había traído seguía sobre el escritorio. En cuanto deshice el nudo, la tienda quedó envuelta por un intenso aroma a tierra. El Barón tenía que haberse adentrado bastante en la montaña para recoger aquel adelanto de la primavera que había dejado en mis manos. La fragancia de las siete hierbas hizo que bajara la vista a mis uñas, que aún no había cortado en lo que llevábamos de año. La fuerza de la costumbre, supongo.

De pequeña, me las arreglaba sin falta la mañana del 7 de enero. La noche anterior poníamos las hierbas a remojo, de modo que al amanecer pudiera usar el agua para humedecerme las manos antes de hacerme la manicura. Ese era el primer día del año en que la abuela dejaba que me cortara las uñas; hasta el día 6 por la noche, tenían que permanecer intactas, por muy largas que las llevara. Mi predecesora decía que no había forma más segura de evitar los resfriados durante los doce meses siguientes. Yo me lo creí a pies juntillas hasta que terminé la secundaria, pero al entrar en bachillerato y convertirme en una rebelde sin causa, le eché en cara que todo era una sarta de superticiones y no volví a cortarme las uñas con el agua de las siete hierbas. Había pasado muchos años sin pensar en ello. Después de que el Barón se fuera, dejé las hierbas en un bol y las lavé a conciencia bajo el chorro del agua fría: estaban tan frescas que a lo mejor ni se habían dado cuenta de que las habían arrancado. Una vez limpias, dejé que flotaran apaciblemente en el recipiente de acero inoxidable, y por la mañana sumergí los dedos en el agua sobre la que aún descansaban. Me sorprendió que se hubiera enfriado tanto durante la noche, así que miré el bol más de cerca y descubrí que en la superficie se había formado una fina capa de hielo.

Una vez recuperada de la impresión, procedí a cortarme las uñas en silencio. La última vez que lo había hecho de acuerdo con la tradición, parecían pequeñas conchas rosadas. Ahora, en cambio, se habían transformado en las uñas de una mujer. Primero la mano derecha, después la izquierda: así completé el ritual por primera vez en más de una década. Con los dedos renovados, estaba lista para preparar las tradicionales gachas de arroz que acompañaban a las siete hierbas y preguntarle a la señora Barbara si le apetecía venir a comérselas conmigo. Desde que habíamos ido juntas a ver las campanadas, no había vuelto a saber nada de ella.

—¡Buenos días! —dije, gritando a pleno pulmón.

—¡Poppo! ¡No me digas que aún no te he felicitado! ¡Feliz año nuevo!

Su voz sonaba tan llena de vida como siempre.

—¡Feliz año nuevo para usted también! —respondí de carrerilla, procurando disimular mi alivio—. ¡A ver qué nos traen estos meses!

Los días anteriores habían sido bastante angustiosos. Los había pasado con el alma en vilo, temiendo que a mi vecina le hubiera ocurrido algo. Sin embargo, a juzgar por el tono de su voz, seguía siendo la misma de siempre.

—¿Te comiste la sopa de Año Nuevo? —me preguntó alegremente, sin intuir mis temores.

Recuerdo que la abuela la preparaba todos los años. Iba a la pollería del señor Toriichi, al lado de la estación, y compraba carne picada de una variedad de ave que, por lo visto, es una mezcla de ánade real y pato doméstico. Después hacía bolitas con ella y las añadía a la sopa junto con los berros de agua. Ese año la habría tenido que hacer solo para mí; como la idea me daba una pereza tremenda, al final me había quedado sin comerla.

—¡Señora Barbara! —exclamé, desviando la conversación—. ¿Cómo ha empezado el año? ¿Ha disfrutado las fiestas?

No había terminado de hablar cuando oí que un ataque de tos le impedía responder.

—¿Se ha resfriado?

Bingo: se había pasado la semana enferma, guardando reposo en la cama.

—Yo no diría tanto, solo he cogido un poco de frío esta noche.

—Iba a preparar las gachas de las Siete Hierbas, ¿le apetecen?

Un nuevo ataque de tos asaltó a mi vecina.

—Ya lo creo, ¿quieres que vaya?

Se le notaba la voz un poco cascada, pero, por lo demás, estaba tan animada como cualquier otro día.

—Voy a ponerme ahora, así que todavía tardaré un rato. La avisaré cuando estén listas, ¡pero le prometo que me daré prisa!

—Ah, no, de eso ni hablar. —Era una respuesta que no me esperaba—. Si las haces con prisas, no te quedarán bien.

Comprendí enseguida a qué venía ese tono deliberadamente malhumorado, así que cogí el cuchillo, preparé la tabla de cortar y reformulé mi respuesta:

—En ese caso, me lo tomaré con calma y les dedicaré todo el tiempo que haga falta hasta que estén listas.

—Muchas gracias, Poppo. Qué recuerdos... Hace años que no como esas gachas, ¡ya estoy deseando probarlas!

Después de pronunciar estas últimas palabras, la presencia de la señora Barbara se desvaneció en la distancia. Mientras ella retomaba sus labores, cogí las hierbas que me había traído el Barón y las dejé en un colador de fibras de bambú. Sin darme cuenta, la fina película de hielo que las recubría se había derretido.

Lavé arroz para dos personas, lo eché en una olla de arcilla y le añadí agua; la botella de plástico que había llevado conmigo el 1 de enero seguía medio llena en la nevera. Ya estaba todo a punto, solo tenía que dejar hervir la mezcla. Durante la época en la que había dado tantas vueltas por el mundo, descubrí que el arroz no era, necesariamente, un alimento tan común como yo creía. Uno de los trucos que tenía para estirarlo un poco era usarlo para hacer gachas.

Iba a ser la primera vez que la señora Barbara y yo desayunáramos juntas ese año. Solo había pasado una semana desde la última vez que nos habíamos visto, pero a mí me parecía una eternidad. Por suerte, me había bastado con oír su voz para que sintiera que las cosas habían vuelto a la normalidad.

La tarde era fría y algunos copos de nieve habían empezado a bailar en el cielo cuando un hombre de mediana edad, con expresión circunspecta, vino a verme a la tienda.

—Buenas tardes.

Se detuvo un momento junto a la puerta, se quitó el sombrero, se sacudió la nieve que se le había acumulado sobre los hombros y, solo entonces, entró en la papelería. Ese día debía de hacer mucho frío en la calle; incluso con la puerta de cristal cerrada, no había manera de que la estancia se calentara. Cuando el caballero entró, una corriente de aire gélido hizo descender aún más la temperatura de la sala.

El desconocido se acercó a mí con un paquete, envuelto en tela, entre las manos. Viendo el cuidado con el que lo sostenía, supe que necesitaba un escribiente.

—Tome asiento, por favor —dije, señalando una banqueta.

Serví un poco de harina de *kuzu* en un vaso de té, cogí la tetera que había sobre la estufa y añadí un buen chorro de agua hirviendo. El resultado fue una mezcla oscura, espesa y de sabor dulce, que extraía sus propiedades de la raíz molida de la planta homónima. Mi visitante se había quitado el abrigo, lo había doblado con cuidado y se lo había colocado sobre las rodillas. Me recordaba a la típica gabardina que usan los detectives de ficción, con su capita colgando de los hombros. No tenía claro si era un abrigo Ulster o Inverness, solo sabía que tomaba su nombre de algún lugar del norte del Reino Unido.

—Bébaselo antes de que se enfríe.

Mezclé el contenido con una cuchara de madera hasta que la harina quedó disuelta, le ofrecí el vaso al desconocido y me senté de forma que pudiera ver su cara de medio lado. Yo también me serví un poco de *kuzu*, solo que cogí una taza de desayuno en lugar de usar los vasos que reservaba para los clientes. El botecito de harina era un regalo de la señora Barbara, quien me lo había comprado en Nara cuando estuvo allí por fin de año con uno de sus amigos.

El desconocido rodeó el vasito con ambas manos y se las calentó. No parecía que se hubiera recuperado todavía del frío, puesto que, al respirar, exhalaba pequeñas volutas plateadas.

—¿Sería tan amable de escribir los datos personales que considere oportunos? —le pregunté, dejando un bolígrafo y una hoja de papel sobre la mesa, una vez que sus manos entraron en calor.

Escribió su nombre con una letra clara y firme; daba la impresión de que los propios caracteres se mostraban con la espalda erguida y no tenían nada que ocultar. Se llamaba Seitarō Shirakawa.

—¿En qué puedo ayudarlo?

—Verá —comenzó a decir con cierta incomodidad—, quería que me ayudara a que mi madre descanse en paz.

—¿Su madre?

Un momento, ¿deseaba que su madre descansara en paz? Será mejor que no mencione las barbaridades que me vinieron a la cabeza, aunque, por suerte, me las quité de encima antes de decir algo que pudiera lamentar. Seitarō exhaló un profundo suspiro, como si cargara con todo el peso del mundo sobre los hombros. Ahora bien, una vez que empezó a hablar, apenas respiró hasta que hubo terminado de contarme su historia.

—Mi madre es una mujer fuerte. Tiene más de noventa años y, que yo recuerde, siempre se ha valido por sí misma. Hasta hace poco vivía en Yokohama; sin embargo, desde que la ingresamos en la residencia, ha empezado a decir cosas raras. Mi padre, verá usted, se dedicaba al comercio internacional, aunque hace ya tiempo que nos dejó. Mi madre no deja de decir que tiene que volver a casa porque en cualquier momento va a llegar una carta suya. Su marido era un hombre distante, de quien no puedo decir que conserve un buen recuerdo. Cuando aparecía por casa, que no era a menudo, siempre parecía enfadado; no lo vi sonreír ni jugó conmigo una sola vez cuando yo era pequeño. Incluso cuando me armaba de valor para dirigirle la palabra, él se comportaba como si no me hubiera oído. Era un hombre chapado a la antigua, qué se le va a hacer. Con mi madre se comportaba exactamente igual: nunca tuvo un detalle con ella ni le reconoció los esfuerzos que hacía a diario. No me malinterprete, no era una mala persona, nunca se le habría ocurrido insultarnos, y mucho menos levantarnos la mano, cuando bebía. Lo raro viene ahora: teniendo en cuenta lo que sabemos de él, ni mi hermana ni yo creíamos que tuviera la costumbre de escribir a nuestra madre. Supusimos que eran solo imaginaciones suyas, así que lo achacamos a la edad y lo dejamos estar..., hasta que, hace unos días, mi hermana estaba arreglando la casa y encontró esto al fondo de una cómoda. Véalo usted misma.

Mientras Seitarō dirigía la mirada al bulto que descansaba sobre sus piernas, cogí mi taza para beber un poco de *kuzu* antes de que la mezcla se enfriara del todo. Su agradable sabor se extendió paulatinamente por mi boca hasta que la inundó por completo.

Mi cliente había doblado con cuidado el pañuelo en el que traía el paquete y me tendió un fajo de correo atado con un cordel rojo. Casi todo lo que contenía eran postales, pero entre el montón de legajos había también algún que otro sobre.

—Cójalo, lea usted lo que quiera.

Habiendo recibido permiso expreso, cogí el fajo de cartas y lo acerqué a mí; el aroma a polvo y sequedad tan propio del papel antiguo no tardó en invadirlo todo. En cuanto solté el cordón, la pila de cartas y postales se desplegó elegantemente, formando un delicado abanico sobre la mesa.

Arriba del todo había quedado una tarjeta postal con una fotografía en blanco y negro. Mostraba a varias personas, con trajes de baño antiguos, nadando alegres en una gran piscina.

—¿Está seguro de que no le importa que las lea?

Cuando consultaba una carta que no era para mí, tenía la impresión de estar cometiendo un delito imperdonable en contra del remitente y del destinatario. Sin embargo, como la mirada de Seitarō me animaba a seguir leyendo, le dediqué un pequeño gesto en señal de asentimiento y giré la postal.

—Me cuesta creer que ese hombre, al que nunca vi sonriendo, fuera capaz de escribir estas cosas —murmuró mientras leíamos juntos la postal.

Por un momento, tuve la impresión de que Seitarō había memorizado todo lo que contenía ese paquete.

—No se parece en nada a la persona que mi hermana y yo conocimos.

Hablaba con frialdad, como si aquella nueva faceta de su padre implicara algún tipo de conflicto; aunque sospecho que, en el fondo, lo consideraba un descubrimiento afortunado. La dulzura se reflejaba en el rabillo de sus ojos.

—Si nos hubiera escrito así a nosotros, aunque solo hubiera sido una vez en la vida, le aseguro que nuestras vidas habrían sido muy diferentes.

Las palabras del difunto expresaban sin rodeos el amor que sentía por su esposa. Solo con pensar en lo mucho que debía de preocuparse por ella cada vez que se veía obligado a viajar lejos de casa... Le escribía una vez desde cada lugar en el que hacía noche; en ocasiones, hasta dos veces en un mismo día.

—Quién no querría tener algo así, ¿verdad? —dije, suavemente, con la mirada perdida en los textos.

Sin darme cuenta, dejé escapar un suspiro.

—En el fondo, tiene sentido, lo sé. Mis padres seguían siendo un hombre y una mujer que se amaban con locura, aunque para un niño no siempre fuera fácil de ver.

—Su madre debía de pasarse el día esperando a que llegara el cartero. —Seitarō cerró los ojos y asintió profundamente—. Y lo sigue esperando, ¿me equivoco?

Hablé en susurros, pero quiero pensar que mis palabras expresaban hasta qué punto me hacía cargo de la situación.

—Por eso quiere volver a casa, y a mí me parte el corazón verla así. Me la imagino cuando aún era joven, mirando el buzón a escondidas para ver si había llegado una carta. Mi padre y ella vivieron una historia de amor secreta de la que nos dejaron al margen.

Desde que había empezado a hablar, Seitarō no había interrumpido su discurso ni una sola vez, pero aquellas últimas palabras sonaron entrecortadas. Las lágrimas se le habían acumulado en el rabillo del ojo y tuvo que enjugárselas para evitar que le empaparan las mejillas. Después, corrigió su postura y, mirándome a los ojos, preguntó:

—¿Sería tan amable de hacer que mi padre le escriba una última carta desde el más allá?

Cuando escuché aquello, fui yo quien tuvo que sacar el pañuelo.

Esa noche leí todas las cartas y postales que el padre de Seitarō le había enviado a su esposa. Tenía una letra firme, propia de los hombres de otra época. Puede que incluso fuera de aquellos que llevaban encima su pluma hasta para ir al trabajo. Había algún que otro texto escrito con bolígrafo, pero la inmensa mayoría del correo mostraba los mismos trazos contundentes, dibujados con una tinta negra impecable. De golpe, me descubrí preguntándome si acaso la letra no se heredaría por vía genética, como sucede, por ejemplo, con la complexión. Nunca me había dado por pensar en ello, pero era inevitable tras comprobar con mis propios ojos que la escritura de Seitarō era clavada a la de su padre.

Dejando a un lado la rigidez de la forma, el contenido de los textos reflejaba con ternura el amor que sentía por la madre de sus hijos. Casi todas las cartas y postales comenzaban diciendo «Mi amada Chii» o «Mi querida Chii», mientras que su única fórmula de despedida era «Sabes que te amo más que a nada en este mundo». Por lo que me pareció ver, había una notable diferencia de edad entre ellos. Era posible que, para ese hombre, su amada esposa no solo fuera la compañera con la que había elegido compartir la vida, sino también una muchacha a la que debía proteger. Cada palabra que le dedicaba era como una amorosa gota de rocío que había preservado su frescura a pesar de los años. Seguro que la madre de Seitarō se había pasado la vida aguardando con impaciencia la llegada de una nueva carta, encadenando un día de soledad tras otro, con el único aliciente de su emotiva espera junto al buzón. Me pregunté qué le diría ese hombre si siguiera vivo y dejé que mi imaginación echara a volar con libertad.

El pedazo de papel en el que había escrito los primeros caracteres del año ardió junto con las decoraciones festivas del santuario de Hachiman-gū. Según dice la tradición, cuanto más alta sea la columna de humo que emerge de un texto, más crecerá el talento para la caligrafía de la persona que lo ha quemado como ofrenda. El mío se consumió dispersando un hermoso haz de chispas, tras lo que el humo se alzó en el aire girando sobre sí mismo como si de un dragón se tratara hasta que el papel quedó reducido a cenizas.

Para ser escribiente, no basta con tener una letra bonita. Hay casos —cuando escribes el nombre del destinatario de un sobre con dinero en efectivo, cuando redactas una carta de recomendación o cuando preparas un *curriculum vitae*— en los que se busca la belleza de la forma. Casi todo el mundo encuentra cierto atractivo en los caracteres bien estructurados y que recuerdan a la tipografía impresa. Ahora bien, los textos escritos a mano por un ser vivo poseen algo que va mucho más allá de la belleza estética.

La letra crece y envejece con nosotros. No escribimos igual cuando estamos en primaria o en bachillerato, cuando hemos cumplido la veintena o cuando hemos doblado esa edad. Si hablamos de personas que alcanzan los setenta u ochenta años, la diferencia es todavía más grande. Las adolescentes que toman sus apuntes con trazos redondeados también serán ancianas algún día y para entonces su letra ya no será la misma. Es natural: envejecemos juntas.

La verdadera belleza, sin artificios ni bisturís, incorpora la hermosura que le confiere el paso del tiempo. Esta idea me llevó a preguntarme cómo habría sido la letra del padre de Seitarō si siguiera vivo, y descubrí que no tenía respuesta para ello. La mayor parte de mi vida la había pasado en compañía de la abuela y en casa nunca habían entrado hombres. Por lo tanto, era incapaz de imaginar cómo sería tener un padre.

El contenido del texto estaba listo, pero no sabía cómo tenía que ser la letra que me permitiera plasmarlo. Por mucho que lo intentara, siempre había algo que no cuadraba. Me sentía como si me estuviera dando de bruces contra una pared: un poco más y habría empezado a retorcerme de dolor en el suelo. Ni siquiera por esas llegué a una solución; al contrario, cuanto más escribía, más me enredaba con mis propias suposiciones.

Que estaba atascada de mala manera, vamos. Hasta entonces nunca me había sentido tan atrapada, lo que me dejaba entre sorprendida y confusa. Era una sensación parecida al estreñimiento: por mucho que quieras liberarte de lo que llevas dentro, no tienes forma de hacerlo. Es más, sabes que tu cuerpo tiene que soltarlo, pero te consta que no lo va a hacer por las buenas; al final, todo es miseria y frustración.

Llegué al punto de empezar a tener problemas de insomnio, algo nada habitual en mí. Necesitaba que alguien me ayudara, pero no había nadie que viniera a socorrerme. Tenía que escribir, escribir, escribir..., y cuanto más me lo repetía y más me presionaba para hacerlo, más me hundía en las aguas de una ciénaga traicionera que no parecía tener fondo. Habría dado cualquier cosa por pedirle consejo a la abuela, cuya fotografía me contemplaba indiferente desde el altar y se negaba a regalarme una respuesta.

Llevaba dos semanas arrastrando esta situación cuando, desde el otro lado de la pared, la voz la señora Barbara reverberó con una curiosa propuesta.

—Poppo, ¿te apetece que salgamos este domingo a hacer la ruta de los Siete Dioses de la Fortuna? —preguntó una mañana mientras me encontraba sacando brillo al suelo con la cabeza embotada—. Ayer me encontré con Panty en la cooperativa y caímos en la cuenta de que aún no hemos celebrado el cambio de año. Resulta que, según el calendario antiguo, este domingo es el día de Año Nuevo. Y como la papelería estará cerrada, habíamos pensado en que a lo mejor te apetecía acompañarnos. Nos estábamos tomando un café con leche en una esquina del local, el Barón entró a comprar el pan y al final los tres nos emocionamos más de la cuenta.

—Entonces ¿él también va?

—¡Es el que más ganas tenía! Bueno, ¿qué me dices? He consultado la previsión del tiempo para el domingo y parece que vamos a tener suerte. ¿Has hecho la ruta alguna vez?

Para nada me apetecía salir el domingo: los siete dioses de la fortuna me importaban un rábano en esos momentos. Estaba a punto de rechazar la oferta cuando algo me detuvo. Después de todo, tal vez no fuera tan mala idea. La abuela no había tenido nada que ver en aquella ocasión: mi mirada se había cruzado con la de la tía Sushiko, quien parecía guiñarme un ojo desde la foto del altar, como diciendo: «Poppo, cielo, si la oportunidad llama a tu puerta, aprovéchala».

—¿A qué hora han quedado? —le pregunté a la señora Barbara, sin terminar de creerme lo que estaba diciendo.

De rodillas en el suelo, con el trapo en la mano, alcé la vista para consultar el calendario y comprobé que, en efecto, el domingo coincidía con el antiguo día de Año Nuevo.

—No lo hemos decidido aún, pero el Barón estaba tan contento que dijo que se encargaría de pedir la comida. Yo había pensado en llevar alguna cosita dulce para picar —me respondió, divertida, alzando la voz.

—Entonces, a ver qué puedo llevar yo.

—¡Fantástico! —exclamó la señora Barbara en cuanto terminé de hablar—. ¡Eso significa que vienes! ¡Ya estoy deseando que sea fin de semana! ¡Con tanta emoción, seguro que el resfriado se me cura para el domingo! —añadió rápidamente—. ¡Espero que tengas un día maravilloso!

—¡Lo mismo digo!

El sol de la mañana se colaba por la ventana del pasillo con tanta intensidad que parecía que la casa fuera a estallar en llamas en cualquier momento. Al ver aquel repentino resplandor, estuve a punto de marearme. Incluso así, las motas de polvo que bailaban en el aire me parecieron de una belleza estremecedora.

El primero que llegó a nuestro punto de encuentro, en la estación Norte de Kamakura, fue el Barón.

—¿Va a ir así vestido?

En cuanto lo vi ataviado para la cita, me olvidé de saludarlo. Puede que se tratara de la ruta de los Siete Dioses, pero parte del recorrido nos iba a llevar hasta los Alpes de Kamakura, y eso implicaba caminar montaña arriba. A pesar de todo, el Barón se había presentado vestido con un conjunto tradicional, con el blasón de su casa estampado en la amplia chaqueta.

—Faltaría más, estamos en Año Nuevo. Pero eso no impide que haya venido listo para salir de paseo —argumentó mientras se levantaba el bajo de los pantalones con una sonrisa pícara y me enseñaba un par de zapatillas deportivas de llamativos colores—. Todavía están haciendo las bolsitas de tofu rellenas que he pedido para llevar, así que puedes esperar en el banco. Las demás no tardarán.

En cuanto hubo terminado de hablar, sacó la cajetilla de tabaco que guardaba en el interior del kimono y se llevó un cigarrillo a los labios. Preferí no decir nada porque quería que tuviéramos la fiesta en paz, pero estaba convencida de que, a esas alturas, en los espacios públicos de Kamakura no se podía fumar, y el norte de la ciudad no era una excepción.

El Barón no se había fumado ni la mitad del cigarrillo cuando, tras salir del andén, Panty se unió a nosotros. Verla caminar era como contemplar una pelota de goma que rebota contra el suelo: todas las curvas de su cuerpo oscilaban en la misma dirección. El Barón tiró la colilla al suelo y la apagó pisándola con una de sus zapatillas. Estaba a punto de llamarle la atención por dejarla allí tirada, pero se agachó para recogerla y la guardó en el cenicero portátil que llevaba en el bolsillo interno de la manga. Por lo visto, un mínimo de cortesía y decencia sí que tenía.

Poco después llegó la señora Barbara. Aquella mañana habíamos estado tan atareadas con los preparativos que decidimos salir de casa por separado y encontrarnos en la estación.

—¡Buenos días!

—Deberíamos estar felicitándonos el año nuevo —la corrigió el Barón.

A pesar de su falta de tacto, no le faltaba razón. Tal como había comprobado en su momento, según el antiguo calendario, ese domingo daba comienzo el nuevo año. En cuanto caí en la cuenta, la ciudad al completo me pareció un poco más radiante y engalanada de lo normal.

—Feliz año nuevo a todos —añadí, recobrando la energía.

Allí estábamos los cuatro, en la plaza de la estación, felicitándonos el cambio de año sin que la diferencia de edad importara en absoluto. El cielo estaba tan limpio y azul que parecía que alguien hubiera extendido una sábana del más intenso añil sobre nuestras cabezas.

—Hemos tenido suerte con el tiempo que hace.

—El viento es frío, pero, con el ejercicio, no nos daremos cuenta.

—¡Va a ser un día fabuloso!

Mientras charlábamos, el Barón se alejó del corrillo y entró en el restaurante Kōsen para recoger el pedido. Hacía un rato que hablábamos en la plaza cuando volvió con la comida envuelta en un gran pañuelo; a medida que se acercaba, me pareció percibir el aroma avinagrado de los saquitos. Era increíble que un estímulo tan pequeño me hiciera salivar: no era ni media mañana y ya tenía hambre.

—¡Nos vamos! —anunció el Barón, abriendo la marcha sin molestarse en esperarnos.

Nos dirigimos hacia el templo de Jōchi-ji, en la zona norte de la ciudad. Nunca dejará de sorprenderme la inmensa cantidad de templos que hay en Kamakura; podría compararse a una tumba de proporciones colosales y seguiría haciendo honor a la verdad. Sinceramente, no me extraña que haya tantos testigos que digan haber visto fantasmas por la calle. Al cabo de un rato, ascendimos con energía por una escalera de piedra con sendas hileras de cedros a los lados. Nuestra primera parada iba a ser el templo de Hotei, el dios de la abundancia y de la felicidad. Cuando llegamos a la taquilla, nos pusimos en fila para recibir nuestros respectivos certificados de visita.

—Me emocionan mucho estas cosas —le susurró la señora Barbara a Panty.

—Es como cuando vas de visita a una ciudad y te propones conseguir los sellos de todos los puntos turísticos —respondió esta, procurando, a su vez, bajar la voz.

Como consecuencia de su trabajo, Panty fue incapaz de hablar sin proyectar la voz y sus palabras acabaron resonando por todo el salón. Mientras tanto, yo no apartaba la vista de los movimientos que realizaba el encargado de escribir los sellos. Utilizaba un pequeño pincel empapado en tinta china que se deslizaba con ligereza y suavidad. Yo era escribiente, pero él debía de ser alguna suerte de calígrafo. Antes de que nos marcháramos, estampó tres grandes sellos y dio el certificado de visita por terminado. Mientras lo veía volcado en su tarea, me di cuenta de que su trabajo no admitía margen para el error. ¿Nunca se equivocaba? ¿O es que había maneras que yo ignoraba de arreglar los posibles descuidos?

Esperamos a que terminara el certificado del Barón, que era el último en la fila, y volvimos a bajar por la escalera de piedra.

—Acabamos de empezar —me recriminó el Barón cuando me vio sacando una botella de plástico del bolso—. No puedes ser la más joven y la que más se cansa.

Lo peor era que tenía razón. Me preocupaba que la señora Barbara no fuera capaz de seguirnos el ritmo, pero de momento se la veía en perfectas condiciones. Debía de tener las piernas en forma de tanto practicar bailes de salón.

—¿Adónde vamos ahora? —preguntó Panty, a la cabeza de la marcha, girándose hacia el Barón.

—Podemos hacer el camino de Ten'en para ir hasta el templo de Hōkai-ji. Si seguimos recto y pasamos por detrás del templo de Kenchō-ji, enseguida llegaremos a la montaña —respondió el Barón con una amabilidad que nunca había empleado conmigo.

Había llegado el momento de hacer senderismo. A pesar de haber nacido y crecido en Kamakura, había ido de excursión al monte en contadas ocasiones, y siempre porque me había llevado la escuela. Llegar al punto donde comenzaba el camino de Ten'en ya constituía todo un reto. El templo de Kenchō-ji que acaba de mencionar el Barón era el más grande de los cinco templos zen de Kamakura; llevábamos un buen rato caminando y todavía no habíamos salido de sus terrenos. Cuando por fin llegamos al inicio del sendero, la imagen que se dibujó ante mis ojos me dejó hundida: una escalera interminable ascendía pegada al precipicio.

—¡¿Vamos a subir por aquí?! —exclamé con un tono de reproche que ni siquiera yo esperaba.

Era mucho más práctico volver a la estación del Norte, coger la línea de Yokosuka y llegar al centro de la ciudad en una sola parada. Después de haber visitado tan solo el primer templo, ya tenía la espalda cubierta de sudor y el ánimo por los suelos.

—Toma, come esto —dijo la señora Barbara, y me metió a la fuerza un caramelo en la boca.

Era de un fuerte sabor a menta: una refrescante brisa veraniega enseguida se me extendió por la boca.

—¿A que está bueno? Verás como te da la energía que necesitas.

¿Cómo era posible que la señora Barbara, que como mínimo me doblaba la edad, estuviera fresca como una rosa mientras que yo a duras penas me tenía en pie? Estaba intentando asimilar la situación cuando Panty empezó a remontar la escalinata, así que no tuve más remedio que seguirla. No sé qué demonios se me pasó por la cabeza en ese momento, porque de repente el trasero de mi amiga pareció convertirse en una extraña criatura que había cobrado vida propia. Estaba en el infierno de las escaleras.

—Dicen que construyeron este templo sobre los restos del valle del infierno —explicó el Barón, unos cuantos peldaños más abajo, sin que me hubiera dado tiempo a deshacerme de mi propia imagen infernal.

—¿Ah, sí?

No me quedaban fuerzas para hablar, pero tampoco quería resultar maleducada por ignorar su comentario, de modo que me vi obligada a responderle con un hilillo de voz.

—Antes era un patíbulo —añadió, incitándome a seguir preguntando.

Por desgracia, a esas alturas ni siquiera podía hablar. De hecho, hacía un buen rato que las piernas apenas me sostenían. Era Año Nuevo, ¿por qué no nos sentábamos a comer pastelitos de arroz y ya está? Si las cosas seguían a ese ritmo, yo también acabaría perdiendo la vida en el patíbulo. ¿Quién me habría mandado decir que sí y hacer la ruta de los Siete Dioses de la Fortuna?

—¡Mira, Poppo! ¡Solo tienes que llegar a este mirador!
Unos cuantos metros por encima de nuestras cabezas,
Panty nos saludaba con la mano mientras una enorme sonri-
sa le iluminaba la cara.

—¡Ya casi estamos! —añadió con voz alegre la señora
Barbara, también sonriente, intentando infundirme el ánimo
que me faltaba.

Cuando llegamos a la plataforma, estaba roja como un
tomate y tenía tanto calor que, si te descuidas, me salía humo
por las orejas. Panty, la señora Barbara y el Barón habían recuperado el aliento y contemplaban el paisaje desde las alturas. Puede que no fueran las vistas más bonitas del mundo,
pero ofrecían una buena panorámica de la ciudad. Hasta la
bahía de Sagami se dejaba ver en la distancia, a mano izquierda. Ojalá aquel hubiera sido nuestro destino, pero no iba a
tener tanta suerte: solo era el punto de partida del camino de
Ten'en. Temía que, si seguía sentada en el banco, acabara
echando raíces. Me negaba a que la situación llegara a ese
punto, así que me puse en pie y en esa ocasión fui yo quien
encabezó la marcha.

En comparación con la intensidad del ascenso, el camino
a través del sendero de montaña fue bastante más agradable.
Panty cantaba con voz clara detrás de mí y al final nos anima-
mos a hacerle los coros en voz baja. Nadie se lo esperaba, pero
la maestra resultó ser muy fan del grupo Spitz. Una parte de
mí no quería imaginarse lo que pensaría la gente si se cruzaba
con un grupo de cuatro adultos hechos y derechos que iban
cantando como niños en medio de la montaña; la otra parte
seguía sorprendida de lo agradable y entretenido que podía
ser un paseo como aquel.

Imagino que la impecable interpretación de Panty contribuyó a que los cuatro estuviéramos de mejor humor. Cada vez que el sendero descendía, el sudor que me empapaba el cuerpo se secaba poco a poco. Tuve la sensación de que el intenso aroma a tierra que nos rodeaba despertaba partes de mi cerebro que normalmente permanecían dormidas. Tras haber recorrido un buen trecho, supe que había hecho bien al acompañarlos. Después de una hora escasa marchando por caminos montañosos, descendimos a través de una ladera poblada de arces. De golpe y porrazo, el sendero se volvió tan familiar que me sentía capaz de recorrerlo con los ojos cerrados.

—Pasear por el monte abre el apetito, ¿verdad? —dijo la señora Barbara.

—Ya lo creo.

—Deberíamos buscar un sitio para sentarnos a comer —propuso el Barón al oír que Panty, aún llena de energía, se mostraba de acuerdo con mi vecina.

Yo no creía que fuera tan sencillo dar con un lugar en el que sentarnos. Kamakura podía estar llena de templos y santuarios, pero le faltaban parques a los que poder ir de pícnic.

—Teniendo en cuenta dónde estamos —continuó diciendo el Barón, para mi disgusto—, me parece que la papelería es lo que nos queda más cerca.

Mi intuición no había fallado. ¡Menos mal que esa mañana lo había limpiado todo a conciencia!

—No voy a desaprovechar la oportunidad de comer en la tienda —añadió Panty, encantada con la propuesta.

—¿Te importa que vayamos a tu casa? —preguntó la señora Barbara, mirándome a los ojos para asegurarse de que yo estaba de acuerdo.

Mi respuesta fue un poco ambigua. Era cierto que mi casa quedaba más cerca que cualquier otro lugar al que pudiéramos ir a comer, pero la señora Barbara vivía a solo unos pocos metros de distancia y a nadie se le había ocurrido mencionarlo. Supongo que no debían de sentirse cómodos con la idea de entrar en tropel en casa de una mujer de su edad.

—Decidido: comeremos en ese cuchitril y reemprenderemos la marcha.

El Barón había dicho la última palabra: ese día comíamos en casa.

Entré en la casa por la puerta del jardín, abrí la papelería desde dentro y me apresuré a reorganizar la estancia para que todo el mundo pudiera sentarse. Panty y la señora Barbara ocuparon los taburetes que usaba para atender a los clientes que venían en busca de un escribiente, en tanto que el Barón tuvo que conformarse con la silla de madera que había junto al mostrador. En lo que a mí respecta, me bastaba con colocar un cojín sobre el pequeño escalón de la entrada.

Encendí la estufa, puse agua a hervir y llené la tetera grande, que habitualmente no tenía ocasión de usar, con una variedad de té ahumado. Cuando volví a la papelería cargada con el servicio de té, descubrí que mis invitados ya habían repartido la comida y que todo el mundo tenía su cajita de madera con las bolsitas de tofu. Serví el té en los vasos de cerámica que había llevado —ninguno a juego, dicho sea de paso— y nos dispusimos a comer. El olor agridulce del vinagre con el que habían preparado el contenido de las cajitas impregnaba el ambiente.

No recuerdo haber dicho ni mu mientras lo devoraba. El fino envoltorio de las bolsitas de tofu, húmedo tras haber pasado tanto tiempo en contacto con el relleno, estaba frito y desprendía un delicado sabor agridulce. En cuanto al arroz que contenía, se había mantenido lo bastante duro como para que los granos se desprendieran con facilidad y pudieran saborearse uno a uno al morder el saquito.

—Son las mejores bolsitas de tofu que he comido en la vida —dijo Panty, a un paso de ponerse a llorar de lo ricas que estaban.

—¿No habías probado las del restaurante Kōsen?

—Ni siquiera sabía que existieran.

Habló tan deprisa que un grano de arroz se le debió de colar por la tráquea, puesto que, casi de inmediato, la cara se le tiñó de rojo y empezó a toser.

—Bebe un poco de té —dije, acercándole el vasito que le acababa de ofrecer.

Panty se lo llevó a los labios y bebió hasta no dejar gota. Ya que estábamos, aproveché para sacar las cuatro mandarinas que llevaba en la mochila con la intención de que nos las comiéramos de postre. Si hubiera sabido que íbamos a acabar en mi casa, me habría ahorrado el ir cargando con ellas toda la mañana. Eran, por cierto, de la prefectura de Ehime, y las había comprado unos días antes en la frutería del barrio.

Después de comer, todo el mundo cogió su mandarina. Hasta el último momento no supe si prefería dar cuenta de la última bolsita de tofu o guardarla para más tarde, aunque finalmente acabé decantándome por lo segundo. La fruta, ni muy dulce ni muy ácida, tenía un delicado sabor que no tardó en extenderse por mi boca. Tras acabar también el postre, el

Barón insistió en que le apetecía tomarse un café, así que decidimos pasar un momento por la cafetería Bergfeld. En casa no tenía costumbre de beber café porque nunca quedaba bien cuando lo hacía para mí sola.

Si rebuscaba por los estantes, seguro que acababa encontrando el bote con los restos del café instantáneo que tanto le gustaba a la tía Sushiko. Sin embargo, como dudaba de que el Barón fuera a conformarse con eso, dejé los platos sucios esperándome en casa y salimos de la papelería. De camino al Bergfeld, hicimos una breve parada en el santuario de Kamakura-gū para rendir culto a las piedras de la buena suerte: con todos los años que había vivido en ese barrio, ¡no se me había ocurrido hacerlo nunca! El ritual consistía en exhalar con fuerza sobre un pequeño recipiente de arcilla para depositar allí todas tus malas energías y, a continuación, lanzarlo con fuerza contra las piedras para que se hiciera añicos. Los cuatro seguimos paso a paso la ceremonia, serios y concentrados, pero fue la señora Barbara quien logró extraer el sonido más bello de su vasito quebrado.

—Después de esto, ¡no volveré a tener mala suerte en años! —exclamó, contentísima, mientras levantaba el puño en señal de victoria.

Tras rendir homenaje a las piedras de la suerte, pasamos junto a las puertas del santuario de Egara Tenjin y paseamos con calma por los callejones que lo rodeaban. Por si todavía me quedaba alguna duda al respecto, aquel día constaté que Kamakura era una ciudad desierta en invierno. Los únicos seres vivos con los que nos cruzamos a lo largo del camino fueron algunos vecinos del barrio y un perro shiba inu que levantaba una de sus patitas traseras para marcar el poste de teléfono más cercano. Al ver las nubecillas de vapor que se elevaban del arco trazado por sus efluvios, me entró aún más frío del que ya tenía.

Estábamos en el Bergfeld, disfrutando al fin de nuestro café, cuando el cielo se oscureció de repente. Resultó que, después de todo, el pronóstico del tiempo no había dado en el clavo.

—¡Con el buen tiempo que hacía esta mañana!

Mirando a través de la ventana, intuimos que no tardaría mucho en empezar a llover.

—¿Y si intentamos llegar hasta el templo de Hōkai-ji?

Después de escuchar la sugerencia del Barón, nos apresuramos a levantarnos. Como el tráfico era bastante denso en los alrededores del templo, tuvimos que darnos prisa y caminar en fila de a uno por la avenida del autobús. Habíamos empezado la jornada decididos a hacer la ruta de los Siete Dioses, pero llevábamos casi todo el día de un lado para otro y solo habíamos hecho la primera visita.

—¿Alguien sabe cuál es la divinidad del templo? —preguntó Panty.

—Bishamonten.

—Las flores blancas de los arbustos de lespedeza están preciosas en otoño —dijo la señora Barbara para completar la escueta respuesta del Barón—. Solía venir bastante a verlas.

No era, ni mucho menos, la primera vez que me acercaba al templo. Si hasta entonces no había entrado, era por el único motivo de que cobraban entrada. Abrí el cierre metálico que había en la parte superior del monedero y saqué una moneda de cien yenes, que era lo que costaba el acceso. Frente al edificio principal del recinto, los primeros ciruelos ya se habían vestido con sus flores rojas y blancas, que irremediablemente me recordaban a las galletitas de arroz típicas del festival de las muñecas. Solo tenía que cerrar los ojos y respirar hondo para que su aroma, delicado y dulzón, me llenara los pulmones. Pese al frío que lo envolvía todo, la primavera parecía estar de repente un poco más cerca.

—¡Es precioso!

Cuando volví a abrir los ojos, Panty se había acercado a mí. También ella tenía los ojos cerrados y aspiraba el aroma que desprendían las flores. Vistas de perfil, las curvas de su pecho eran todavía más llamativas.

Las primeras gotas comenzaron a caer cuando, con los certificados de visita ya expedidos, discutíamos cuál podría ser nuestro próximo destino.

—Creo que deberíamos acercarnos al santuario de Hachiman-gū —propuso la señora Barbara.

Todos estuvimos de acuerdo. Al fin y al cabo, estábamos a 1 de enero según el antiguo calendario: bien valía la pena celebrarlo.

Caminamos con cuidado, procurando evitar los enormes autobuses turísticos, hasta que llegamos al arco ritual de color rojo que señalaba la entrada a los terrenos del santuario. La escultura de Benzaiten, la diosa de las artes, se encontraba en un pequeño islote que flotaba sobre las aguas del estanque de Genji. No era uno de mis rincones favoritos que dijéramos, ya que a menudo estaba tan lleno de palomas que lo único que podía verse era una inmensa bandada de aves blancas. Hay, francamente, pocas cosas que me revuelvan más las tripas que esa imagen. Sí, es irónico que me llame «niña de las palomas» y que esos bichos consigan espantarme. Lo siento, es lo que hay: que yo recuerde, nunca, en toda la vida, me han parecido bonitos.

Todavía nerviosa por la presencia de las aves, presenté mis respetos a la divinidad, recibí el certificado de visita y taché otro santuario de la lista. Mientras nos adentrábamos en el parque, empapados por una suave llovizna, tuve la ligera impresión de que a los cuatro se nos había ocurrido lo mismo: ni locos habríamos aguantado la interminable cola del 1 de enero para hacer la primera visita del año al santuario. Sin embargo, al guiarnos por el calendario tradicional, todo resultaba mucho menos aparatoso.

Caí en la cuenta de que hacía tiempo que evitaba subir las escaleras que conducían al recinto de culto principal; pero, ya que se trataba de una fecha tan señalada, me pareció oportuno realizar la visita en condiciones. Por muy bonito que fuera el santuario de Hachiman-gū, seguía sintiéndome más a gusto en el ambiente rústico del Yui Wakamiya. Había algo en aquellas modestas estructuras que me hacía creer que velaban con más cariño por sus feligreses.

Mientras remontábamos los peldaños, dejamos atrás un inmenso ejemplar de *ginkgo biloba*. Me habían dicho que un rayo lo había alcanzado, pero no estaba lista para ver la imagen tan desoladora que había dejado tras de sí: los esquejes del gigante arbóreo, frágiles y quebradizos, asomaban tímidamente tras una valla. Después de ascender el último tramo de escaleras y de presentar nuestros respetos en el santuario, nos encaminamos hacia un lugar más apartado para decidir lo que íbamos a hacer a continuación.

A mí no me convencía la idea de seguir la ruta cargando con el paraguas, y me parece que todos éramos de la misma opinión, aunque nadie se atreviera a decirlo en voz alta. Al final, Panty hizo gala de su pragmatismo como maestra y aprovechó el incómodo silencio para sugerir lo que todos estábamos pensando.

—¿Y si seguimos otro día?

—No parece que vaya a dejar de llover pronto.

—Podemos hacer la visita a los dioses que faltan en algún momento que nos vaya bien a todos.

—Entonces ¿lo dejamos aquí?

Fue mucho más fácil de lo que había imaginado. Si el grupo hubiera estado formado por gente joven, se habrían empeñado en terminar el recorrido contra viento y marea.

El Barón insistía en que había cogido frío, de modo que se le ocurrió visitar las aguas termales de Inamuragasaki antes de volver a casa. Panty se sumó a la propuesta y me preguntó si quería acompañarlos, pero tuve que decirles que no: si iba hasta allí, la vuelta a casa se me haría interminable. La señora Barbara también declinó la oferta, puesto que esa tarde tenía clase de bailes de salón.

—¿Te vas a casa? —me preguntó cuando Panty y el Barón pusieron rumbo a la estación de trenes.

Lo cierto era que no las tenía todas conmigo. Si volvía a esas horas, sería como haber dejado el día a medias.

—Llévate esto, por si acaso —dijo, ofreciéndome su paraguas plegable.

—¿Y usted?

—No te preocupes, yo tengo un chubasquero —respondió mientras se ponía el impermeable que acababa de sacar del bolso—. Además, puedo pedirle a un amigo que venga a buscarme.

Instantes después, ya había sacado el móvil del bolso. Pulsó unas cuantas teclas y llamó por teléfono con una sonrisa de oreja a oreja.

—Debería irme ya. ¡Ha sido un día maravilloso!

No quería interrumpirla mientras hablaba, así que me despedí apresuradamente y me marché. Después de verla diciéndome adiós con la mano, me dirigí hacia los grandes árboles que había en la calle con el propósito de no abrir el paraguas hasta que fuera estrictamente necesario. Cerca de allí, en la parte oeste del santuario de Hachiman-gū, había un pequeño rincón que parecía extraído de un bosque ancestral y que daba cobijo al Museo de Arte Moderno. De repente, tuve la maravillosa idea de echar un vistazo: no se me ocurría un lugar mejor para hacer tiempo hasta que escampase.

Tras pasear distraídamente por las salas de exposición, fui a la cafetería y pedí una limonada. Al otro lado del ventanal, el estanque de nenúfares parecía humear por efecto de la suave llovizna que caía sobre sus aguas. Siempre que visitaba ese lugar me pasaba lo mismo: era como si me adentrara en las profundidades de un laberinto, hasta que al final me olvidaba incluso de la época en la que vivía.

La limonada estaba demasiado dulce y demasiado ácida al mismo tiempo. Pero, como me daba pena que se desaprovechara, me la bebí hasta no dejar gota con la mirada perdida en el estanque. A excepción de mí, no había ni un alma en la sala. El mural que cubría la pared, las cortinas de encaje anticuadas, las sillas de color naranja..., todo lo que llenaba la estancia parecía predispuesto a escuchar, con dedicación absoluta, lo que tuviera que contarle.

En medio de aquel silencio, algo empezó a removerse en mi interior. Por momento creí que a lo mejor tenía que ir al baño; pero, instantes después, me di cuenta de que no era mi estómago lo que despertaba, sino mi corazón. La pequeña semilla que llevaba semanas plantada en mi pecho por fin había germinado y los primeros brotes se extendían con timidez. Lo que había empezado siendo un leve atisbo de movimiento cobró intensidad a pasos agigantados: había algo dentro de mí que, después de pasar días atrapado, buscaba con urgencia una salida. Tenía que escribir, tenía que extraerlo cuanto antes: era como si acabara de romper aguas y estuviera a punto de ponerme de parto.

La letra del padre de Seitarō amenazaba con desprenderse de mis dedos en cualquier momento; ya sentía las primeras contracciones. Decidida a no ignorar las señales, intenté encontrar un bolígrafo lo antes posible. Miré en la mochila a toda prisa, pero, desafortunadamente, esa mañana no había cogido nada para escribir... ¡Era absurdo! Por si todavía cabía alguna duda, aquello demostraba que no estaba preparada para todo lo que implicaba mi profesión. Fuera como fuese, no tenía tiempo para lamentarme. Mi prioridad era buscar algo que me permitiera escribir y sacar aquella cosa de mis entrañas.

—¡Perdón! —le grité a la camarera, que en esos momentos fregaba los platos al otro lado del mostrador—. ¿Podría dejarme un trozo de papel y algo para escribir?

El tono desesperado de mi voz debió de pillarla por sorpresa, puesto que a la pobre le costó reaccionar.

—Solo tengo esto —dijo, todavía confusa, mientras se sacaba un bolígrafo del bolsillo del delantal—. Si le parece bien, puede escribir en el reverso de las hojas que uso para apuntar los pedidos.

Su cara era un poema.

—Será perfecto, gracias.

No quería que la letra del padre de Seitarō desapareciera de mi cabeza mientras yo corría de un lado a otro en busca de algo que me permitiera plasmarla.

—En ese caso, coja el bloc. Ya me dirá si necesita más papel.

Tomé los utensilios que me tendía la camarera, le di las gracias y volví a mi asiento a toda velocidad. Después de calmarme un poco, sostuve el bolígrafo entre los dedos con delicadeza. Tenía una carta de amor que escribir, y lo haría con la mano izquierda.

Mi amada Chii:

Contemplo el paisaje más bello que puedas llegar a imaginar, y en él siempre estás tú. Se acabaron los días de equilibrista, amor mío. Cuando vuelva a verte, caminaremos cogidos de la mano por toda la eternidad. Estoy deseando volver a ver tu sonrisa.

Cuídate mucho hasta el día en que nos reencontremos. Sabes que te amo más que a nada en este mundo.

—Es la letra de mi padre —sentenció Seitarō, clavando la mirada en mis ojos después de asentir en repetidas ocasiones.

Yo misma estaba bastante segura de que su padre habría escrito así en caso de que siguiera vivo. Había hablado de sus «días de equilibrista» en alguna carta; seguramente, porque se imaginaba el mundo como una inmensa pelota de circo sobre la que podía ir deslizándose de un lado a otro con libertad. Tal vez pensaba que la vida que había escogido, siempre viajando, podía endulzarse un poco si la revestía con un toque de humor.

La humilde hoja de pedidos que había usado para escribir la carta estaba pegada a un marco artesanal, decorado con flores prensadas que rodeaban el texto hasta por el reverso. Lo había protegido, por si acaso, con una fina lámina de papel de parafina. Por lo que me había contado Seitarō, la casa de Yokohama en la que había vivido su madre también estaba rodeada de flores. La mujer debía de haber sido muy feliz contemplándolas.

Además, había que tener en cuenta que la carta de su marido le llegaba directa del cielo. Si bien asociar el paraíso con un campo de flores podía parecer un tanto infantil, algo me decía que aquel sería el aspecto que tendría el mensaje si el padre de Seitarō realmente hubiera podido escribirle a su esposa desde el más allá.

—Es la letra de mi padre —repitió mi cliente, observando en silencio la carta durante lo que me pareció una eternidad—. Disculpe, ¿dónde ha encontrado estas flores en pleno invierno?

Se abrían en distintas estaciones, por lo que era de lo más normal que el detalle le hubiera llamado la atención. Me había esforzado por pegarlas de modo que formaran varias capas superpuestas, entre las que asomaba algún trébol de cuatro hojas y todo.

—Esa ha sido la parte más complicada —le confesé.

En un primer momento, pensé en fotocopiar el texto que había escrito en la cafetería del museo y pegarlo en el reverso de una vieja postal. Habría servido para preservar la forma de los caracteres; pero la intensidad de los trazos se habría perdido, junto con la sensación de cercanía que se desprendía de ellos. La única manera de conservarlo todo era utilizando la nota original.

—En primavera y en verano habría sido mucho más fácil, la verdad.

Por desgracia, estábamos en pleno invierno. Los primeros ciruelos habían empezado a florecer, pero componer el marco limitándome a usar sus flores me parecía demasiado insípido.

—No sé de dónde puede haber sacado rosas, violetas, narcisos, hortensias y estos pequeños frutos rojos... ¿Son como los que se usan en los adornos de Navidad? Lo siento, no soy un experto en botánica.

Había confeccionado el marco usando pétalos que había arrancado de las flores más grandes con un par de pinzas, en tanto que las más pequeñas las había podido pegar enteras. También había intercalado algunas hojas, frutos y otras partes de plantas.

—Me parece que los frutos son de cornejo florido.

Unos días después de que hubiera escrito la carta, paseaba por el camino de Dengakuzushi en busca de las flores cuando me encontré con Panty y sus alumnos haciendo una actividad extraescolar al aire libre. Tras describirle a grandes rasgos lo que buscaba, me pidió que esperara hasta que terminara de trabajar y me entregó un cuaderno lleno de muestras de plantas. Las había recogido con los niños el año anterior, ya no las necesitaba y estaba pensando en tirarlas a la basura, así que las dejó en mis manos y dijo que podía hacer lo que quisiera con ellas. El pequeño cuaderno me había llegado como agua de mayo.

—Parece un joyero, ¿verdad? —sugirió mi cliente, sonrojándose un poco.

Tenía razón. Los pétalos multicolores que cubrían el reverso del marco brillaban como una colección de piedras preciosas.

—Es como si siguieran vivas —añadió, volviendo la vista hacia mí en busca de confirmación.

—Yo diría que lo están.

Incluso si las habían arrancado de la tierra y era imposible que volvieran a hacer la fotosíntesis, continuaban vivas bajo un nuevo aspecto. Visto así, era posible que la muerte y la vida eterna fueran tan solo dos caras de la misma moneda. Me pareció curioso que mi cliente hubiera sacado el tema, puesto que yo también había reflexionado largo y tendido acerca de ello mientras hacía el marco.

—Igual que mi padre —murmuró Seitarō tras un breve silencio.

Su madre se alegró muchísimo al recibir una carta de su difunto marido. No sé lo que debió de despertar en ella aquella nota, pero desde entonces no había vuelto a decir que quería irse a casa. Cuando descubrí que la llevaba guardada en el pecho, como si de un amuleto se tratara, supe que todo había salido bien. Fue así como la anciana le dijo adiós a este mundo: aferrada a la carta que yo había escrito. Según su hijo, se marchó con el semblante tranquilo y el alma en paz.

—Ha sido gracias a usted —me confesó Seitarō.

Vino a contármelo a la tienda cuando ya se había celebrado el servicio fúnebre del séptimo día tras el óbito. Como su madre había pasado a mejor vida al poco de que le entregaran la carta, me angustiaba que mis palabras hubieran tenido algo que ver con el desenlace. Por suerte, Seitarō me tranquilizó a este respecto.

—Usted le ha dado paz —dijo, con el rostro sereno—. Estos últimos meses siempre parecía enfadada. Cuando recibió la carta y la vi sonreír de nuevo, caí en la cuenta de que había pasado mucho tiempo desde la última vez que fue tan feliz. Era lo único que mi hermana y yo deseábamos para...

Mi cliente se sacó un pañuelo del bolsillo. Era un buen momento para levantarme con discreción y dirigirme a la cocina para preparar un poco de chocolate caliente. La primavera no tardaría en llegar, aunque en Kamakura el frío siguiera calando hasta los huesos.

—Tome.

Serví el chocolate en dos tazas y volví a la tienda, donde Seitarō me esperaba sentado con la espalda recta.

—Se ha llevado consigo las cartas que le envió mi padre.

—¿De verdad? —Teniendo en cuenta la de correspondencia que había recibido a lo largo de los años, el ataúd debía de estar lleno de papeles—. Me parece precioso.

También a mí me gustaría que, llegado el momento, pudiera marcharme de este mundo envuelta en las palabras que la persona amada me ha dedicado a lo largo de toda mi vida. Eso era lo único en lo que podía pensar mientras me llevaba la taza a los labios en silencio.

Varios días antes de que realizara la quema ritual de las cartas, una voz masculina me saludó mientras limpiaba la estela epistolar con el estropajo en la mano.

—Hola.

Era un joven a quien no recordaba haber visto antes. En el jardín, los brotes de jacinto habían empezado a abrirse y mostraban los primeros atisbos de sus flores como si fueran pequeñas focas que asomaran el hocico por un agujero.

—Me llamo Agnolo y soy italiano —dijo el desconocido, vacilando ligeramente al expresarse en una lengua que no era la suya—. Mi madre me ha dado unas cartas. Por favor, puede llamarme Nolo.

Hablaba con una cadencia particular, como si su entonación ascendiera y descendiera por una serie de pendientes interminables. Después de presentarse, me tendió la mano derecha.

—Encantado de conocerla.

Sus ojos brillaban como la estrella plateada que corona el árbol de Navidad. Tenía cara de buena persona.

—Si tienes tiempo, podemos tomar un té en la papelería.

Se me debió de pegar su forma de hablar, porque de golpe mi propia entonación sonaba extraña.

—Todo el tiempo del mundo: hoy, mañana, pasado... Cuando quiera.

Esa última parte la pronunció con tanta naturalidad como si hubiera hablado japonés toda la vida.

—Voy a hervir el té —me excusé cuando entramos en la tienda.

Después de invitarlo a que tomara asiento, fui a la cocina. Todavía no tenía muy claro lo que pasaba, pero tampoco es que me preocupara demasiado: mientras habláramos despacio, podía comunicarme con Nolo sin mayor problema. Además, si se había molestado en llamar a mi puerta, tenía que ser por algo importante.

—Solo tengo té ahumado.

—Huele bien —apuntó mi inesperada visita, olisqueando el aire a medida que yo servía la infusión en las tazas—. Me recuerda a Italia en invierno.

Al contemplarlo más de cerca, advertí que Nolo tenía el puente de la nariz marcado, la piel fina y las mejillas tan suaves como el culito de un bebé.

—Ten cuidado. Está muy caliente.

No sabía qué edad tenía ni si debía tratarlo de usted por ser un cliente, pero al final opté por usar frases sencillas y evitar formalismos innecesarios con tal de que me entendiera mejor. Nolo estaba bebiendo su té con expresión confusa: imagino que lo había sorprendido el sabor.

Cuando me senté a su lado y corregí mi postura, el joven me miró con seriedad, abrió la cremallera de la enorme mochila con la que había llegado y extrajo de ella una bolsa de papel.

—Todo esto es *redatto* de su abuela —dijo tras mostrarme el bulto, que debía de haber ocupado perfectamente más de la mitad de la mochila.

¿Los datos de mi abuela? Creo que Nolo notó mi confusión, puesto que se apresuró a explicarse.

—Mi madre es japonesa y mi padre es italiano. Mi madre y su abuela eran... *penfriends*. ¿Cómo se dice *penfriends*?

Formuló la pregunta a toda velocidad, haciendo sonar la última erre con tanta fuerza que me sacó una sonrisa. ¿Intentaba decirme que la abuela había escrito todas esas cartas?

—¿Eran amigas por correspondencia? —respondí de manera apresurada, aunque sin demasiada convicción, al recordar que el pobre chico acababa de hacerme una pregunta.

—Eso es, «amigas por correspondencia». Tienen un idioma muy difícil. No puedo recordarlo todo.

Repitió la expresión unas cuantas veces para no olvidarla, aunque a mí me parecía que solo decía «potencia, potencia, potencia».

—Mi abuela y su madre eran amigas, ¿verdad? —dije, pronunciando con cuidado cada sílaba.

Nadie me había contado que la abuela tuviera una amiga que vivía en Italia.

—Al principio no. Se hicieron amigas por *potencia*. Mi madre quería mucho a su abuela.

—¿De verdad? No lo sabía... ¿Llegaron a conocerse en carne y hueso?

Por la cara que puso, me pareció que no había entendido la pregunta. Después de reformularla de la manera más sencilla posible, Nolo guardó silencio unos instantes y acto seguido se puso a hablar como una ametralladora.

—No, no, no —señaló cuando al fin dio sentido a mis palabras—. No se conocieron. Mi madre quería ver a su abuela. Sí, cuando se puso enferma. No pudo porque la madre de mi padre también estaba mal. Tuvo que quedarse en Italia. Ahora la madre de mi padre ya no está.

—No se conocieron, pero se escribieron cartas durante mucho tiempo. ¿Lo he entendido bien?

—*Sì, sì, sì, sì.* Sus cartas hablaban de Hato. Por eso mi madre quiere que las tenga usted.

—¡No puede ser verdad! —exclamé, sin pensar demasiado en mis palabras.

—Claro que es verdad. Yo no miento —se defendió Nolo. El chico tenía los ojos llorosos.

—No quería insinuar que mintieras, perdona. Solo es una forma de decir que me ha sorprendido —expliqué a toda prisa.

—Lea las cartas y lo entenderá todo. Su abuela era muy buena y la quería mucho a usted.

No, aquello no tenía ningún sentido. Incluso así, los ojos se me habían empezado a llenar de lágrimas.

—Tengo que irme ya. Me alegro mucho de haberla conocido.

—¿Ya te marchas? ¿Tienes planes?

—Estudiar. He venido de intercambio para aprender el idioma.

No era eso a lo que me refería, pero Nolo me había respondido con tanta seriedad que preferí no sacarlo de su error.

—Muchas gracias por traerme las cartas. Vuelve cuando quieras y te enseñaré la ciudad. Y llámame si tienes algún problema, ¿de acuerdo?

—Es usted muy amable. *Grazie.*

Volvió a echarse la mochila al hombro, solo que en esos momentos parecía mucho más ligera que cuando había llegado. Nolo se despidió con unas cuantas reverencias torpes, tras dejar en mis manos una pila de cartas que mi predecesora le había escrito a una amiga por correspondencia que vivía en Italia y a la que no había llegado a conocer en persona.

No me sentía con fuerzas de leerlas. Me asustaba la idea de descubrir facetas de la abuela que hasta entonces habían permanecido ocultas, de modo que, por el momento, dejé las cartas en su bolsa. Debía de ser de un supermercado italiano: tenía un diseño sencillo, con unas pocas ilustraciones de frutas y verduras. Cuando por fin reuní el valor para leer todas aquellas palabras póstumas, el sol se estaba poniendo. No me había dado cuenta de la hora que era, así que aquel día la papelería Tsubaki permaneció abierta un poco más de lo que era habitual.

Quería pensar que no era la única persona del mundo a la que le entraban ganas de ir en bici cuando llegaba la primavera. Nada más cerrar la tienda, dejé la bolsa con las cartas en la cesta de la bicicleta y empecé a pedalear. Tenía que estar preparada para enfrentarme a la abuela cara a cara, y en casa me habría resultado imposible: no me consideraba una rival tan digna como para librar ese combate en su terreno.

En casos como aquel siempre recurría al Sahan, un local situado junto a las vías del tren, cerca de la estación, donde servían unos platos dignos de cualquier restaurante de categoría. Lo malo era que cerraban en cuanto se agotaba lo que la propietaria había preparado para la jornada, así que tuve que darme prisa para llegar a tiempo. Dejé la bicicleta junto a la entrada, subí a todo correr por la angosta escalera y descubrí que el esfuerzo había valido la pena: no solo había llegado antes de que se agotara la comida, sino que, además, esa noche servían la cena acompañada de sopa y un bol de arroz. La dueña alternaba entre pan y arroz, según la semana, aunque yo siempre había preferido lo segundo. Como había llegado muerta de sed, de paso pedí una cerveza para ayudar a bajar la comida.

No sé lo que tenía ese lugar para que me inspirara tanta calma. Sea como fuere, cogí un tique con forma de pato, en el que constaba mi número de pedido, y me senté en la esquina del mostrador que daba a la ventana, desde donde podía contemplar de cerca la estación de tren de Kamakura. Tan solo cuando el primer trago de cerveza bajó lentamente por mi garganta, me permití levantar la bolsa de papel y apoyarla en mis rodillas. Me sorprendió ver tantas cartas. Todas estaban dirigidas a la misma dirección de Italia, con la expresión «air mail» escrita en rojo y la palabra «Italy» rodeada por un círculo dibujado en lápiz azul. La abuela había usado sobres de estilo japonés para escribir a su amiga, por lo que había tenido que colocarlos en posición apaisada para que el nombre y la dirección de la destinataria cupieran en el papel. Pese a que algunos eran de colores o incluso estaban confeccionados con papel estampado, en la inmensa mayoría de los casos se había decantado por usar sencillos sobres de color blanco con una costura longitudinal en la parte de atrás. Los más antiguos habían empezado a amarillear como consecuencia del paso del tiempo y mostraban pequeñas marcas de suciedad aquí y allá. De repente, me di cuenta de que era la primera vez que veía una palabra escrita en alfabeto latino por la abuela. Los trazos me parecían más precisos que de costumbre, supongo que para evitar confusiones.

Decidí empezar a leer mientras esperaba a que me trajesen la comida. Cogí el sobre que acababa de sostener entre las manos, lo aparté del resto y saqué la carta. Tan pronto como inicié la lectura, la voz de la abuela resonó en mi mente.

Buongiorno!
Te escribo mientras hago unos boniatos al vapor en la olla más grande que tengo por casa.
¿Nolo está mejor? No habrá sido fácil tener al niño y al padre constipados al mismo tiempo. Si te sirve de consuelo, el frío tampoco se ha marchado del todo de Kamakura.

Hatoko por fin ha probado el queso. Cuando me dijiste que en Italia todo el mundo lo come desde niño, me entraron ganas de hacer otro tanto en casa, aunque fuera con algunos años de retraso. Además, dicen que es bueno para la salud, ¿no?

¿Te acuerdas de esa variedad enmohecida de la que me hablaste, el gorgonzola? Has conseguido que me pique la curiosidad: ahora necesito saber cómo queda con arroz blanco, salsa de soja y láminas de bonito seco. Tenía tantas ganas de probar la mezcla que fui directa al supermercado, pero no lo tenían por ninguna parte. Al final, me llevé un camembert. No está mal para empezar, ¿verdad? Me gustó, no era demasiado fuerte.

Quiero que Hatoko se acostumbre a estos sabores poco a poco. Ojalá algún día pueda ir con ella a Italia... Me encantaría visitaros a ti y a tu familia.

Ya casi es hora de que salga de clase, y no te imaginas el hambre con la que llega. Había pensado en hacerle boniatos con mantequilla para merendar, aunque se me acaba de ocurrir que con queso también tienen que estar buenos. Me parece que todavía queda un poco de camembert en la nevera.

No sé cómo lo hago para alargarme tanto cada vez que te escribo, ¡si solo digo tonterías! Será mejor que lo deje aquí por hoy.

Cuídate mucho, ¿de acuerdo?

P. D.: Tienes que enviarme alguna receta. ¿Es cierto que en Italia coméis espaguetis casi todos los días? Yo soy de otra época y solo sé hacer platos sencillos.

Cuando levanté la vista de la carta, mi mirada se cruzó con la de una mujer que esperaba el tren al otro lado de la ventana. Debía de tener más o menos mi edad, y en sus labios se dibujaba una ligera sonrisa. Por un momento creí que la conocía; sin embargo, al mirarla con un poco más de detenimiento, me di cuenta de que era la primera vez que la veía. Aun así, le devolví el gesto.

La letra de la carta que acababa de leer era, sin lugar a dudas, de la abuela, como también lo eran los cuadraditos a medio tachar con los que abreviaba la terminación de algunos verbos. A pesar de todo, en aquellas líneas había algo que hacía que su voz sonara diferente a la que me había acompañado durante más de media vida: ojalá hubiera sabido identificar por qué. Lo que más me llamó la atención fue ver la expresión «P. D.» escrita de su puño y letra: ¡tanto que me había insistido para que me acostumbrara a usar el equivalente en japonés y resultaba que ella la escribía con el alfabeto latino en sus cartas! Tampoco recordaba haber comido queso de pequeña: estaba segura de que lo único que me daba de merienda eran boniatos al vapor. Eso no había forma de olvidarlo, por mucho que quisiera.

Vi que en el reverso del sobre había un número escrito con bolígrafo rojo, que indicaba, por lo visto, el orden cronológico de las cartas. No era algo propio de mi predecesora, así que supuse que habría sido Shizuko, su amiga por correspondencia, quien los había añadido cuando los sobres llegaban a Italia. En ocasiones, la abuela hablaba con todo lujo de detalles sobre los libros que leía; en otras, aconsejaba a Shizuko acerca de las dudas que la asaltaban en el día a día. Por lo tanto, había cartas que giraban en torno a trivialidades cotidianas, como que la camelia de la entrada había florecido, que a la abuela se le había roto uno de sus vasos de té favoritos, que el río se había desbordado a causa de las fuertes lluvias o que había una serpiente en el jardín; mientras que otras reflejaban su preocupación por la situación que la tía Sushiko vivía en casa.

Cuando llegó la comida, dejé de leer. Mientras masticaba un rollito de primavera relleno de col y cebolla, con la mirada perdida en el cielo, me di cuenta de que Nolo tenía razón. Daba igual de qué hablaran las cartas, si eran serias o aburridas, yo siempre aparecía en ellas: «Hatoko», «Hato», «Poppo», «mi nieta», «esa niña descarada»... La abuela podía llamarme de mil formas, pero siempre me tenía presente. No quería dejarme arrastrar por las emociones en un momento como ese, así que me concentré en seguir comiendo lo que me acababan de servir. Había sido un acierto ir al Sahan. Después de acabarme la cerveza de un solo trago, di buena cuenta de la cena y retomé la lectura.

Querida Shizuko:
La vida no siempre es fácil, y menos últimamente. Imagino que las cosas habrían sido muy diferentes si yo fuera su madre. Soy demasiado mayor para cuidar de Hatoko y sé que no podré estar a su lado todo el tiempo que querría. Me siento como una tonta por haber creído que lo entendería y respondería a todo lo que he intentado hacer por ella.
Desde el primer momento, he procurado educarla lo mejor que he sabido, aunque ella no lo vea así: hoy se ha puesto a llorar mientras me suplicaba que dejara de obligarla a vivir mi vida. Siempre he creído que lo hacía por su bien. Ahora, en cambio, empiezo a pensar que tal vez me haya estado engañando a mí misma.

Ya no sé cómo tratarla. De joven me enseñaron que la severidad es una muestra de amor y me parte el corazón pensar que ella lo haya vivido con sufrimiento. No sé si llegará el día en el que podamos aclarar este terrible malentendido, pero ahora mismo me parece imposible. Ir a verte con ella se ha convertido en poco más que un sueño: es una pena que las cosas se hayan estropeado cuando al fin había un poco de paz en tu vida.

Siento mucho no poder hablarte de nada más, pero hoy es uno de esos días en los que me pesa vivir.

Me siento más tranquila ahora que te he escrito. Muchas gracias por seguir a mi lado después de tantos años, Shizuko. Ojalá las palabras bastaran para hacerte saber cuánto te lo agradezco.

Te prometo que la próxima vez te contaré algo más alegre.

Tuvo que escribir esa carta durante mi adolescencia; y, viendo las manchas de tinta que salpicaban el papel, seguramente mientras lloraba. La letra era tan descuidada que resultaba impropia de ella, al igual que los caracteres apiñados en un mismo renglón o la ausencia de saltos de línea.

Cuando pedí la cuenta y salí del restaurante, el sol ya se había puesto. La ida había sido de bajada, de modo que el camino de regreso me tocaba hacerlo pendiente arriba. Mientras volvía a casa, me pregunté si aún le guardaba rencor a mi predecesora y si esa era la razón por la que no había derramado ni una sola lágrima cuando se marchó de este mundo. No me explicaba cómo era posible que todavía la sintiera tan cerca: tenía la impresión de que en cualquier momento podía encontrarme con ella al doblar la esquina.

Una vez en casa, me propuse terminar de leer las cartas. Para entonces, me había dado tiempo a comprobar que los números que Shizuko había anotado en los sobres facilitaban mucho la tarea. La segunda mitad de la correspondencia solo hablaba de nuestras peleas. A medida que pasaba de un texto a otro, veía cómo mi predecesora envejecía. Poco a poco dejó de preocuparle que su letra fuese más o menos bonita: los caracteres se ladeaban, parecían descuidados y, en ocasiones, incluso contenían algún error. A la abuela nunca se le encorvó la espalda, pero su letra envejeció con ella.

En ese instante me di cuenta de algo que me dejó perpleja: nunca habíamos llegado a escribirnos una sola carta. Cuando empecé a leer el texto número ciento trece, su caligrafía era calmada y sin ornamentos.

> *Querida Shizuko:*
> *Puede que esta sea la última carta que te escriba. Lo hago desde una cama de hospital, incapaz de moverme.*
> *Sé que no volveré a ver a Hatoko. Aun así, sigo esperando oír sus pasos en cualquier momento. La he condenado a vivir una mentira: fui yo quien le quitó a su madre. Si no supe comprender a mi propia hija, ¿cómo esperaba hacerlo con mi nieta?*
> *Yo soy el problema: tenía tanto miedo de quedarme sola que se la robé. Ella quería llevarse al bebé cuando se marchó de casa, y yo no podía permitírselo.*

Ni siquiera lo que cree acerca de la papelería es cierto. Le conté que procedemos de una larga estirpe de escribientes, cuando, en realidad, abrir la papelería fue cosa mía. En su inocencia infantil, Hatoko creyó todas mis mentiras. La historia de nuestra familia no tiene nada que valga la pena preservar: solo es una invención, un cuento de hadas que creé para ella.

No me arrepentí hasta que las cosas empezaron a torcerse. Ahora solo pienso en pedirle perdón, pero, desde que se fue, no ha querido decirme dónde se encuentra. Si me sintiera mejor, recorrería el país de punta a punta hasta dar con ella, me disculparía de rodillas y la liberaría de la maldición que la mantiene atada a este lugar. Tal vez mi muerte le permita echar a volar... Siento que tengas que ser tú quien lea estas líneas; sé que no tienes la respuesta a mis problemas.

La vida nunca marcha como una espera. Pasa demasiado rápido, se apaga como la luz de una vela, y a mí no me ha dado tiempo a aprovecharla como debía. Disfruta cuanto puedas de tus días en este mundo, Shizuko. Sospecho que a mí no me quedan muchos. Si de aquí a un mes no has recibido otra carta, puedes dar por sentado que he muerto.

Quiero que sepas que has sido mi única amiga. Me parece un milagro que, a pesar de que nunca te haya visto, tu presencia me haya ayudado a salir adelante durante años. Cuando Hatoko era pequeña, soñaba con llevarla a Italia para conoceros a ti y a tu familia. Me habría gustado probar, en vuestra compañía, la auténtica comida italiana y pasear a la caza de pequeñas papelerías perdidas. Pero me temo que, al final, también eso morirá siendo un sueño.

*Sincerarse es mucho más difícil de lo que una piensa.
A pesar de que no nos hayamos encontrado en vida, eres
la persona ante la que más he logrado abrir mi corazón.
Pronto llegará el médico. No sé cómo expresar todo lo
que siento en estos momentos, así que intentaré resumirlo
en una sola palabra: grazie!
Muchas gracias por haber estado a mi lado durante
estos años.
Rezo por tu felicidad y la de los tuyos desde la otra
punta del mundo.*

Esas habían sido sus últimas palabras. Cuando giré las hojas que componían la carta número ciento trece, escrita con un bolígrafo barato, noté que la intensidad de los trazos había formado pequeñas protuberancias en el reverso del papel; era como si compusieran un segundo mensaje, escrito en braille. Cerré los ojos y palpé con los dedos aquellos surcos, acariciándolos con ternura. Nunca le había demostrado tanto cariño a la abuela. No fui a verla al hospital cuando me dijeron que estaba enferma. No había llegado a acariciar su piel ni a descubrir su suavidad. No había tenido ocasión de abrazarla para comprobar si sus huesos eran firmes.

Me llevé esa última carta a la cama y la dejé a mi lado mientras dormía: de ese modo estaría más cerca de ella que rezando junto al altar. Si hubiéramos dormido juntas, aunque solo hubiera sido una vez, las cosas podrían haber sido muy distintas para las dos. Sin embargo, ya era tarde. Lo único que me quedaba de ella era un puñado de cartas que le había escrito a su amiga por correspondencia.

Pese a que hasta la noche anterior habían dicho que al día siguiente habría lloviznas, el cielo amaneció despejado. Estábamos a principios de marzo, más concretamente en el tercer día del segundo mes del calendario antiguo: la fecha señalada para celebrar la quema ritual de cartas y postales. Hacía años que no llevaba a cabo la ceremonia, aunque, afortunadamente, parecía que el día iba a acompañar: desde primera hora, una suave luz dorada lo envolvía todo.

Como cualquier otra mañana, puse agua a hervir, la añadí a un poco de té ahumado y limpié el suelo de madera. Acto seguido, llené un cubo de agua y lo saqué al jardín. El barrio estaba compuesto en su mayor parte por casas de madera; bastaría con que un solo edificio se incendiara para que el fuego se extendiera en un abrir y cerrar de ojos. Por eso, la abuela había insistido tanto en que tuviera un cubo de agua siempre a mano y en que nunca apartara los ojos de la hoguera.

Hacía solo unos días que los jacintos habían empezado a abrirse, y ahora ya se mostraban en todo su esplendor. Después de cambiar el agua del recipiente que dejaba como ofrenda junto a la estela epistolar, me agaché y junté las palmas antes de ponerme a rezar.

El jardín estaba descuidado. Durante la época en que la tía Sushiko se había hecho cargo de la papelería, había trabajado la tierra, había cultivado el huerto y había plantado flores. En cambio, yo no le había dedicado ni un solo segundo de mi tiempo. El césped, que con tanta profusión había crecido durante el verano, estaba seco y ofrecía una imagen desoladora.

Las cartas que había recibido para la quema llenaban cuatro cajas de cartón. Las dejé en el porche y empecé a extraer el contenido poco a poco, tomándome mi tiempo para acumular una buena pila de legajos en una esquina del jardín. Lo primero que hice fue dividir toda aquella correspondencia en un montón de cartas y otro de postales; después, extraje las hojas de los sobres y creé otras dos pequeñas montañas de papel. A continuación, recorté los sellos con cuidado, procurando no estropear el borde dentado, puesto que aún era posible darles uso aunque se viera el matasellos. Si los separaba en nacionales y extranjeros, una organización benéfica podía hacerse cargo de ellos y sus responsables se ocuparían de aprovecharlos para ayudar económicamente a los países en vías de desarrollo. De pequeña, me pasaba tantas horas recortando sellos que, al volver la vista atrás, me parecía una locura.

Todo eran cartas y postales, así que a primera vista podía parecer que la ceremonia no tenía mayor misterio; a fin de cuentas, solo había que quemar un montón de papeles. Nada más lejos de la verdad. Los materiales son sutilmente diferentes y no todos prenden de la misma manera, por lo que los papeles con cualidades similares no deberían apiñarse en la misma parte del montón. Tampoco es que sea una ciencia exacta, por supuesto, pero las postales con fotografías impresas, por ejemplo, suelen tardar más tiempo en quemarse que otros tipos de papel. La abuela también me enseñó que el conjunto arde mejor si, de paso, se le añaden algunas hojas secas del jardín.

Después de formar un montón de considerable tamaño, lo habitual era prenderle fuego e ir añadiendo los restos que quedaban en las cajas tras ver cómo ardía la hoguera. Tenía el vago recuerdo de que la abuela la encendía con pedernal, pero ignoraba dónde lo había guardado y tampoco habría sabido cómo usarlo. Por lo tanto, recurrí a una cajita de cerillas normales y corrientes, las mismas que había cogido del bar de la sucursal bancaria al que me había llevado el Barón hacía ya varios meses.

Hice una bola de papel de periódico, le prendí fuego y la eché a rodar sobre las cartas. Con eso debería haber bastado para que el papel ardiera; no obstante, lejos de extenderse, las llamas se apagaron en cuestión de segundos. Después de varios intentos fallidos, el sol comenzó a asomar al otro lado de las montañas y alumbró el paisaje difuminado por la niebla.

El aroma dulzón que llegaba hasta el jardín procedía, casi con seguridad, de la camelia de la entrada, que a esas alturas del año ya había florecido. Gracias a ella recordé que la abuela utilizaba un abanico para avivar las llamas, así que entré en casa a través del porche y, al cabo de unos instantes, regresé mejor equipada.

Decidida a que aquella vez fuera la definitiva, encendí una cerilla, prendí fuego a otra bola de papel de periódico y la acerqué al centro del montón sosteniéndola en el extremo bifurcado de una rama. Después de recolocar la correspondencia para que el conjunto fuera más compacto, me apresuré a avivar las llamas antes de que se apagaran de nuevo. Como sospechaba que con un solo abanico quizá no tendría suficiente, había cogido otro, por si acaso, antes de volver al jardín. Ahora sí, armada con un abanico en cada mano, los agité con fuerza y llené aquella mañana de marzo con el sonido de su aleteo.

El esfuerzo dio sus frutos, puesto que el montón empezó a humear y el fuego que consumía el papel de periódico se extendió a parte de las cartas. Las llamas ya no volvieron a apagarse y el humo se elevó en el cielo formando una columna bien definida. Después de haber salvado aquel primer obstáculo, me senté en el porche para vigilar la hoguera y descansar un rato con una taza de té en las manos.

—Te veo muy trabajadora esta mañana —dijo la señora Barbara mientras se asomaba de puntillas hacia mi jardín—. ¿Son hojas secas?

—Más o menos.

Preferí no entrar en detalles. Si le hubiera hablado de la quema ritual, la pobre mujer no habría entendido ni media palabra.

—Sí que huele bien, oye. ¿Estás aprovechando para asar boniatos? —preguntó, olfateando el aire que llegaba hasta ella.

Nunca se me habría ocurrido aprovechar el fuego de una quema ritual para asar boniatos; pero, ciertamente, era todo un clásico de los días en los que se limpiaba la hojarasca.

—No, no los he puesto —respondí, bebiendo un sorbito de té—, aunque tampoco sería mala idea.

Cerca de nosotras cantaba un ruiseñor bastardo, aunque era demasiado joven para dominar bien la técnica.

—¿Puedo pedirte un favor? —inquirió mi vecina, al cabo de unos instantes, con cierta reserva.

—Claro, ¿en qué puedo ayudarla?

—¿Te importa que lleve un bizcocho rayado que tengo en casa? Así puedo calentarlo al fuego.

—¡Cuando quiera! —respondí tras meditarlo un momento.

Podría haberme negado, alegando que se trataba de una quema ritual. Pero, a la hora de la verdad, el fuego que ardía en el jardín no era tan distinto al de una hoguera de hojas secas.

—Llevaré también unas bolitas de arroz. Todavía no he desayunado.

—¡Traiga todo lo que quiera!

—¡Una fogata al aire libre! ¡Qué alegría, Poppo! ¡Siempre había querido hacer una! Por cierto, ¿tú ya has comido algo?

Se la veía cada vez más animada.

—Estaba esperando a acabar con esto.

—¿Y si usamos ese fuego tan bonito para calentarlo todo?

—Me parece una idea fantástica. Si lo envolvemos en papel de aluminio, debería hacerse rápidamente.

—Voy a coger cuatro cosas que tengo por casa y enseguida voy. ¡Gracias, querida! ¡Hoy va a ser un día maravilloso!

—¡Gracias a usted!

Cuando volví a mirar hacia su jardín, la señora Barbara había desaparecido. Las cartas alimentaban el fuego a buen ritmo y la quema ritual prosiguió con tranquilidad hasta que mi vecina colocó la comida entre las llamas. En ese instante, la inocente fogata se convirtió en un experimento de cocina al aire libre. Teníamos bolitas de arroz, bizcocho rayado, boniatos, camembert, buñuelos de pescado como los que hacen en Satsuma, pan... Ahora bien, todo quedó en un segundo plano después de haber probado el queso.

Había sido cuestión de suerte que lo dejáramos el tiempo justo haciéndose al fuego: la corteza se había ablandado hasta un punto ideal y el contenido se había convertido en una deliciosa crema fundida. ¡Perfecta para acompañar el pan y las bolitas de arroz! Sin embargo, para mi sorpresa, nada superaba a la combinación del camembert con los buñuelos de pescado.

—¡Está buenísimo! —dijo la señora Barbara, con una sonrisa radiante, mientras untaba generosamente otro buñuelo en el queso.

—Yo lo acompañaría con una buena copa de vino blanco —dejé caer como quien no quiere la cosa.

—O con un poco de champán —sugirió mi vecina—. En casa tengo una botella que me regalaron por Navidad, ¿la traigo?

Lo había dicho en serio.

—¿Quiere que nos la bebamos ahora?

—No hay nada de malo en hacer cosas como esta de vez en cuando. Además, es de 37 cl, la mitad de una normal.

Antes de que pudiera hacerme a la idea, la señora Barbara había desaparecido de nuevo y regresó con un benjamín de champán entre las manos. La verdad era que yo tampoco me había quedado corta, puesto que la esperaba con un par de copas que había cogido de casa. La presencia de mi vecina había convertido la quema de aquel año en una fiesta improvisada.

—Es rosado —dije, una vez que hubimos descorchado la botella con el habitual estallido del tapón—. ¿Está segura de que quiere beber esto conmigo?

—Lo quiero beber porque estoy contigo.

El champán, de un hermoso color rosa, irradiaba pequeños destellos desde el interior de las copas.

—¡Salud!

—¡Por otro día lleno de alegría!

Esa mañana descubrí que el champán sabe diferente cuando lo bebes al aire libre bajo la luz del amanecer.

—¡Qué delicia!

—¡Me alegro tanto de estar viva! —exclamó la señora Barbara, exagerando un poco.

El fuego, al que añadía nuevas cartas de vez en cuando, seguía ardiendo junto a nosotras. Siempre me ha parecido que genera una atracción extraña: por mucho tiempo que pase contemplando sus llamas, no me canso nunca. Miles, decenas de miles, millones de palabras eran consumidas por sus lenguas incandescentes y ascendían al cielo mientras yo me comía un trozo de bizcocho rayado, aún caliente, con la mirada perdida en la nada.

—¿Estás quemando cartas, Poppo? —preguntó la señora Barbara, con voz serena, después de beberse la copa de champán.

Todavía no le había hablado del ritual.

—Sí, eso es.

—¿Eran todas para ti?

—No, claro que no. Solo las quemo en nombre de otras personas.

Las ciento trece cartas que la abuela le había escrito a Shizuko y que habían llegado a mis manos después de pasar por Italia no formaban parte de la pila. Había pensado en la posibilidad de quemarlas; pero, después de darle vueltas durante un buen rato, me pareció que sería mejor conservarlas un tiempo, así que volví a guardarlas en su bolsa de papel.

—Estaba convencida de que eran tuyas, ¡ya creía que eras un ídolo de masas!

—Es imposible que alguien reciba tantas cartas. A menos que sea una estrella, claro.

—¿Qué dices, Poppo? Si tú eres la estrella de Kamakura...

No supe por qué lo decía, así que preferí callar. El silencio nunca es incómodo cuando contemplas el fuego; al contrario, las llamas crean una atmósfera única que te permite comunicarte sin palabras.

El ruiseñor bastardo empezó a cantar de nuevo con un trino tan desafortunado que parecía haberse convertido en el maestro de ceremonias de un número cómico. El sonido era, de hecho, tan horrible que al final rompí a reír.

—Decidido, no hay marcha atrás. ¿Puedo echar algo al fuego yo también?

—¿Se refiere a una carta?

—Sí, eso es.

Después de asentir como una niña que hubiera tomado una decisión de vital importancia, la señora Barbara se levantó con delicadeza y regresó a casa. Tal vez solo fuera fruto de mi imaginación, pero habría jurado que su mirada brillaba más que de costumbre. Probablemente el humo de la hoguera se le había colado en los ojos y le había hecho derramar alguna lágrima; aunque a mí me parecía que había estado llorando.

Mientras esperaba a que volviera, me invadió una extraña sensación de *déjà vu*. Era por el queso: la abuela había hablado con Shizuko sobre el camembert en una de sus cartas y el día después de leerla ahí estaba yo, en el jardín, comiéndolo de buena mañana. A pesar de llevar su misma sangre, nunca le mostré ningún cariño. En cambio, podía sentarme con la señora Barbara y comer como si fuéramos amigas de toda la vida aunque nos hubiéramos conocido por el simple hecho de ser vecinas. Bien pensado, era algo parecido a lo que le había ocurrido a la abuela con Shizuko: incluso si no habían llegado a verse, se había encariñado de esa mujer con la que se carteaba y le había abierto su corazón.

Igual es así como funcionan las cosas: forjas vínculos con personas afines y esos lazos son los que te permiten salir adelante en la vida. Por lo tanto, aunque las cosas no terminen de marchar bien dentro de tu propia familia, siempre habrá alguien dispuesto a echarte una mano.

—Es esta.

La señora Barbara volvió al jardín al cabo de lo que me pareció una eternidad. Había traído consigo un sobre de color marrón claro, que sostenía entre las manos como si fuera un objeto de sumo valor.

—La he guardado como un tesoro durante demasiado tiempo, pero creo que va siendo hora de que la deje marchar. Es la carta más triste que se ha escrito en la historia.

—¿Está segura de que quiere quemarla?

—Como ya te he dicho, está decidido.

Cuando me entregó el sobre, pude distinguir a grandes rasgos lo que contenía: una hojita de papel y lo que parecía un mechón de pelo.

—No se preocupe. Yo me hago cargo de ella.

—Muchas gracias, querida.

Aquella carta que la señora Barbara había conservado con tanto cariño quedó reducida a cenizas en un abrir y cerrar de ojos. Era como si las propias palabras tuvieran prisa por consumirse.

—¡No sabes qué peso me has quitado de encima! —exclamó, llevándose la mano al pecho—. He pasado demasiado tiempo aferrada a ella.

—¿Cuál ha sido el momento más feliz de su vida? —le pregunté, azuzada por una repentina curiosidad.

—Este, ¡faltaría más!

¿Qué otra respuesta podía esperar de ella?

—Tiene razón: no existe mejor momento que el presente.

No lo decía para darle la razón, sino porque yo también me sentía dichosa. Al fin y al cabo, tal vez no se debiera a una simple coincidencia que la señora Barbara y yo fuéramos vecinas. Igual había otra explicación y mi predecesora había movido algunos hilos invisibles desde lo alto para que llegáramos a ser amigas. Lo que había hecho a lo largo de los años por la abuela no podía compararse a todo en lo que le había fallado, pero quizás aún estuviera a tiempo para enmendarlo.

La señora Barbara, sin ninguna muestra de preocupación en el semblante, seguía comiendo queso a mi lado.

PRIMAVERA

Hoy
han florecido
los tulipanes
del jardín.

Cuando abrí el buzón, descubrí que dentro había una carta. No llevaba sello, así que alguien tenía que haberla dejado allí expresamente. En realidad, no hacía falta que consultara el remite para saber de quién era: la había escrito QP, una niña del barrio. El sobre estaba hecho con una hoja de origami doblada hacia dentro y contenía un escueto mensaje —«Para Popo»— escrito con una sola pe y lápices de colores. Junto a mi nombre podía leerse la palabra «confidencial», dibujada con letras tan rimbombantes que dejaban al destinatario en segundo plano. La mitad de los caracteres que componían el texto estaban invertidos, como si QP los hubiera escrito reflejados en un espejo. Era muy parecido a lo que suele ocurrir cuando un niño empieza a aprender el alfabeto latino y confunde la *p* con la *q* y la *d* con la *b*. Además de tratarse de una experta escribiendo en clave, QP era también una adorable niña de cinco añitos que acababa de mudarse al barrio.

Incapaz de resistir la intriga por más tiempo, quité la pegatina con la que había cerrado el sobre sin alejarme ni un milímetro del buzón. En cuanto extraje la carta, un aroma dulce lo invadió todo: QP la había escrito en el envoltorio de una tableta de chocolate. El reverso del papel estaba lleno de tulipanes que la niña había dibujado con rotuladores de color verde y rojo. Me podría haber pasado media vida leyendo esas palabras; cada vez que lo hacía, un ramillete de flores me nacía en el pecho.

No estaba al corriente de los detalles, pero sabía que QP no tenía madre y que su padre regentaba una cafetería de la que se encargaba sin ayuda de nadie. Había salido a pasear un sábado al mediodía cuando la descubrí por casualidad y entré a comer. Por lo visto, acababan de inaugurarla y yo era su única clienta. QP, con sus cinco añitos, estaba en el local, ayudando a su padre.

Ese no era su nombre real, por supuesto, pero sí el apodo con el que su padre la llamaba, con el que la niña se refería a sí misma y con el que firmaba todas sus cartas, aunque siempre con las letras invertidas. No era difícil hacerse una idea del origen del sobrenombre, puesto que la pequeña era el vivo reflejo del muñeco que aparece como logotipo en las botellas de mayonesa de la marca Kewpie, cuyo nombre se pronunciaba igual que las letras *QP* en inglés.

Esa era la tercera carta que me enviaba y que yo había decidido guardar. Me había hecho tanta ilusión recibirla que, esa misma tarde, le respondí aprovechando que no tenía nada que hacer en la papelería. Siempre le mandaba aerogramas, un artículo de filatelia que no había llegado a prosperar. Para quien no los conozca, se trata de una pequeña maravilla compuesta por una hoja de papel que puede plegarse sobre sí misma hasta convertirse en un sobre. No están mal de precio y los hay que vienen con el franqueo pagado.

En primer lugar, escribí el nombre y la dirección de la destinataria. QP vivía justo encima del local de su padre, igual que yo lo hacía en la planta superior de la papelería. Muchos establecimientos de Kamakura formaban una parte integral de la vivienda, que había consagrado una sección del espacio familiar para el negocio. De ese modo, era posible trabajar sin tener que dejar de lado las actividades cotidianas. Tal vez ese fuera uno de los motivos por los que se respiraba tanta calma en la ciudad.

Una vez escrito el texto, añadí la palabra «confidencial», a semejanza de lo que había hecho la niña. Me preguntaba dónde habría aprendido una palabra tan rebuscada para indicar que una carta va dirigida, en exclusiva, a la persona cuyo nombre figura en el sobre. La había incluido desde la primera vez que me escribió, así que supuse que le gustaba cómo sonaba, nada más. Después de redactarla con los *kanji* pertinentes, añadí la pronunciación en letras más pequeñas para que QP pudiera leerla.

A continuación, le di la vuelta a la hoja y dibujé un enorme arcoíris con pinturas de cera en el centro del papel. Cada vez que le escribía, algo me empujaba a llenarlo todo de colores exultantes de vida. Después fragmenté el texto en trocitos más pequeños, tal como suele hacerse en la redacción de ciertos poemas tradicionales, para salpicarlos por los huecos que no habían quedado tapados por el dibujo.

Queridísima QP:
Gracias por tu carta, me ha hecho mucha ilusión recibirla. Los tulipanes que has dibujado son preciosos.
El parvulario está a punto de empezar. Estoy segura de que vas a hacer un montón de amigos.

¿Quieres venir a jugar algún día a casa? Podemos dibujar y leer cuentos juntas, ¡a mí me encantaría!

Por las mañanas y por las noches todavía hace frío. Tienes que abrigarte mucho para no ponerte enferma, ¿de acuerdo?

Un día de estos volveré a comer en la cafetería de tu papá.

¡Estoy deseando verte!

Poppo

Los textos que le escribía a QP se parecían mucho a una carta de amor. Nunca habría dicho que yo también acabaría encontrando mi propia amiga por correspondencia, de modo que me sentía feliz, a más no poder, de haberla conocido. En cierto modo, también me servía para entender mejor lo que la abuela había sentido por Shizuko.

Solo hace falta doblar el aerograma un par de veces para convertir la hoja de papel en un sobre admisible por el sistema de correos. Después, se añade pegamento a los tres costados que han quedado abiertos y ya está listo para echarlo al buzón. Había encolado dos de ellos cuando una idea peregrina me vino a la cabeza y tuve que frenar en seco: siempre y cuando no ocupara demasiado, podía introducir algún regalo improvisado en el sobre. Cuando miré alrededor en busca de algo que pudiera servirme, me fijé en las pegatinas de animales que tenía a la venta en la papelería y metí unas cuantas a través de la ranura que quedaba sin cerrar.

Al pesarlo en la balanza, descubrí que —aunque fuera por los pelos— no superaba el límite de veinticinco gramos. Por tanto, solo tenía que acabar de pegarlo y añadirle un sello de dos yenes para que estuviera listo. Cuando compré los aerogramas, se enviaban por el valor impreso de sesenta yenes; sin embargo, con la subida de impuestos, me veía obligada a añadir dos yenes más de mi bolsillo. Esa misma tarde, después de cerrar, eché la carta al buzón que había al lado de casa. No lo habría usado nunca para temas relacionados con el trabajo, pero al tratarse de un asunto personal, no me parecía tan grave que la carta tardara su tiempo en llegar. El buzón me recordaba inevitablemente al día que conocí a Panty, confusa y empapada hasta los huesos. ¿Cómo iba a suponer que se acabaría convirtiendo en una de mis mejores amigas?

Dejé el sobre en la ranura del buzón y un suave ruido de arrastre lo acompañó mientras se deslizaba hacia las profundidades. Le deseé buen viaje mientras realizaba su descenso, ya que era como si una parte de mí misma hubiera decidido salir a ver mundo. El tiempo de espera hasta que llega una carta también tiene su encanto; aunque eso no impedía que estuviera deseando que QP leyera mi carta.

—¿Tienes leche condensada, Poppo? —me preguntó la señora Barbara al cabo de unos días.

La primavera había llegado de golpe en todo su esplendor. Desde donde me encontraba, podía oír la alegre charla de los gorriones que piaban junto a la puerta de la tienda.

—Me han regalado una fresas estupendas, pero no tengo con qué comérmelas.

—Espere un segundo. Voy a mirar —respondí; me puse en pie y rebusqué por la nevera a toda velocidad—. ¡Sí que tengo, señora Barbara! ¡Ahora mismo se la llevo!

—¡Te la cambio por unas fresas y quedamos en paz!

Nuestras conversaciones vecinales eran impecables. Si alguien nos hubiera estado mirando desde las alturas, habría asegurado que solo éramos dos personas que vivían bajo el mismo techo.

Unos minutos más tarde, intercambiábamos un bol de fresas por un tubo de leche condensada a través de la valla del jardín.

—¿Tú no comes las fresas con leche condensada?

—Las mezclo con leche y miel, y luego las machaco.

—De acuerdo, pues me la quedo para mí.

—Es toda suya.

No recordaba haber comprado el tubo de leche condensada, así que debió de hacerlo la tía Sushiko antes de morir. Cuando yo era pequeña, aún se vendía en latas. La abuela hacía un par de agujeros en la tapa con un abrelatas y la servía directamente por ellos. No me dejaba comer dulces porque decía que me saldrían caries, pero con la leche condensada hacía una excepción. Cuando solo quedaba un culín, retiraba la tapa y dejaba la lata sobre la estufa hasta que el contenido se tostaba y se convertía en caramelo. Casi se me saltaron las lágrimas al recordar cuánto me gustaba... Puede que solo fuera un detalle ridículo, pero comprendí que yo también conservaba recuerdos bonitos, dulces como aquel caramelo, del tiempo que había pasado con mi predecesora.

El día había empezado con unas deliciosas fresas de temporada, que desprendían el mismo olor que la primavera y que habían hecho que me sintiera renovada. Por supuesto, nada de todo eso me había preparado para escribir el texto que me pidieron esa misma tarde: una carta de despedida.

—A ver si lo he entendido bien: quiere poner fin a una relación mediante esta carta.

—Sí, así es.

Teniendo en cuenta la bomba que acababa de soltarme, la respuesta de mi clienta me pareció fría e indiferente. Cuando alguien solicitaba que escribiera una carta en su nombre, solía pedirle los datos personales que considerara oportunos. Ella había rehusado con elegancia darme ninguna información, así que no tuve más remedio que referirme a ella como «la desconocida».

—Le agradecería que la tuviera lista para mañana. Si por mí fuera, la escribiría con mi propia sangre para maldecir a esa mujer. El problema es que no estoy dispuesta a que me duelan los dedos por su culpa, ni mucho menos. Quiero poner punto final a esta relación, eso es todo.

Su expresión no denotaba que hubiera pasado años acumulando un rencor que la hubiera devorado por dentro; antes bien, me parecía una mujer que había aprendido a disfrutar de la vida.

—Entonces ¿es para una amiga? —pregunté mientras contemplaba atentamente su reacción.

Sin un mínimo de información, me iba a resultar imposible ayudarla. Tal vez fuera mejor así: algo en mi interior insistía en que aquello no acababa de estar bien y en que quizá fuera más prudente rechazar el encargo. Me sentía orgullosa de saber que mi trabajo contribuía a hacer feliz a la gente, así que no sabía hasta qué punto debía implicarme en una carta que podía hacer daño a terceros.

Por otra parte, el trabajo es el trabajo. Mi tarea como escribiente no era una labor de voluntariado: ¿y si bastaba con que mi clienta se sintiera un poco más feliz de lo que era antes de venir a verme? Eran dos puntos de vista válidos, aunque enfrentados, que habían entrado en conflicto dentro de mí.

—Éramos tan buenas amigas que la gente nos veía como a hermanas. Ahora todo ha cambiado, claro, no quiero verla ni en pintura. Solo con pensar en ella se me revuelven las tripas —me contó la desconocida, endureciendo el tono.

Sobre mi vaso de té se mecía un pétalo de flor de cerezo. Cuando me pregunté lo que habría hecho la abuela en un caso como aquel, me la imaginaba de ambos modos: rechazando la propuesta después de cantarle las cuarenta a esa mujer y escribiendo la carta, como habría hecho con cualquier otro encargo, después de haberlo aceptado con humildad. Viendo que seguía sin aclararme, decidí indagar un poco más en la situación.

—¿Han viajado juntas alguna vez?

—Hemos ido juntas a todas partes. —El rostro de la desconocida se iluminó al escuchar mi pregunta—. Si le soy sincera, hacer una escapada con ella es mil veces más divertido que viajar con mi marido. Qué pena que haya resultado ser una víbora mentirosa... Eso no puedo perdonárselo. Ya está, se acabó: no quiero volver a verla ni saber nada de ella. Solo espero que a partir de ahora me deje vivir en paz.

La desconocida hablaba con confianza y parecía decidida a seguir adelante; la que no lo tenía tan claro era yo.

—¿Está segura de que no se arrepentirá de haber enviado la carta?

Hay palabras que perduran. Una vez que la destinataria las hubiera leído, ya no habría marcha atrás.

—No se preocupe por eso. Debe de parecerle una chiquillada que una mujer de mi edad se tome tantas molestias para poner fin a una relación. Lo siento, así son las cosas cuando maduras: nadie puede obligarte a frecuentar una compañía que ya no te interesa. Los hombres le dan mil vueltas antes de tomar una decisión como esta; las mujeres, en cambio, somos más libres para escoger a nuestras amistades. Obligarte a pasar tiempo con una persona a la que no soportas no solo acaba poniéndote de los nervios, sino que al final perjudica a las dos partes. Ya no tengo edad para esas cosas.

Bien mirado, no le faltaba razón.

—¿Qué ocurre cuando solo una de las partes se siente así?

—¿Me está hablando de un amor no correspondido? De ahí no puede salir nada bueno. Se podría iniciar una relación igualmente, claro está, pero siempre estaría descompensada. Tarde o temprano esas cosas acaban por estallar y al final todo el mundo sale escaldado. Si lo que sienten dos personas no es mutuo, les diría que vale más que no se acerquen demasiado —expuso la desconocida sin atisbo de duda, y siguió hablando con aún más vehemencia—: No quiero pasar el resto de mi vida engañándome. Verá, hay dos tipos de mentiras: las que les cuentas a los demás y las que te cuentas a ti misma. La mujer de quien le hablo lleva demasiado tiempo mintiéndose, y no lo voy a tolerar. Si tanto me odia, que me lo diga a la cara. Por eso estoy aquí: alguien tiene que sacar las tijeras.

—¿Qué tijeras?

—Las que necesitas para cortar una relación por lo sano. No tiene sentido ir dejando cabos sueltos cuando, con un corte seco, podrías ahorrarles sufrimiento a ambas partes. También le digo que no me parecería bien pegar yo misma el tajo, por eso he venido a verla. Usted se dedica a escribir de manera profesional para otras personas, ¿verdad?

A medida que la escuchaba, cada vez tenía menos reparos en aceptar la propuesta.

—No voy a engañarla: me ha hecho dudar. En un primer momento no estaba segura de que la tarea de escribir una carta como esta me correspondiera a mí; ahora, en cambio, casi me siento obligada. Dígame, ¿tiene alguna petición en particular para el texto?

Una vez tomada la decisión, no me quedaba más remedio que llevarla a la práctica con diligencia. Después de todo, era el modo como había escogido ganarme la vida. Hacía solo unos días que era consciente de que la abuela había escrito a Shizuko, su amiga de Italia, diciéndole que quería liberarme de una existencia llena de mentiras para que pudiera echar a volar. Si bien era cierto que no procedía de una larga estirpe de escribientes, mi predecesora sí que lo había sido; y eso era indiscutible. El talento para la profesión corría por mis venas.

—Basta con que le deje claro que no voy a cambiar de opinión. Estoy mucho más tranquila ahora que sé que puede hacerse cargo de este asunto. No quería contárselo nada más entrar por la puerta, pero este es el quinto establecimiento que visito. Me han echado de todos los demás en cuanto les he explicado que quería que me ayudaran a poner fin a esta relación... Usted, en cambio, me ha dedicado su tiempo y le estoy muy agradecida por ello.

La desconocida agachó la cabeza en señal de reconocimiento. Nada más entrar, me había parecido una mujer de mediana edad normal y corriente; sin embargo, a medida que hablábamos, la imagen que me había formado de ella se fue definiendo poco a poco. Podría haber optado por engañarse a sí misma para seguir disfrutando de una estrecha amistad;

el único inconveniente era que no estaba dispuesta a vivir con el peso de esa mentira. Debía de haber llegado a la conclusión de que arrastrar una relación envuelta en ambigüedades no iba a ser bueno ni para ella ni para su amiga. Tenía que cortar por lo sano, lo cual no dejaba de ser un reflejo de lo estrecho que había sido el vínculo que, hasta entonces, habían compartido esas mujeres. Encontrar a una persona así en la vida ya puede considerarse un milagro.

—Saque los cuchillos si es necesario —rio la desconocida.

—Pensaba que bastaba con unas tijeras.

—En absoluto, no tenga reparos en afilar el hacha de carnicero si lo estima oportuno. De lo contrario, temo que nunca consigamos hacer borrón y cuenta nueva.

—Déjelo en mis manos.

La desconocida se levantó y me tendió la mano derecha para que se la estrechara. Si la memoria no me fallaba, aquella era la primera vez que formalizaba un acuerdo de ese modo... y debo decir que el apretón fue mucho más firme de lo que imaginaba. Me había comprometido a redactar la carta, así que tendría que emplearme a fondo. Después de darme el nombre y la dirección de su examiga, mi clienta se marchó de la papelería. Su última petición fue que firmara la carta como «Tu antigua hermana». Parecía una mujer encantadora, cuya sonrisa formaba sendos hoyuelos en sus mejillas.

Eso no cambiaba el hecho de que, de repente, me hubieran cargado con la responsabilidad de poner fin a una relación que había durado años. La carta que había escrito para el Barón, en la cual se negaba a dejarle dinero a un conocido, era lo más parecido que había hecho hasta el momento, y aun así tampoco me parecía comparable. Mis palabras iban a hacer que dos personas cortaran para siempre los lazos que las unían.

Mientras fregaba los vasos de té después de que la desconocida se fuera, comencé a arrepentirme de la decisión que había tomado. Recordé el encuentro y me sentí embrujada, como si mi clienta me hubiera hechizado para obligarme a aceptar el trabajo. No le encontraba otra explicación. Tenía un mal presentimiento: ¿y si me bloqueaba de nuevo? No quería volver a pasar un mal trago como ese nunca más.

Me sentía miserable por haber aceptado el encargo sin pensar en las consecuencias: había cavado mi propia tumba. La desconocida me había pedido que enviara la carta al día siguiente, así que tampoco podía dormirme en los laureles. Para terminar de complicarlo todo, aquel día las cosas fueron de mal en peor hasta que mi vida se convirtió en una auténtica pesadilla. La papelería, habitualmente tan tranquila, recibió un goteo incesante de clientes de la mañana a la tarde. El teléfono fijo, que había sonado en contadas ocasiones durante los últimos meses, no me dejaba en paz. Hasta los repartidores parecía que se hubieran puesto de acuerdo para entrar en la tienda uno tras otro.

Cuando por fin pude pararme a respirar, ya oscurecía: el reloj marcaba las cinco y media pasadas. El sol se estaba poniendo y proyectaba sombras alargadas sobre la ciudad, así que iba siendo hora de cerrar la tienda. Estaba a punto de echar la llave cuando oí los frenos de una bicicleta a mi espalda. Me giré para comprobar quién era y vi al padre de QP, con la cesta llena de verdura, en su bici. En el asiento para niños que había en la parte trasera, se dibujaba la silueta de la pequeña, protegida de cualquier peligro con su casco de tamaño infantil. Se había quedado dormida.

—¡Hola! QP ha insistido en que vengamos a traerle esto —dijo mientras sacaba un sobre del bolsillo de la chaqueta—, pero me parece que nos ha descubierto.

—Es todo un detalle.

—Le entusiasmaba la idea de dejarla ella misma en el buzón, y ya ve: se ha quedado dormida —añadió, hundiendo el dedo índice en la mejilla de la niña.

—Duerme como un angelito, es mejor que no la despierte.

Por la expresión de paz que se reflejaba en su rostro, debía de estar soñando con algo precioso.

—A QP le encanta recibir sus cartas, pero no quiero que se conviertan en una obligación. Responda solo si le apetece, por favor.

Había bajado la voz, como si se sintiera avergonzado.

—No diga eso, yo también me lo paso muy bien escribiendo a la niña. De hecho, debería darles las gracias por traerme las cartas hasta la puerta de casa.

El padre de QP me recordaba a un actor al que había visto haciendo papeles secundarios en varias series y películas.

—Hasta pronto.

—Un día de estos tengo que pasarme a comer por la cafetería.

No podía ser fácil criar a una niña tan pequeña sin ayuda de nadie, sobre todo para un hombre. Me habría gustado saber lo que le había pasado a la madre de QP, pero yo no era nadie para meter las narices en la vida de mis vecinos. Mientras el padre de la criatura pedaleaba pendiente arriba, me despedí de ellos con la mano, a pesar de que me daban la espalda y no me podían ver. El cielo se iba tiñendo de negro y la luna comenzaba a brillar, recordándome a los ojos cerrados de la niña, que en esos momentos dormía en paz.

Incapaz de seguir conteniendo la curiosidad, abrí el sobre frente a la puerta de casa. Me hizo ilusión ver que QP había usado la pegatina del oso panda que le había enviado en mi último aerograma. Cuando la gente dice que una persona es un ángel, tiene que ser por cosas como esta. A la pequeña solo le faltaban las alas.

Desgraciadamente, no estaba en situación de entretenerme: me habían pedido una carta y tenía que estar lista para enviarla al día siguiente. No podía decirle a la desconocida que el encargo me venía grande y que renunciaba a última hora; habría supuesto un fracaso imperdonable en mi carrera. Si me había comprometido a hacerlo, tenía que cumplir mi palabra, aunque me costara sangre, sudor y lágrimas.

Después de leer la última carta de QP, entré en casa y eché la llave. Ese día había estado tan ocupada que ni siquiera había tenido tiempo de comer en condiciones. En realidad, no había probado bocado desde que la señora Barbara me había regalado aquel puñado de fresas esa misma mañana. En cualquier otra ocasión, ya habría estado cogiendo la cartera para salir a cenar. Ese día, en cambio, intuía que la carta iba a darme problemas y no estaba de ánimo para meterme en un restaurante. El caso era que tenía hambre, y con el estómago vacío no podía trabajar.

Seguro que encontraba algo de comer por la cocina. Registré a fondo los aparadores, convencida de que tenía que haber algún paquete de fideos instantáneos. Cuando lo encontré, puse el agua a hervir en un cazo. Había huevos en la nevera, pero no tuve tanta suerte de que también me quedara cebolleta. Mientras pensaba con qué más podía condimentar el caldo, tuve una revelación: el perejil que la abuela había plantado hacía años debía de seguir en el jardín. Entre el huevo y las hierbas, el resultado fue más satisfactorio de lo que había imaginado en un primer momento. Supongo que el chorrito de aceite picante que le añadí al final también ayudó. Tenía tanta hambre que el bol quedó vacío. Habría dado cualquier cosa por un buen café que me ayudara a despejarme; pero, a falta de algo mejor, tuve que conformarme con un té verde bien cargado. Sabía de sobra que a esas alturas ya tendría que haberme puesto manos a la obra con la carta; aun así, no había manera de que pudiera centrarme. En lugar de empezar a trabajar, me entretuve fregando los platos y hasta sacando brillo al fregadero, tareas que perfectamente podría haber dejado para el día siguiente.

Considerando el contenido de la carta, incluso el papel que escogiera iba a tener una importancia fundamental. Esa nota estaba destinada a romper una relación; en consecuencia, tenía que encontrar un soporte lo bastante resistente como para que no se echara a perder con facilidad. Para expresar la determinación de mi clienta, lo ideal habría sido dar con un papel milagroso que no se quemara ni aunque lo lanzaras a las llamas. Al final, lo mejor que se me ocurrió fue ir en busca de una hoja de pergamino.

Este material tiende a confundirse con una clase de papel, aunque, en realidad, no está compuesto por fibras vegetales, sino por piel animal que ha sido previamente tratada para estirarla. La creencia popular dice que se elabora con dermis de cordero, aunque igualmente puede utilizarse piel de cabra, ternero, ciervo, cerdo y algunos otros animales. Ahora bien, todos los expertos coinciden en que la vitela, extraída de la piel de los terneros que nacen muertos, es el material más exquisito. El pergamino empezó a utilizarse siglos antes de Cristo para registrar textos sagrados y documentos oficiales, sobre todo en Europa, hasta la aparición del papel.

Solo hay una manera de escribir sobre este soporte: con tinta ferrogálica, una mezcla elaborada a partir de agallas vegetales. Estas excrecencias, extraídas de los árboles, se prensan hasta que quedan reducidas a polvo, se mezclan con sales de hierro y finalmente se les añade vino tinto o vinagre para garantizar su conservación. Con algunas pequeñas variaciones, vendría a ser una reproducción de la tinta que empleaban los escribas durante la Edad Media. El último paso consiste en añadir goma arábiga para que la mezcla adquiera la textura adecuada. El texto siempre queda pálido en un primer momento, pero va cobrando intensidad a medida que pasa el tiempo.

Hasta entonces, no había tenido ocasión de usar este tipo de tinta. Sabía que no podía utilizarse con una pluma estilográfica, así que fui a buscar una de ave. Las plumas de ave, en especial las de ganso, se habían empleado como herramientas de escritura durante casi mil años, hasta que fueron sustituidas por las plumillas con la llegada de la segunda mitad del siglo XVIII. Solo necesitaban un pequeño corte hecho a mano y estaban listas para usarse.

Una vez trazada la estrategia, coloqué el pergamino, la tinta, la pluma y el lápiz sobre la mesa. Eran casi las diez de la noche y, si quería enviar la carta al día siguiente, no tenía tiempo que perder. Me veía incapaz de escribir un texto de esas características sin haberlo preparado antes, por lo que decidí hacer un borrador con lápiz y papel. No sirvió de mucho, puesto que las palabras se negaban a salir de mi cabeza. Cuando quise darme cuenta, estaba mordisqueando el lápiz, y su sabor frío —no tan distinto al del chocolate amargo— me llenaba la boca. Era una manía que arrastraba desde niña y en la que acababa cayendo cada vez que tenía que concentrarme. Esa noche seguía con la cabeza en las nubes; de pronto, me entraron ganas de leer otra vez las cartas de QP. Si había algo que contrastara con el encargo que tenía entre manos, eran sin duda las palabras que me dedicaba la pequeña. Hasta entonces, contando la carta de esa tarde, había recibido un total de cuatro. Las abrí en orden cronológico y me puse a leerlas. Como eran pocas, y además breves, no tardé en acabarlas y en volverlas a empezar. Como puede verse, estaba dispuesta a cualquier cosa con tal de retrasar lo inevitable.

Casi todos los caracteres que QP escribía estaban en espejo. La curva de la sílaba *wa* (わ) se proyectaba hacia la izquierda en lugar de hacia la derecha, la sílaba *shi* (し) se convertía por arte de magia en la jota del alfabeto latino... La niña era una artista de la escritura especular, así que se me ocurrió ver qué pasaba si leía esas notas en el espejo. Fui al baño con los cuatro trozos de papel en la mano, encendí la luz y los extendí frente a mi pecho para que se reflejaran bien.

Te quiero mucho, Popo.

QP

¡Eso era lo que estaba buscando!

Salí del lavabo a medio correr y me senté de inmediato frente a la mesa de trabajo. Empuñando de nuevo el lapicero, empecé a escribir todos los caracteres del silabario tal como se verían si los pusiera delante de un espejo. Utilicé un folio blanco, normal y corriente, para repetirlos una y otra vez hasta que quedé satisfecha con el resultado. Solo entonces me atreví a hacerlo con la pluma de ganso que había preparado y un pedazo del pergamino. Era un material caro —una sola hoja costaba lo suyo—, así que no había margen para el error. Además, en el almacén de la papelería no abundaban las existencias.

La circunferencia de la pluma resultó ser tan pequeña que me costaba sujetarla sin que me bailase entre los dedos. No era precisamente fácil escribir con ella, pero no tenía más remedio que aprender a marchas forzadas. De manera paulatina, a medida que mi caligrafía especular mejoraba, también el contenido de la carta fue cobrando forma en mi mente. Mientras hablaba con la desconocida, había notado el profundo cariño que sentía por su amiga, así como la intensidad del odio que la sacudía por dentro.

La amistad puede crear un vínculo muy estrecho entre dos personas. Si mi clienta no lo cortaba de raíz, evitando dejar cabos sueltos, ese lazo seguiría uniéndolas eternamente por la fuerza de la costumbre. Esta idea hizo que me planteara si el auténtico objetivo de la carta, destinada a poner fin a la relación, no sería liberar a su amiga de dicha atadura. La intención del mensaje era un juego de espejos en sí misma, por lo que me pareció que la mejor manera de reflejarlo sería invirtiendo también el texto.

Familiarizarme con aquella forma de escribir me llevó más tiempo del que imaginaba: cuando volví a mirar el reloj, eran más de las dos. La abuela decía que en las cartas que se escriben de noche moran los espíritus malignos; aunque, en vista de los acontecimientos, era un mal inevitable. Además, considerando lo que iba a decir la carta, tuve la impresión de que un poco de malicia no estaría de más. Ya que al fin me había puesto manos a la obra, quería que el resultado fuera perfecto, aunque para ello tuviera que sacar el hacha de carnicero. Si no, era muy probable que la relación entre la clienta y su amiga nunca terminara del todo.

Sostuve la pluma con la mano derecha y la sumergí con cuidado en el frasquito de tinta ferrogálica. No tenía ninguna duda acerca de lo que debía escribir.

Gracias por todos los buenos momentos que me has dejado vivir a tu lado. Sin lugar a dudas, conocerte ha sido una de las mejores cosas que me han pasado en la vida y siempre me sentiré en deuda contigo por ello.

Me pregunto si no estás cansada de que nos engañemos de esta forma. Personalmente, prefiero conservar intactos los recuerdos de lo que hemos compartido, sin que nada los empañe.

Esta es mi carta de despedida. No quiero saber nada más de ti. Estoy segura de que entiendes mis motivos; si no es así, te recomiendo que aprendas a escucharte un poco mejor a ti misma.

Te adoraba, y te adoro; a la vez que te odio y te detesto. Sé que, después de que leas esta carta, ya no habrá marcha atrás. No es fácil vivir siendo fiel a tus principios, te lo garantizo. Hay veces en las que mentir se vuelve inevitable, pero no quiero que tengas que hacerte esto a ti misma. Sé honesta con lo que sientes y sigue adelante con la cabeza alta.

Antes de que desaparezca de tu vida para siempre, permite que te dé las gracias una última vez.

Escribí el nombre de la destinataria y dejé la pluma sobre la mesa de trabajo. Los caracteres asomaban pálidos en la carta, como si estuvieran diluidos por las lágrimas; no obstante, las partículas de hierro de la tinta pronto empezarían a oxidarse en contacto con el aire y cobrarían cada vez más intensidad hasta mostrarse de un sólido color marrón. Me parecía la representación perfecta de las emociones que habían traído a la desconocida hasta mi puerta.

Cuando me miré las manos, vi que tenía el dedo corazón negro después de pasarme tanto tiempo sujetando la pluma. Lo mejor iba a ser que me duchara, me quitara la tinta de las manos y procurara dormir el poco tiempo que quedaba hasta el amanecer. Lo primero que hice por la mañana fue coger la carta, que descansaba en el altar budista, y releerla; me bastó con ver la superficie cubierta de trazos invertidos para que el corazón me diera un vuelco. Nadie esperaba recibir una carta así, era posible que incluso generara un rechazo visceral en la destinataria: ese era uno de los motivos por los que debía ser un adiós definitivo. No se me ocurría una forma más eficaz de expresar los sentimientos encontrados de una persona.

Me di cuenta del error a última hora, mientras hacía las comprobaciones finales frente al espejo del baño. Grité nada más verlo. Y debí de hacerlo con fuerza, puesto que la señora Barbara lo oyó y todo.

—¿Estás bien, querida?

—¡Sí, perfectamente! —respondí, alto y claro, para tranquilizarla a ella y, de paso, también a mí.

La primera coma del cuarto renglón empezando por debajo no estaba en espejo. El susto fue tremendo, pero no había motivo de alarma: los errores sobre pergamino pueden corregirse o bien rascando la tinta con un cuchillo o bien aplicando zumo de naranja para borrarla.

Como tenía miedo de estropear el tejido si usaba un cuchillo, decidí dar un paseo hasta la tienda más cercana y comprar una botella de zumo. Una vez resuelto el problema, solo tenía que enrollar el pergamino y prepararlo para el envío: mientras no midiera más de tres centímetros de diámetro y catorce de largo, entraría en la categoría de correo ordinario. Envolverlo en un poco de papel de horno debería bastar para que llegara hasta su destino sin contratiempos. En lo que al nombre y a la dirección de la destinataria se refería, los escribí en una tarjeta que até a uno de los extremos del cilindro. Era imposible que se perdiera.

Había hecho todo lo que estaba en mi mano.

Nunca habría imaginado que mi siguiente encargo fuera a llegar al cabo de unas horas. Después de haber enviado el rollo de pergamino desde la oficina de correos, abrí la tienda y en cuestión de minutos entró una mujer vestida de los pies a la cabeza a la usanza tradicional. En un primer momento me pareció que estaba concentrada en los estantes y supuse que había venido en busca de material de oficina. Instantes después, contra todo pronóstico, me dirigió la palabra con voz vacilante porque tenía que consultar algo conmigo.

—¡¿Otra vez?! —exclamé, incrédula, sin darme cuenta de que había hablado en voz alta.

Ya era raro que la gente viniera pidiéndome una carta dos días seguidos, pero que aquella hermosa flor japonesa también quisiera poner punto final a una relación me pareció demasiada coincidencia. ¿La desconocida le había contado que la papelería aceptaba este tipo de encargos? De todos modos, como mi última clienta había preferido conservar el anonimato, tampoco es que tuviera forma de seguir indagando. Por lo que me contó la hermosa joven, deduje que las mujeres no tenían ningún tipo relación y que todo había sido fruto de una mera coincidencia. A ver si las cartas de despedida se habían puesto de moda y yo no me había enterado...

—¿A quién va dirigida la carta? —le pregunté mientras observaba su rostro con atención.

Debía de tener poco más de treinta años, aunque seguramente el kimono la hacía parecer mayor de lo que era en realidad.

—A la persona que me está formando en los rituales de la ceremonia del té —respondió con una voz seductora y ligeramente nasal—. Hace muchos años que asisto a sus clases, desde mi época de bachillerato, pero últimamente no hace otra cosa que insultarme sin piedad. Al principio todo iba bien, hasta que un buen día la amabilidad que siempre había demostrado se esfumó y comenzó a llamarme fea, torpe, basura... He aguantado todo el tiempo que he podido, puesto que sigo siendo su alumna y me gusta aprender bajo su tutela, pero la situación ha llegado a un punto insostenible.

La flor japonesa bajó la mirada y se llevó un pañuelo a los ojos, afectada por el dolor que debían de causarle aquellos recuerdos.

—Entiendo que pueda sentir cierta animadversión hacia mí y estaba dispuesta a aceptarlo, hasta que sus comentarios comenzaron a extenderse a mi marido y a mi hijo. Eso sí que no, no voy a permitir que este asunto salpique al niño. Si de mí dependiera, nos mudaríamos hoy mismo; pero sé que, con el trabajo de mi marido y el colegio del niño, sería una locura. Además, la ciudad me gusta, y no me parece justo que tenga que marcharme por una situación como esta. He hablado con mis amigas y dicen que puede que yo tenga parte de la culpa, puesto que debería haberle parado los pies hace tiempo. Opinan que no se merece tanto respeto por mi parte.

—¿Se trata de un hombre? —le pregunté, con cierta reserva, tras haber escuchado su historia.

Puede que se sintiese atraído por mi nueva clienta y que de ahí surgieran los celos que parecía sentir por su familia.

—No, en absoluto, es una mujer. Al final dejé de ir a sus clases; pero, a medida que mi ausencia se prolongaba, empezó a escribirme cada vez con más insistencia. Y cuando ya creía que iba a volverme loca, empezaron a llegarme regalos que valen una fortuna. Por favor, Poppo, ¡tienes que ayudarme!

Levanté la cabeza al oír mi nombre. Después de mirarla a los ojos durante unos instantes, tuve la impresión de reconocerla.

—¿Mai?

—¡Sabes quién soy! —exclamó la flor japonesa, es decir, Mai, exultante de alegría.

—¿De verdad eres tú?

—Claro que soy yo. Me preguntaba si me reconocerías nada más entrar por la puerta, pero está visto que era mucho pedir. Te juro que no habría sabido qué hacer si me hubiera tenido que ir a casa sin que te dieras cuenta.

—Lo siento.

Estaba tan sorprendida que me quedé en blanco. Mai parecía tan discreta y reservada que había dado por sentado que era mayor que yo, cuando resultaba que habíamos ido juntas a primaria. En esa época yo era una niña tímida a la que le costaba hacer amigos, y ella venía cada dos por tres a hacerme compañía.

—¿Sabes que todavía guardo la chapa que escribiste con mi nombre?

La flor japonesa, que hasta hacía unos instantes había sido la serenidad encarnada, empezó a hablarme como a una amiga de toda la vida.

—¿Eh? ¿Qué chapa?

—¿No te acuerdas? Si escribiste el nombre de toda la gente de clase... —dijo, y sacó un pequeño objeto del bolso—. Ten, mira.

Sobre la superficie redondeada podía leerse «Mai Onodera» escrito con rotulador permanente.

—Tenía una letra tan fea que no quedaba bien ni en mi propio nombre. ¡No sabes la ilusión que me hizo este regalo! Desde entonces, lo he llevado siempre conmigo para ver si algún día conseguía escribir tan bien como tú.

—Hace más de veinte años de eso.

—Lo sé, pero sigue siendo un tesoro.

Mai sostuvo la chapa con las dos manos y se la llevó al pecho en un gesto de cariño. Por lo que me parecía recordar, cuando acabamos la escuela primaria, sus padres la matricularon en un instituto privado de Yokohama.

—Entonces ¿estás casada y eres madre?

Teníamos la misma edad, pero los caminos que habíamos escogido en la vida no podían haber sido más distintos.

—Ya está en primaria.

—¡Me tomas el pelo!

Eso quería decir que, si las cosas hubieran sido de otro modo, a esas alturas yo también podría haber tenido un hijo que fuera a la escuela con su pequeña mochila al hombro. Decir que no había reconocido a Mai porque estaba cambiada solo era una excusa. Para empezar, cuando había entrado en la tienda esa mañana, ni se me había pasado por la cabeza que pudiéramos ser de la misma quinta.

—¿Qué ha pasado para que vengas a pedirme una carta?

Tenía la esperanza de que todo aquello fuera una simple historia de terror que se había inventado para asustarme.

—Quería saber si me podías ayudar. En la última reunión de antiguos alumnos alguien dijo que habías vuelto a Kamakura y estuvimos hablando de ti. La situación con mi maestra iba de mal en peor y no sabía qué hacer, así que al final decidí venir a la tienda para pedirte consejo. Tu familia siempre se ha dedicado a estas cosas, ¿verdad?

Yo también había recibido la invitación. Pero, avergonzada por mi oscuro pasado e incapaz de dar la cara ante mis antiguos compañeros, preferí declinarla.

—No te preocupes. Yo me encargo —dije, mirándola a los ojos.

Cuando íbamos juntas a clase, Mai me ayudó tantísimas veces que ya iba siendo hora de que le devolviera el favor. En ese instante comprendí hasta qué punto puede cambiar la gente con el paso del tiempo. De pequeña, Mai era un terremoto capaz de hacer llorar incluso a los niños de clase. Me costaba hacerme a la idea de que se hubiera convertido en una dama tan elegante.

—Estás aprendiendo a hacer la ceremonia del té... ¡Tiene que ser como un sueño!

Mi vieja amiga se echó a reír, y una gran sonrisa le iluminó el rostro.

—En realidad, siempre había querido ser como tú —confesó, con un suave rubor en las mejillas.

—Es una broma, ¿verdad? No destacaba en nada, me pasaba el día como un alma en pena y a duras penas conseguía hacer amigos. No sabía tratar con la gente: ¡era un desastre!

—Es posible, pero también tenías unos modales exquisitos para una niña de tu edad, hablabas como una mujer adulta y eras tan elegante... Habría dado cualquier cosa por ser como tú. Además, escribías de fábula, claro.

—Es lo único que sé hacer.

También lo debía de ser entonces, porque ganaba el primer premio de todos los certámenes de caligrafía.

—De eso ni hablar. ¿Tú sabes la de chicos que tenías suspirando por tus huesos?

—Me niego a creerlo —refuté de manera contundente.

—¡Cómo me alegro de que sigas siendo la misma de siempre!

Se notaba el cariño que desprendían sus palabras. Todo el mundo cambia al crecer; es inevitable. Por lo tanto, supuse que se refería a otra cosa, a esa esencia que nos caracteriza y de la que no podemos renegar por mucho que lo intentemos.

—Se me ha olvidado ofrecerte una taza de té, ¡perdona!

Me había quedado tan fascinada con su presencia que no me había acordado de servirle la bebida de rigor.

—No te preocupes, ya nos lo tomaremos otro día cuando venga a verte. Oye, ¿estás segura de que quieres ocuparte de esto? He intentado escribir la carta mil veces, pero no sé ni por dónde empezar —dijo, todavía inquieta, mientras juntaba las manos frente al rostro, suplicándome ayuda.

—No tiene que preocuparse de nada, señora —le aseguré, bajando la cabeza, con fingida cortesía.

Después de intercambiar nuestros datos de contacto, Mai me dio las gracias con una seguridad renovada en la voz. Mientras se marchaba de la tienda, con la misma elegancia con la que había entrado, una agradable brisa se filtró por la puerta.

—Ha llegado la primavera —susurró tras detenerse un momento a oler el aire.

El cielo comenzaba a teñirse de un suave color rosa, y los cerezos no tardarían en florecer.

Esa noche me senté a escribir la carta de despedida que me había encargado Mai. Como estaba dirigida a la que había sido su instructora, toda formalidad me parecía poca, así que opté por escribir el texto con pincel. Ese mensaje iba a poner fin a una relación que se había prolongado durante años; por eso era tan importante que la redactara tal como lo habría hecho mi amiga, fiel a su estilo y a su carácter.

En comparación con el texto de la noche anterior, que me había dejado agotada, las palabras de esta carta fluyeron como la seda. Quién sabe, puede que el trabajo para la desconocida me hubiera ayudado a entrar en sintonía con el cariz que debían adoptar este tipo de textos. Y es que no son fáciles de escribir: tienen por objetivo cortar de raíz cualquier relación que pueda haber entre dos personas, pero sin hacer daño al destinatario ni ganarse su enemistad. Había empezado a pensar que solo podría considerarme una verdadera escribiente cuando hubiera aprendido a amoldar mis palabras a estas situaciones.

Diluí la tinta con cuidado a medida que me concentraba. Quería que el color de los trazos evocara la mirada de Mai: una mujer con un sentido de la justicia muy marcado, que intentaba dejar las cosas claras y que hablaba mirándote a los ojos. Hasta entonces no me había dado cuenta de que nadie es capaz de verse a sí mismo. Puede que solo tengas que bajar la mirada para verte los brazos o las uñas; pero, a menos que uses un espejo, tanto la espalda como las nalgas quedan fuera de tu campo de visión. La gente que nos rodea se pasa más tiempo mirándonos que nosotros mismos. Por eso, por muy seguros que estemos de saber quiénes somos, ellos ven cosas que nosotros somos incapaces de percibir. Mientras recordaba la charla que había mantenido con Mai esa misma mañana, las ideas que me rondaban la cabeza iban cogiendo cada vez más fuerza.

La tinta adquirió un matiz que podía llegar a confundirse con el negro absoluto; no había un tono más adecuado para expresar la determinación de mi amiga. Empapé el pincel, asegurándome de que absorbiera bien la tinta, me concentré en el texto y no paré de escribir hasta que la carta estuvo acabada. Durante unos breves instantes, me había convertido en Mai Onodera.

Esta mañana he despertado con el aroma del torvisco. Falta muy poco para que la primavera estalle en Kamakura en todo su esplendor.

He pasado más de diez años preparando la ceremonia del té bajo su tutela. Cuando la conocí, ni siquiera sabía hervir el agua en condiciones y a menudo me costaba le-

vantarme después de pasar tanto tiempo sentada sobre mis piernas. Ojalá pudiera expresarle el agradecimiento que siento por la amabilidad y la paciencia que demostró en esos momentos.

A lo largo de estos años ha habido de todo: días buenos y días malos. No obstante, sus clases y su compañía siempre me han transmitido la calma que necesitaba, de modo que, al volver a casa, podía alzar la vista al cielo y contemplarlo con una sonrisa. Adentrarme en el mundo de los rituales del té ha sido una de las mejores decisiones que he tomado en la vida.

Incluso las duras palabras que, en ocasiones, me ha dirigido han sido para mí una muestra de reconocimiento que me ha ayudado a crecer como persona. Sin embargo, muy a mi pesar, temo que no podré continuar con mi formación a su lado. Me habría gustado comunicárselo en persona, pero mi estado de salud actual no me permite ir a verla. Disculpe la descortesía de informarla por escrito de un hecho de tal importancia.

Mi marido, mi hijo y yo hicimos un guiso con la ternera de Matsusaka que nos envió el otro día; se notaba que era de primerísima calidad. El niño comienza a tener un apetito voraz y era la primera vez que probaba una carne tan tierna y suculenta. Le doy las gracias por este detalle tan amable. Desgraciadamente, mi marido no es más que un humilde oficinista, yo no doy abasto con la casa y nuestro hijo está en edad de crecer, por lo que me parte el corazón no poder corresponder a sus magníficos regalos.

Si bien abandonar sus clases semanales me privará de una de las grandes alegrías de mi vida, le prometo que, *siempre que tenga ocasión, pondré en práctica lo que me ha enseñado. Espero que siga cuidándose, como siempre ha hecho.*

Le deseo una vida llena de salud y felicidad.

En cuanto completé el último trazo, suspiré aliviada. El texto desprendía un eco que recordaba al aleteo de una mariposa, que era como Mai había decidido alejarse de su mentora. Incluso sin garantías de que mis palabras fueran a cumplir su cometido, algo me decía que servirían para que esa mujer dejara a mi amiga en paz. Tras leer la carta por última vez, después de que descansara durante la noche en el altar budista, la doblé como si se tratara de un tríptico y la coloqué en el centro de una gran hoja de papel blanco para envolverla replicando los pliegues que le había hecho a la misiva. Por último, doblé en triángulos los extremos que sobresalían en la parte superior e inferior del embalaje, igual que se hacía en los viejos tiempos. No obstante, antes de envolver la carta con el inmenso trozo de papel blanco, me había asegurado de introducir una estrellita que había cogido del jardín. En el lenguaje de las flores, significa «me duele alejarme de ti».

En último lugar, escribí la información de la destinataria y tras su nombre añadí un tratamiento antiguo —en completo desuso— que significa «junto a usted». Dado que la persona que iba a recibir la carta era una experta en las artes tradicionales, no me parecía un grado de formalismo excesivo. Solo me faltaba añadir el remite y pegar el sello para dejar listo el encargo. La abuela decía que los sellos que acompañan a las malas noticias debían humedecerse con lágrimas de tristeza; y con lágrimas de alegría, los que acompañaban a las buenas nuevas. Yo no había llegado a tal grado de perfeccionismo, así que lo pegué con la gota de agua que en esos momentos pendía del grifo del fregadero.

—¿Me puedes hacer un favor, Poppo? —me preguntó la señora Barbara mientras desayunaba.

—¡Deme un segundo!

Me llevé a la boca el trozo de pan que quedaba en el plato, me levanté y abrí la ventana masticando a dos carrillos: una estela de condensación, que algún avión debía de haber dejado a su paso, atravesaba el cielo azul. Era tan recta que parecía que la hubieran trazado con una regla.

—¿Puedes venir un momento? —añadió mi vecina al cabo de unos segundos, procurando, por algún motivo, ahogar la voz.

Me quité los calcetines de lana que me había puesto para protegerme del frío y me quedé con el par de calcetines con dedos que llevaba por debajo. Después de calzarme a la fuerza mis sandalias de la marca Genbei, caminé con torpeza hacia la valla que separaba mi jardín de la casa de la señora Barbara. En esos momentos, mi vecina se acercaba con el tronco tan tieso que temí que se hubiera levantado con tortícolis.

—Lo siento mucho, Poppo, eres la única a la que podía pedírselo —dijo modestamente mientras se le sonrojaban las mejillas.

Solo necesitaba que alguien le cerrara los botones que el jersey tenía en la espalda.

—Con lo ocupada que estás... —se disculpó de nuevo, con cierta desazón.

—En absoluto, ¡si no hago nada en todo el año! —respondí mientras empezaba a abotonarle la prenda.

Era un jersey precioso, por cierto, con un diseño muy original. El cuerpo y las mangas eran de color negro, pero la espalda estaba decorada con botones rojos, azules y blancos.

—Me encanta su jersey —señalé mientras le abrochaba el botón inferior y daba por concluida mi tarea—. ¿Dónde lo ha comprado?

—Tiene más de medio siglo, querida. Era una de las prendas favoritas de mi madre, así que se lo ponía mucho cuando llegaba el invierno. Como el diseño se había quedado anticuado, le he cambiado los botones. ¿Conoces la mercería que hay al lado de la cooperativa?

—Sí, la he visto alguna vez, aunque no sé cómo se llama.

—Los compré allí, volví a casa y me puse a coser de inmediato. Hasta hace bien poco no me costaba abrochármelo yo sola; puedes imaginarte el disgusto que me he llevado esta mañana al darme cuenta de que no llegaba.

—Ya ve que no es molestia. Puede pedírmelo siempre que quiera —le ofrecí, retirando con cariño un cabello plateado que se había quedado enganchado en el tejido, a la altura del omóplato.

Era de un color tan hermoso como el de una tela de araña bajo la luz del sol.

—Eres un encanto, Poppo. Si vuelvo a necesitar tu ayuda, te haré venir corriendo —respondió la señora Barbara con un aire más jovial—. Por cierto, ¿tienes planes para este fin de semana?

—No, ¿por qué lo pregunta?

Empezaba a hacer buen tiempo. Como mucho, había pensado en bajar a la playa para comprobar si la marea había arrastrado algún pequeño tesoro hasta la orilla; pero podía dejarlo para cualquier otro momento.

—¿Te apetece venir a ver los cerezos?

—No es mala idea, deben de estar casi en plena floración.

¿Ya sabe adónde quiere ir?

Cuando pensaba en los cerezos en flor, el primer lugar que me venía a la mente era la avenida Dankazura, el gran bulevar que conducía hasta las puertas del santuario de Tsurugaoka Hachiman-gū. Año tras año, en cuanto llegaba la primavera, la abuela me llevaba de paseo al anochecer para admirar juntas el paisaje. Los recuerdos de mi predecesora seguían rondándome por la cabeza cuando me di cuenta de que la señora Barbara había vuelto a hablar.

—¿Qué tal si vienes a casa?

—¿En serio?

—¿Te he dicho alguna vez que tengo un cerezo precioso en el jardín? Claro, desde aquí no lo ves... El pobre está tan viejo como yo y no sé cuánto tiempo seguirá dando flores, así que quería enseñároslo a todos antes de que sea tarde. Cuento con que todo el mundo traiga algo para la fiesta.

—No diga esas cosas...

—¿Por qué pones esa cara, Poppo? A todos los seres vivos les llega su hora.

Si por mí hubiera sido, habría hecho que la señora Barbara viviera para siempre. Deseaba que siguiera siendo mi vecina por toda la eternidad.

—Seguro que nos lo pasaremos bien.

—¡Por supuesto! Las flores de cerezo hacen que todo el mundo se alegre de estar vivo; puedes invitar a los amigos que quieras.

—No sabía que fuera a organizar una fiesta tan grande. Además, tampoco es que me sobren las amistades.

¿A quién intentaba engañar? En realidad, solo tenía una amiga de confianza, y la tenía delante de mis narices en esos momentos.

—Olvida lo que he dicho: los amigos se miden por la calidad, no por la cantidad. Si hay alguien con quien quieras sentarte a ver las flores, que no te dé apuro invitarlo.

La primera persona que me vino a la cabeza fue la pequeña QP.

—Es usted muy amable.

—Cuando era más joven, siempre organizaba alguna escapada para ver los cerezos lejos de casa. Ahora, en cambio, que nadie me quite el placer de hacerlo desde mi propio jardín. Entre otras cosas, porque no he encontrado un árbol más bonito que el mío... Ya sé que os estoy arrastrando a todos, pero podéis considerarlo el capricho de una pobre vieja.

—¡Usted no es vieja! —protesté, alzando la voz.

—Es adorable que lo digas tan convencida —rio con suavidad mi vecina.

Juro por todo lo que es sagrado que nunca había visto a la señora Barbara como a una pobre vieja. Es más, le tenía muchísima envidia porque, de espíritu, era mil veces más joven que yo.

—Panty me ha dicho que ella se encargará de coordinarlo todo, así que dejaremos esa parte en manos de la profe.

—Es mucho más pragmática de lo que parece, ¿verdad?

—Yo diría que es una de sus mayores virtudes.

Cuando levanté la vista al cielo, la estela de condensación había desaparecido.

—Debería volver a casa y abrir la tienda.

—No te distraigo más. Mientras tanto, veré si alguien me lleva hasta el Costco de Yokohama. Quiero comprar platos y alguna otra cosa que podamos necesitar.

—¿Va a ir al Costco?

Por nada del mundo me habría imaginado a la señora Barbara comprando en aquella cadena de supermercados estadounidense.

—¿Por qué no? En coche, solo se tarda un momento. La única pega es que, cada vez que voy, acabo llevándome cosas que no necesito —dijo, dando media vuelta para volver a casa.

Los botones rojos, azules y blancos, cosidos a intervalos regulares, brillaban en su jersey.

¡Pam! ¡Pam! ¡Pam! ¡Pam!

El domingo por la mañana, la cocina de casa amaneció sumida en el caos.

—¡Más fuerte, Poppo! ¡Como si expulsaras de ti todas las energías negativas! —ordenó Panty, haciendo gala de sus dotes de maestra de ceremonias, mientras preparábamos la fiesta.

—¿Qué son las energías negativas? —preguntó al instante QP, protegida con un delantal.

Por desgracia, no tenía margen físico ni mental para responder con calma a la pregunta de la niña. Habíamos decidido que el plato fuerte del día sería a base de pan, y QP se había ofrecido a ayudarnos, de modo que ahí estábamos las tres: Panty, la niña y yo, mano a mano, en la cocina. Era la primera vez que las pinches de cocina intentábamos hacer pan.

—El sabor depende de la pasión con la que trabajéis la masa. ¡Concentraos!

Se supone que el pan se hace con agua y harina. La mezcla que tenía delante no era ni una cosa ni la otra, sino una especie de masa de forma redondeada con una sorprendente elasticidad.

—Parece que esté viva —observó la niña.

—Es que lo está.

Panty le respondió acercando su cara a escasos centímetros. Hablaban con tanta confianza que no parecía que se hubieran conocido esa misma mañana.

Después de un cuarto de hora jadeando y luchando a muerte con la masa, la maestra por fin me dio el visto bueno. Con el poco ejercicio que acostumbraba a hacer, tenía los brazos, la cadera y los riñones gritando de dolor.

—No sabía que hacer pan fuera tan cansado —dije con un hilillo de voz.

—¡Un poco de brío, chica! ¡Que eres más joven que yo! —gritó Panty mientras me daba una palmada de ánimo en la espalda.

—Ya te vale, Poppo.

Hasta QP reprochaba mi falta de energía siguiendo el ejemplo de su nueva amiga. ¡Ya podría haberme avisado alguien de que aquello exigía tanto esfuerzo!

Mientras dejábamos que la masa reposara y doblase su tamaño, aprovechamos para tomarnos el desayuno que el padre de QP nos había preparado. Lo había traído esa misma mañana, cuando había dejado a su hija con nosotras.

—¡Sándwiches de arroz!

Panty fue la primera en reaccionar cuando retiramos el envoltorio de aluminio.

—Un poco pesado para el relleno, ¿no?

No lo habría oído bien.

—Es al revés: usas el arroz envuelto en alga como si fueran rebanadas de pan y en medio metes lo que quieras. No me digas que no te suenan, ¡se han puesto de moda por todas partes! —me explicó Panty.

—Poppo no se entera de nada —añadió la niña para rematar la faena.

—Ya, ya, no sé ni en qué mundo vivo. ¿De verdad se han puesto de moda?

En lugar de responder, Panty me sugirió que probara uno. Cuando miré el paquetito, comprobé que, efectivamente, contenía una hilera de sándwiches en los que el pan se había sustituido por láminas de arroz en forma de rebanada. Era la primera vez que veía algo así.

Cogí uno de los sándwiches con las dos manos, como si fuera un bocadillo, y me lo llevé a la boca: sabía a huevos revueltos y a carne picada. Con el siguiente bocado percibí el regusto a alga macerada, a brotes de colza con salsa de soja y a tempura de pasta de pescado. La textura crujiente la aportaban el rábano encurtido que, cortado en trocitos, completaba el conjunto.

—¡Está riquísimo! ¡La mezcla de sabores me parece increíble!

Estaba impresionada.

—Es el descubrimiento del siglo —añadió Panty, tan orgullosa como si los hubiera inventado ella—. No hacen falta palillos, y los niños se lo comen sin que se les caiga ni un solo grano de arroz al suelo. Van de maravilla para las excursiones.

A QP debían de encantarle, puesto que estaba tan ocupada devorando el suyo que había renunciado a participar en la conversación. Las bolitas de arroz tradicionales llevan relleno, pero nunca podrían contener una mezcla tan elaborada como aquella. Por si esos sándwiches no tuvieran ya bastantes virtudes, después de comer era muy fácil recogerlo todo.

Cuando acabamos de desayunar, tomamos una infusión de naranjo enano con miel y descansamos un rato.

—¿Quiénes son esas? —preguntó QP, señalando el altar budista.

—Una es mi predecesora y la otra es la tía Sushiko.

—¿Tu predece... qué?

—Era mi abuela.

—¿Y tu mamá?

—No tengo mamá.

—¿Está en el cielo?

—No lo sé, porque nunca la he visto. Pero creo que aún no se ha marchado. ¿Y la tuya?

La pregunta me pareció natural en aquel contexto. Mientras charlábamos, Panty se dirigió al fregadero y se concentró en lavar los tazones y las cucharas que habíamos ensuciado. Puede que lo hiciera para darnos un poco de intimidad.

—Mi mamá sí que se ha ido al cielo. Cuando estás triste, puedes poner los brazos así, haciendo «ñuuug», para ponerte contenta otra vez —explicó la pequeña mientras se abrazaba a sí misma y cerraba los ojos con fuerza—. ¡Pruébalo!

Me lo había pedido con los ojos todavía cerrados. No podía decirle que no, así que seguí su recomendación y probé a abrazarme.

—¡Ñuuug! —dije en voz alta, tal como ella acababa de hacer.

La abuela nunca llegó a enterarse, pero un buen día la tía Sushiko me contó que mi madre dio a luz cuando era poco más que una adolescente. Por lo visto, mi predecesora y ella hacía tiempo que se llevaban a matar, lo que explicaba que no hubiera ni una sola foto de mi madre en casa. Como no había tenido ocasión de conocerla, me tomaba su ausencia como algo natural y nunca había llegado a echarla de menos. Si era cierto que seguía viva, cabía la posibilidad de que algún día nos encontráramos.

—Ya puedes parar, Poppo. ¿A que ya no estás triste?

Volví a abrir los ojos cuando escuché su voz. La pequeña extendió la mano y me acarició varias veces la cabeza, con dulzura, tal como haría una madre que intentara consolar a su hija: supongo que abrazarse a sí misma era la manera en que lidiaba con la soledad. Estaba más que dispuesta a ser yo quien le diera ese achuchón cuando estuviera a mi lado, pero era muy consciente de que aquello nunca podría sustituir al calor de una madre.

Panty había terminado de fregar los platos y se animó a hacer tortitas con la harina que había sobrado. No podíamos desaprovechar una idea tan fantástica, así que me ofrecí a preparar la nata y el beicon para acompañarlas. Como en la nevera no había ni lo uno ni lo otro, salí a hacer la compra con QP de la manita. Subimos al autobús junto al santuario de Kamakura-gū, nos apeamos en la parada que había justo antes de llegar a la estación de tren y entramos al supermercado que tenía más cerca de casa: el Union de la avenida Wakamiya.

Le pregunté a mi pequeña acompañante si quería que comprara algo en especial, pero, para mi sorpresa, dijo que no y me tiró del brazo con todas sus fuerzas para que saliéramos del supermercado y volviéramos a casa cuanto antes. No me quedó más remedio que coger la nata y el beicon a medida que pasábamos por los estantes y pagar a marchas forzadas. Tuvimos suerte de que el autobús llegara apenas unos instantes después. Había empezado a hacer calor y los primeros turistas ya se dejaban ver en la ciudad.

Cuando volvimos a casa, la masa de pan había crecido de manera considerable.

—¿Ronca cuando duerme? —le preguntó QP a la maestra.

—Hasta hace un momento no paraba —respondió ella, con la más absoluta seriedad.

Bastaba con apoyar la mano sobre la masa para sentir una calidez prácticamente humana. Como, al parecer, le convenía seguir reposando, la volví a cubrir con un paño húmedo.

—Que descanses... —le susurré al pan, tratándolo como si estuviera vivo, tal como había hecho la niña.

Mientras esperábamos a que la masa estuviera lista, QP y yo nos ocupamos de la nata. Todo el trabajo consistía, prácticamente, en agitar la varilla procurando enfriar con hielo la base del recipiente, así que acabé con los brazos destrozados. A mi lado, Panty preparaba las tortitas de una en una en la sartén. Eran más finas de lo habitual y no había dos con la misma forma, lo que las hacía parecer aún más caseras y sabrosas.

—¡Buenos días! —dijo de repente la voz de la señora Barbara.

Imagino que Panty no esperaba oír una voz salida de la nada en medio de la cocina, puesto que se quedó petrificada con la espátula en la mano. QP, por su parte, saludó con energía, a pesar de que ni siquiera conocía a la mujer cuyas palabras acababa de oír.

—¡Hola!

—Vaya, vaya, ¿de quién puede ser esa voz tan bonita?

Por lo visto, la señora Barbara se había dado cuenta de la presencia de la niña.

—¡Gracias por dejarnos su jardín! ¡Estamos haciendo tortitas! —grité, tratando de describirle la situación por encima.

—¡Hemos tenido suerte de que haga buen tiempo!

Panty por fin se había animado a responder.

—¿Estáis seguras de que no necesitáis ayuda?

—¡Está todo controlado! ¡Usted no se preocupe! —grité, llena de energía, la coordinadora oficial del evento.

—¡Nos vemos a las doce, como habíamos dicho!

—¡Allí estaremos! —le prometí.

—¿Es tu vecina? —me susurró QP al oído, intrigada por la conversación que acabábamos de mantener en la cocina.

—Sí, es la señora Barbara, una gran amiga mía. Luego te la presentaré.

La señora Barbara era mi amiga de mayor edad, así como QP era la más joven. Cuando miré el reloj, me sorprendí al ver que faltaban menos de dos horas para el almuerzo. La masa había alcanzado el tamaño perfecto, así que le quitamos el gas, la dejamos reposar otro poco, le dimos forma y la metimos en el horno. Al sacarla se había convertido en una hermosa hogaza de un ligero color tostado. La cruz que decoraba el centro del pan —llamada «greña», por cierto— la habíamos hecho QP y yo sosteniendo el cuchillo entre las dos.

Pasadas las once, empezamos a oír ruido; a las once y media, parecía que casi todo el mundo había llegado. Mientras atravesábamos la valla en dirección al jardín de la señora Barbara cargadas con el pan, la nata y el beicon, advertí que el Barón se había erigido en comandante del pequeño escuadrón encargado de colocar los cojines en el porche. No lo había visto desde que fuimos juntos de excursión para celebrar la llegada del año nuevo.

Como la señora Barbara le había pedido a todo el mundo que llevara lo que buenamente pudiera, la mesa estaba rebosante de todo tipo de manjares: croquetas y brochetas de pollo del señor Toriichi, rosbif de la carnicería Hagiwara, salchichas del Bergfeld y muchos otros platos que hacía años que no había probado. Los invitados también habían contribuido con bandejas de *sushi* de caballa y de verdel en vinagre, así como con morralla frita. En cuanto a los postres, no podían faltar las especialidades de Kamakura, como los pasteles de gluten de trigo fresco de la pastelería Fuhan y la gelatina de judías rojas de la pastelería Shōkadō.

Éramos poco más de una decena de personas, todas de Kamakura, lo que contribuyó a que rompiéramos el hielo enseguida. Como ocurre en todas las pequeñas ciudades, da igual con quién hables, porque siempre resulta que tienes algún conocido en común. Fui directa a la hilera de cojines cogiendo a QP de la manita, tomé asiento y brindé con una cerveza de una marca local, Yorocco, elaborada en la ciudad vecina de Zushi. La señora Barbara había tenido el detalle de preparar limonada caliente para la niña.

Mi vecina no mentía al afirmar que el cerezo que tenía en el jardín era magnífico. Pertenecía a una variedad de ramas caídas, como las del sauce, aunque a mí me parecía más bien una maraña de hilos de luz que descendían del cielo. También QP se había quedado absorta mirándolo.

—¿Cuántos años tiene ese árbol? —le preguntó a la señora Barbara.

—Mi padre lo plantó cuando nací, así que tiene tantos años como yo —replicó la anfitriona con una dulce sonrisa.

El parecido entre las flores de cerezo y mi vecina era abrumador: tanto las flores como ella eran hermosas y distinguidas, capaces de llenar de paz cualquier rincón del mundo con su mera presencia. Envuelta por el frío residual del invierno, seguí disfrutando de la cerveza mientras admiraba el cerezo. Solo había que fijarse un poco para descubrir que no todas las flores tenían el mismo color, sino que obedecían a un degradado natural que iba de las tonalidades más pálidas a las más intensas. Había flores que no se habían abierto del todo, mientras que otras ya empezaban a perder sus pétalos: cada una tenía su propio ritmo.

Sin embargo, las flores no lo eran todo: el tronco negruzco que se retorcía sobre sí mismo, las esbeltas ramas que colgaban como cuerdas de un violín, las hojas que comenzaban a germinar dispersas... El árbol al completo era hermoso. Tenía la impresión de que, si guardaba silencio y afinaba el oído, el cerezo no tardaría en empezar a contarme su historia. Me sentía tan unida al árbol en esos momento que, en mi imaginación, abrazaba su tronco con cariño. Era cierto que el año anterior ya había vuelto a Kamakura, pero lo último en lo que pensaba era en alzar la vista hacia las flores de cerezo. Doce meses más tarde, me encontraba en aquel mismo lugar, solo que rodeada por mis vecinos. Puede que únicamente se tratara de una minucia, pero a mí me hacía feliz.

—Es un *riesling* de Alsacia —dijo el caballero que había tomado asiento a mi lado mientras me mostraba una botella de vino blanco—. Por lo visto, se trata de un vino ecológico de primera.

Me pregunté si aquel hombre, que acababa de sacarme de mi ensimismamiento con sus palabras, no sería acaso la pareja de la señora Barbara. Bebí de un trago la cerveza que me quedaba en el vaso y el desconocido lo llenó de vino. Mientras disfrutaba de su sabor intenso, con regusto a barrica, decidí que iba siendo hora de probar la comida que me aguardaba sobre la mesa. Las croquetas del señor Toriichi no llevaban carne de cerdo, como es lo habitual, sino de pollo. Eran las mismas que compraba la abuela cuando tenía tanto trabajo que no le daba tiempo a hacer la cena.

El pan que habíamos horneado en casa era delicioso. Había quedado tan sabroso que no hacía falta acompañarlo ni de mantequilla ni de mermelada.

La fiesta había llegado a su punto álgido cuando Panty tomó la palabra:

—¡Un momento, por favor! Ya que estamos todos reunidos, he pensado que puede ser un buen momento para presentarnos. ¡Que todo el mundo diga dónde vive y a qué se dedica!

Los invitados empezaron a presentarse en sentido contrario a las agujas del reloj, así que me tocó ser de las primeras. La idea de hablar en público me incomodaba un poco, pero me puse en pie al llegar mi turno y lo hice lo mejor que pude:

—Hola, me llamo Hatoko Amemiya. Soy vecina de la señora Barbara y trabajo en la papelería Tsubaki. Llegué a Kamakura el año pasado, después de pasar un tiempo en el extranjero, aunque nací y crecí aquí. Aparte de vender material escolar, también redacto encargos como escribiente. Si alguna vez necesitan mis servicios, no duden en venir a verme. Es un placer conocerlos a todos.

Nunca me habían gustado esas cosas, pero el alcohol me había dado el empujoncito que necesitaba. A continuación, le llegó el turno a QP:

—Tengo cinco años, vivo con mi papá y acabo de llegar a Kamakura. Mi comida favorita son los huevos duros con mayonesa. ¡Ya está!

Hizo una presentación perfecta, sin titubeos ni timidez, que arrancó una sonora ovación de todos los asistentes. Tras unos minutos de calma, los murmullos volvieron a crecer cuando le llegó el turno a Panty. Después de explicar a grandes rasgos quién era y de decirnos que trabajaba como maestra de primaria, soltó la bomba:

—¡Y voy a casarme muy pronto!

Hizo una pequeña pausa dramática.

—¡Con ese hombre de allí! —añadió, señalando al Barón.

Tras unos segundos de silencio, la comitiva estalló en un aluvión de felicitaciones que hizo que el novio se sonrojara hasta la raíz del cabello. Por nada del mundo me habría imaginado a Panty y al Barón juntos; incluso me sentí culpable por dudar por un momento de su palabra. Había llegado a plantearme si sería una broma, aunque, a decir verdad, bastaba con mirarlos a la cara para saber que iba en serio.

—¡Felicidades! —le dije a la novia cuando terminó la ronda de presentaciones.

Las preguntas me ardían en la boca, pero lo primero era hacerla partícipe de lo feliz que me sentía por ella.

—Gracias, Poppo. Nada de esto habría sido posible sin ti.

—¡Yo no he hecho nada!

—Si no hubieras recuperado la carta que eché al buzón aquel día, puede que ni siquiera estuviese hoy aquí. No quiero pensar en lo que habría pasado si ese hombre hubiese llegado a leerla... Seguramente habría echado a perder mi vida por casarme con alguien a quien no amaba.

Pese a que Panty era abstemia, parecía tan alegre que cualquiera habría dicho que ese día había hecho una excepción.

—Lo que no me esperaba es que fueras a casarte con el Barón. No me he dado cuenta de nada, ¿desde cuándo salís?

Había empezado a emocionarme. Hacía mucho tiempo que no surgía una historia de amor entre mis amistades.

—¿Recuerdas cuando hicimos la ruta de los Siete Dioses de la Fortuna? Empezó a llover y decidimos seguir otro día después de visitar el santuario de Hachiman-gū. Sí, yo diría que fue entonces cuando surgió la chispa. Pero la primera vez que lo vi fue cuando estaba contigo en el bar.

—¿Qué bar?

Había olvidado por completo aquel día. En un primer momento, ni siquiera supe de lo que hablaba.

—Sí, mujer, después de que se nos echara encima aquel tifón tan horrible. Había llovido tanto que saliste de casa con katiuskas.

—¡Ah, ya me acuerdo! Tienes razón, esa noche salí a cenar con el Barón.

—Si te soy sincera, me moría de envidia al verte tan bien acompañada.

—¡No será verdad! Entonces, el día que quedamos para hacer la ruta era la segunda o tercera vez que lo veías. Os fuisteis juntos a las aguas termales de Inamuragasaki, ¿no?

—De camino no paramos de hablar, y antes de que me diera cuenta había caído en la trampa. Me pierden los hombres mandones, ¿qué le voy a hacer?

—¿Te declaraste tú?

En cuanto escuchó la pregunta, se le empañaron los ojos como a una colegiala enamorada y asintió.

—Nunca sabes lo que te depara la vida, Poppo —sentenció, con una seguridad implacable.

Panty tenía razón. Si supiéramos de antemano todo lo que nos va a pasar, las cosas serían demasiado aburridas.

—Lo más importante es que seas feliz.

Me costaba hacerme a la idea de que Panty y el Barón estuvieran a punto de casarse, aunque, bien mirado, puede que hicieran mejor pareja de lo que había supuesto al principio. No iba a ser fácil: el Barón era bastante mayor que ella y seguramente ya habría estado casado. Por otro lado, encontrar por arte de magia a una persona tan especial y tener la ocasión de pasar la vida a su lado debe de ser lo más parecido que existe a la dicha.

—Ha sido una fiesta estupenda —le dije a la señora Barbara mientras la ayudaba a recoger el jardín.

La noche empezaba a caer, casi todo el mundo se había marchado y hacía un buen rato que QP dormía sobre los cojines, agotada después de haberse pasado el día rodeada de adultos. Yo procuraba separar la basura y recoger los platos sucios en silencio, para no despertarla.

—Cuando tienes mi edad, cada día se convierte en una aventura. Siempre ocurre algo inesperado —susurró la señora Barbara, más para sí misma que para que yo la oyera, mientras recogía los palillos desechables que habíamos usado para comer.

—No todos los días se puede beber cerveza artesanal y degustar un buen vino frente a un cerezo tan bonito como el suyo. ¡Ha sido un auténtico lujo!

Me sentía como si me hubieran nacido un par de radiantes alas rosas a la espalda. Mientras el mundo que nos rodeaba comenzaba a sumirse en tinieblas, el cerezo de ramas caídas permanecía imperturbable con sus flores abiertas. El cielo se había transformado en un degradado de tonos rosas y azul marino, que me recordaba a las combinaciones cromáticas de los cócteles más selectos.

—De un tiempo a esta parte, cuando se acumulan las buenas noticias, me pongo triste enseguida —dijo la señora Barbara, con voz tranquila.

—No sé si alguna vez me había sentido tan feliz de haber nacido en Kamakura. Tenerla por vecina es una de las mejores cosas que me han pasado en la vida; le estoy muy agradecida por todo lo que hace por mí.

Hay cosas que piensas con frecuencia, pero que nunca terminas de agradecer en voz alta: me pareció que era la ocasión perfecta para ponerle remedio.

—Lo mismo digo, Poppo. Me siento muy afortunada de tener como amiga a una joven tan encantadora como tú.

Una agradable brisa sopló desde las montañas y agitó las ramas del cerezo. Fue como si los dedos de los dioses nos acariciaran la mejilla con dulzura.

Dos semanas más tarde, me invitaron a salir.

—Tengo que pedirte un favor —me dijo el padre de QP con expresión grave.

No tenía la menor idea de lo que podía querer de mí. Era sábado, había cerrado la tienda y me disponía a comer un almuerzo tardío en la cafetería.

—Necesito que me acompañes en una misión de reconocimiento —confesó mientras cogía el cambio de la caja.

—¿Una misión de reconocimiento?

No me esperaba esa propuesta.

—Esto va a sonar fatal, pero tengo que saber cómo preparan el curri en los restaurantes de la zona. Hay locales demasiado elegantes como para ir yo solo, así que esperaba que no te importara acompañarme. Kamakura está lleno de sitios especializados y quiero competir en condiciones.

Volvía a ser la única clienta del establecimiento. La cafetería no estaba demasiado bien situada, por lo que era natural que el padre de QP se esforzara para que el negocio prosperara.

—Será un placer colaborar en este estudio sobre el curri de la ciudad, pero únicamente lo haré con la condición de que esta cafetería acabe preparando la mejor receta de todo Kamakura.

Si me hubieran hecho esa misma oferta el año anterior, la habría rechazado con timidez: en aquellos momentos tenía suficiente con la papelería como para ponerme a pensar en nada más. Por suerte, las cosas habían cambiado mucho desde entonces. No habría sabido explicar exactamente en qué sentido, pero tenía claro que no todo era como antes.

—¡No sabes el favor que me haces! —exclamó el padre de QP mientras inclinaba la cabeza para darme las gracias.

—¡Papá tiene una cita con Poppo! —rio la niña, quien nos había estado espiando a escondidas tras el mostrador.

—No es una cita.

Pese a la tajante negativa de su padre, QP siguió repitiéndolo sin miramientos. Por su culpa, terminé sonrojándome al pensar que, después de todo, quizá sí que se tratara de una cita.

El Caraway era uno de los restaurantes con mayor tradición de Kamakura, y el Oxymoron se había convertido en el favorito de la gente joven. Si nos desplazábamos hasta el barrio de Hase, estaba el Woof Curry; y en una línea un poco diferente, también teníamos los bollos rellenos de curri del Russia-tei. En lo que al barrio de Ōmachi se refiere, había un local en el que servían auténtico curri hindú una vez a la semana. El único inconveniente era que no recordaba su nombre.

Cuando unos días más tarde informé de todo al padre de QP, decidimos que empezaríamos por infiltrarnos en el Oxymoron. Siempre había sido su primera opción, pero le daba apuro ir solo.

—Llegué a subir las escaleras —me confesó—. Luego vi que era demasiado elegante y no me atreví a abrir la puerta, así que me di media vuelta y volví a casa.

Fuimos un domingo por la tarde, poco antes de que cerraran la cocina, para evitar que el restaurante estuviera lleno. De paso, aquello nos permitió disfrutar de una mesa con buenas vistas junto a la ventana. QP estaba sentada delante de mí, con su padre en la silla de al lado. Viéndolos así, uno al lado de la otra, no había duda de que eran familia. Tenían la misma distancia entre los ojos, las cejas igual de pobladas y las mejillas tan redondas que daban ganas de pellizcarlas.

—¿Qué quieren tomar?

Nos habían traído la carta mientras me entretenía mirándolos.

—Un curri de carne picada a la japonesa —pedí, hablando prácticamente conmigo misma—. ¿Y tú, Morikage?

Era la primera vez que lo llamaba por su apellido. A esas alturas había descubierto que la pequeña se llamaba Haruna, pero para mí ya solo podía ser QP.

—Buena pregunta... Es la primera vez que vengo, así que empezaré por lo clásico: un curri de pollo. ¿Tú qué quieres, QP?

—¡Flan! —gritó la niña con todas sus fuerzas.

—No hables tan alto. Me habías prometido que ibas a portarte bien, ¿recuerdas?

Después de que su padre la regañara, QP se hundió como si el peso del mundo entero recayera sobre sus hombros. Era tan adorable que daban ganas de comérsela.

—Haremos una cosa: si te comes una parte de mi arroz, después pedimos un flan. ¿Qué te parece?

La niña asintió decidida cuando escuchó la propuesta de su padre. Mientras esperábamos a que nos trajeran la cena, sacó unas hojas de origami de su pequeña mochila y empezó a doblarlas, inmersa en la tarea.

—Está acostumbrada a esperar —me contó Morikage mientras acariciaba la cabeza de su hija.

QP se había transformado en la viva imagen de la seriedad, concentrada en su batalla personal contra la hoja de papel. Ni siquiera reaccionó cuando su padre le acarició la cabeza, sino que continuó con su trabajo como si nada hubiera pasado. Lo que acababa de ver explicaba algunas cosas: el día de la fiesta me había acariciado la cabeza con idéntico mimo después de que me hubiera enseñado a hacer «ñuuug» para dejar de estar triste.

En cuanto nos trajeron la comida, Morikage echó parte de su arroz en un platito que había pedido para QP, y yo hice otro tanto con el mío. El centro de la mesa había quedado ocupado por una bandeja con ensalada de col lombarda, legumbres marinadas y zanahoria, que habíamos pedido para compartir. Una vez que todo estuvo servido, nos deseamos buen provecho y empezamos a comer.

Aparte de nosotros, los únicos clientes eran una pareja joven. Mientras atacábamos la comida, al otro lado de la ventana, una radiante puesta de sol lo iluminaba todo. Hacía mucho tiempo que no disfrutaba un buen curri de carne picada, y lo cierto es que estaba delicioso: en su punto justo de picante, con una compleja mezcla de especias y listo para calentarte el corazón.

—Coge un poco si quieres —le ofrecí a Morikage acercándole el plato.

—No puedo negarme —respondió, y cogió una cucharada de curri—. Te lo cambio por un poco de pollo.

Se cubría la boca con la mano izquierda para que no lo viera masticar.

—De acuerdo, pero solo un poco.

Siguiendo el ejemplo de mi acompañante, yo también probé una cucharada de su plato. El padre de QP comía despacio, tratando de discernir los matices, para después tomar nota de ellos en una libretita que llevaba consigo. La niña, por su parte, debía de sentir debilidad por la zanahoria rallada, puesto que no había dejado de comerla desde que nos habían servido la bandeja.

Hasta entonces, siempre que iba a un restaurante lo hacía todo sola: entraba sola, pedía sola, comía sola, pagaba sola y salía del local tras haber cruzado apenas cuatro palabras con los empleados. Con el paso del tiempo, me había acostumbrado y daba por sentado que era lo normal. Sin embargo, allí estaba, comiendo curri con QP y con su padre. El restaurante no había cambiado sus platos de la noche a la mañana, pero cenar acompañada hacía que todo supiera diferente.

Solo quedaban unas pocas legumbres marinadas en el plato. Mientras yo las comía para que no se desaprovecharan, Morikage sacó un pañuelo y empezó a limpiarle la boca a QP.

—¡Me haces daño! —protestó la niña, intentando apartar la cara.

—No puedo dejar que salgas a la calle con esa boca —respondió su padre con gesto serio.

Sostenía el pañuelo en la mano y procuraba que QP lo mirara para terminar de limpiarla. Viéndolos pelear, sentí un pinchazo en el pecho: en algún lugar recóndito que por lo general permanecía dormido, comenzó a despertar una irremediable sensación de tristeza. Ni hablar, no podía echarme a llorar en un momento como ese. Seguía luchando contra las lágrimas cuando la niña le cogió el pañuelo a su padre y se puso a frotarle la boca, diciendo que él también tenía que estar guapo. Aquello terminó de rematarme.

Como no quería que la familia Morikage se diera cuenta de que estaba llorando, me giré con disimulo y fingí contemplar el cielo carmesí que se extendía al otro lado de la ventana. Tenía un color tan intenso que parecía estar a punto de ser consumido por las llamas. Nadie me había dicho que esa tarde iba a acabar con los ojos llenos de lágrimas, de lo contrario, yo también habría cogido un pañuelo. Tiré del puño de la camisa como buenamente pude y lo usé para enjugarme los ojos: menos mal que llevaba manga larga.

Mientras los contemplaba, pensé en la relación que había mantenido con la abuela. Cuando intentaba recordar los buenos momentos que habíamos pasado juntas, los malos siempre acababan por imponerse y bloquearles el paso. La verdad, no tenía palabras para describir la envidia que sentía de QP y su padre.

La pareja que nos había acompañado durante la comida había desaparecido en algún momento, lo que nos convertía en los únicos clientes del local.

—¡El flan! —exclamó la pequeña.

Tenía la cuchara en la mano y los ojos radiantes, como si no hubiera nada en el mundo entero que pudiera hacerla tan feliz.

—¿Está bueno? —le pregunté después de que se llevara la cuchara a la boca.

La niña me respondió con una radiante sonrisa de oreja a oreja. Cuando se hubo comido dos tercios del flan, levantó la cabeza, nos miró a su padre y a mí de manera alternativa y cogió otra cucharada. Ninguno de los dos nos esperábamos lo que iba a hacer.

—¡Abre la boca, papá! —dijo, alargando la cuchara.

A continuación, me tocó a mí.

—¡Ahora le toca a Poppo! —dijo, ofreciéndome una cucharada a mí también.

Era evidente que se habría comido el flan ella sola. Por segunda vez en lo que llevábamos de tarde, la amabilidad de la niña me había llegado al corazón.

—¿A que está rico?

Asentí con todas mis fuerzas en respuesta a su pregunta. Me daba tantísima lástima desprenderme de aquel bocado cargado de dulzura que lo habría conservado en la boca eternamente. El flan era tan suave y tierno que parecía un reflejo de la niña.

—Muchas gracias, QP. Está buenísimo.

Había salido a cenar decidida a pagar a medias, pero Morikage insistió en hacerse cargo de la cuenta para darme las gracias por mi compañía. Intenté agradecerle el detalle, pero volvió a darme las gracias de todos modos. La calle Komachi estaba casi desierta, como era natural un domingo de primavera pasadas las seis de la tarde. Morikage y yo nos colocamos a ambos lados de la niña, como si todo hubiera estado coordinado de antemano, y caminamos por la calle cogiéndola de la mano.

—No quiero que le des vueltas, pero hacía mucho tiempo que no salía con alguien.

Fue un comentario tan repentino que lo miré sorprendida.

—Debería tener más cuidado a la hora de hablar, perdona.

—Yo habría dicho lo mismo si llevara tiempo sin salir a comer y hubiera quedado con un par de amigas.

Esa tarde me apetecía caminar despacio. La mano de QP se aferraba a la mía sin dudas ni incertidumbre, y yo solo podía desear que continuara haciéndolo para siempre.

—¿Te apetece un café? Esta vez pago yo, para darte las gracias por la comida.

—Será un placer —respondió Morikage con la voz cargada de dulzura.

Pedimos un par de cafés en el establecimiento que encontramos al doblar la esquina y nos sentamos en la terraza. Frente a nosotros desfilaban los conductores de *rickshaws*, que volvían a casa al concluir su jornada. No quería soltar a QP, por lo que tuve que ingeniármelas para pagar la cuenta y llevar las bebidas hasta la mesa con la mano derecha. Morikage debía de encontrarse en una situación parecida, puesto que lo vi sostener su taza con la mano izquierda. Hasta entonces no me había fijado en el delicado anillo que llevaba en el dedo anular.

—Siento sacar de nuevo el tema —se disculpó mientras bebíamos el café—. No contaba con volver a ir acompañado de una mujer por la calle.

Hablaba en voz baja, como si estuviera solo y no hubiera nadie a su lado para escucharlo. Por supuesto, yo prestaba atención a cada palabra que salía de su boca.

—La madre de QP murió tan repentinamente que no pude reaccionar. Me pasé días encerrado en una habitación a oscuras, sin fuerzas para moverme, convencido de que la niña y yo estaríamos mejor muertos. Cada vez que lo pienso, me echo a temblar. No sé cómo pude hacerle eso a mi hija. Un día, cuando me paré a mirarla, se había llevado el bote de mayonesa a la boca y se lo estaba comiendo a lengüetazos. Tenía la cara que daba pena verla. Fue entonces cuando me di cuenta de que no podía seguir así. QP no había cumplido ni dos años; lo más probable es que ni siquiera recuerde a su madre. Es curioso, pero por la noche sigue durmiendo abrazada a un bote de mayonesa, como si hubiera algo en él que la ayudara a sustituirla. Era poco más que un bebé y hacía lo que podía para salir adelante, a pesar de la pérdida. Siendo su padre, no podía derrumbarme de ese modo. Por tanto, al final, decidí cumplir el sueño de mi esposa.

—¿Qué sueño?

—Abrir una cafetería.

—¿Ella era de Kamakura?

—No, no, para nada. Ninguno de los dos somos de la ciudad, pero fue aquí donde tuvimos nuestra primera cita. Nos robó el corazón. Para lo cerca que está de Tokio, no se parecen en nada. Siempre nos rondó por la cabeza la idea de que, cuando tuviéramos hijos, tarde o temprano nos mudaríamos aquí.

—Ya veo... ¿La madre de QP estaba enferma?

No sabía si tenía derecho a hacerle una pregunta como esa, pero quería salir de dudas.

—Un loco la atacó por la espalda con un cuchillo cuando había salido a hacer la compra con la niña.

—Lo siento muchísimo.

Me moría de vergüenza: no sé en qué estaba pensando para preguntarle algo así a bocajarro. Eso explicaba por qué QP había insistido tanto en salir del supermercado y volver a casa cuando fuimos al Union la mañana de la fiesta. Pese a que su cabecita no recordara lo que había pasado, su cuerpo no había logrado olvidar el terror que sintió aquel día. Se me encogió el alma cuando me vino a la memoria el rostro de la pequeña mientras tiraba de mi brazo con tanta fuerza que casi me hacía daño.

—No puedo olvidar lo que ocurrió, pero ya es agua pasada. No te preocupes.

Cuesta aceptar la pérdida de tu propia familia, incluso cuando se debe a una causa natural. Morikage no había hecho nada para que un desconocido apareciera de la nada y le destrozara la vida. ¿Qué puede hacer una persona con toda la furia que la invade en esos momentos?

Cuando miré a mi lado, vi que QP había empezado a dar cabezadas.

—¿Te apetece pasear un poco? —me preguntó Morikage, poniéndose en pie—. ¡Aúpa!

La niña se soltó suavemente de mi mano y extendió los bracitos en dirección a su padre, quien había comenzado a quitarse la mochila que llevaba a la espalda con intención de colocársela sobre el pecho.

—Gracias —dijo cuando le cogí la bolsa de las manos.

A continuación, con QP a la espalda, se dirigió hacia el paso a nivel.

—¿Cuánto pesa?

—Diría que ronda los quince kilos.

La niña se había quedado dormida apoyada contra la espalda de su padre. Cada vez que empezaba a resbalarse, Morikage se detenía y la sujetaba mejor. Mientras contemplaba esa escena, noté que algo pugnaba por asomar entre mis recuerdos sin dignarse a aparecer del todo.

—Me gustaría ir a un sitio, si no te importa —le dije mientras esperábamos a que el tren pasara—. No está muy lejos.

—Claro, será un placer.

Después de cruzar las vías, nos encaminamos hacia la parte norte de la ciudad. El sol casi se había puesto, y las primeras estrellas comenzaban a brillar dispersas. No quedaba ni rastro de las flores de cerezo, pero, en cambio, los árboles lucían su vestido de hojas.

—Hemos llegado.

—Es la primera vez que vengo al templo de Jufuku-ji.

—Yo hacía mucho que no lo visitaba. Lo construyó Masako.

—¿Qué Masako?

—Perdón, Masako Hōjō, la política del siglo XII. Mi abuela la llamaba por su nombre de pila y se me acabó pegando.

Si me hubiera referido a ella como «mi predecesora», habría tenido que dar demasiadas explicaciones. Una vez atravesada la entrada principal, el sendero pavimentado conducía a la puerta central del templo trazando una suave pendiente. Hasta ese punto, la visita era gratuita.

—Es un lugar precioso, de esos que te purifican por dentro.

Los árboles crecían con profusión a ambos lados del camino, con las raíces hundidas en esponjoso musgo verde. Cuando quise darme cuenta, me había parado en seco y respiraba hondo, observando el sinfín de yemas que llenaban las puntas de las ramas como si fueran velas que brillaban tenuemente en la oscuridad. Las hojas recién nacidas relucían en la noche. Morikage siguió avanzando poco a poco en dirección a la puerta central, con la niña todavía a la espalda.

—Cuando te he visto cargando con QP —comencé a decir, caminando apenas un paso por detrás de ellos—, me he acordado de algo que hacía años que había olvidado.

El padre de la niña me escuchaba con atención.

—Yo me crie con mi abuela, una mujer muy estricta. Casi todo lo que recuerdo de ella es malo. —Fui la primera sorprendida al ver que me echaba a llorar de repente, pese a lo cual seguí hablando—: No sé cómo me ha venido a la cabeza que ella también me llevó a la espalda de pequeña, aquí mismo, en este templo.

Eso era lo único que quería decir; sin embargo, me vine abajo antes de haber podido acabar. No sabía por qué lloraba, pero las lágrimas afloraron a mis ojos y desde allí se derramaron sin parar.

—Toma, por si lo necesitas. —Morikage me ofreció un pañuelo—. Igual está un poco sucio.

A juzgar por el ligero aroma a curri que desprendía, era el mismo que había usado para limpiarle la cara a QP después de comer. Cuando lo vi de cerca, advertí que tenía el nombre de la niña bordado en una esquina: QP. En espejo, por supuesto. Morikage parecía un padre estupendo.

—Seguro que, para tu abuela, ese era el único modo de demostrar que te quería.

Era probable que tuviera razón. No obstante, eso no quitaba que dentro de mí hubieran quedado cicatrices que seguramente nunca terminarían de curarse. Pese a todo, me recompuse y encaminé mis pasos hacia la puerta central del templo con el pañuelo de QP empapado en la mano.

—Las vistas son preciosas —comenté, dando media vuelta, en cuanto llegamos al portón.

Olía a noche: la sentía como se siente el pesado aliento de los seres vivos. Aquel era el rincón favorito de la abuela.

—¿Te llevo? —ofreció Morikage, sin previo aviso.

QP se bajó de la espalda de su padre y se puso en pie, con los ojos, como platos, admirando el paisaje que se dibujaba en la distancia. Yo debía de tener la misma edad que ella cuando la abuela me acompañó a ver el templo, quizás incluso fuera un poco más pequeña.

—Igual así te acuerdas de más cosas.

—No hace falta, me parece que he recordado bastante por hoy.

—Ya que estamos aquí, sería una lástima desaprovechar la ocasión. Venga, así te doy las gracias por haberte arrastrado con nosotros.

Sus palabras hicieron que volviera a la realidad. No sé cuántos kilos creía que pesaba, pero, si ya le había costado cargar con los quince de QP, era imposible que pudiera levantarme a mí. A él parecía darle igual, puesto que aguardaba acuclillado para que me subiera. Cuando lo vi agachado de espaldas, pensé que tal vez no hubiera nada de malo en permitir que alguien tuviera un detalle así conmigo.

—No quiero que te hagas daño. Con unos pocos pasos basta, de verdad.

Me apoyé sobre su espalda y, al cabo de unos segundos, mi campo de visión se amplió de una manera sorprendente. Seguro que también aquel día, hacía ya tantos años, mi cuerpecito infantil había pesado demasiado para la abuela. Sin embargo, cargó conmigo a lo largo del sendero adoquinado para que pudiera ver el paisaje. Estaba convencida de haber contemplado los alrededores del templo desde una perspectiva muy similar.

—Todo va a salir bien —dijo Morikage mientras me sujetaba.

Era como si su voz estuviera a punto de fundirse con la noche primaveral. Mientras, las hojas de los árboles que nos rodeaban escuchaban en silencio nuestra conversación.

—¿Eh?

—Todos nos culpamos por algo: es inevitable pensar en lo que deberíamos haber dicho o hecho en algún momento. No sé cómo se las arregla la gente, pero yo no me lo quitaba de la cabeza. Hasta que un buen día me di cuenta... Mejor dicho, QP me recordó que deberíamos cuidar lo que conservamos en lugar de perseguir lo que hemos perdido —explicó Morikage—. Si alguien te ha sostenido en alguna ocasión, hazlo tú por otra persona la próxima vez. Mi mujer cargó conmigo muchas veces, por eso puedo sostenerte yo ahora. No hay más.

Me pregunté si estaría llorando; por desgracia, no podía verle la cara desde donde me encontraba. En las manos de QP había aparecido una flor que debía de haber recogido junto al camino.

—Creo que este único recuerdo podría mantenerme a flote durante toda la vida. No sabes cuánto te lo agradezco.

Deseé con todas mis fuerzas que tanto la abuela como Morikage comprendieran los sentimientos que se escondían bajo esas palabras.

Después de despedirme de QP y de su padre, volví a casa, puse la tetera al fuego y saqué tres vasos de cerámica. Cuando el agua rompió a hervir, los llené de té y empezaron a desprender esponjosas volutas de humo. Tras colocar uno de ellos frente a la foto de la abuela y otro frente a la de la tía Sushiko, hice sonar las campanillas rituales y uní las manos en oración.

Sabía que no las iba a volver a ver. A pesar de todo, en algún lugar de mi pecho, conservaba la esperanza de que el día menos pensado volveríamos a encontrarnos al doblar la esquina y las cosas regresarían a la normalidad. No me había dado cuenta de que era imposible hasta que Morikage había sacado el tema esa misma tarde. El mundo seguía girando sin la presencia de la abuela, y yo debía continuar viviendo en él.

Tomé asiento y dejé el vaso de té sobrante cerca de mí. Como todas las noches, una luz naranja iluminaba el pasillo de la señora Barbara. De repente, caí en la cuenta de que pronto comenzaría la época de floración de las hortensias. Mi vecina no había llegado a podar las flores secas del año anterior, de modo que seguían pendientes de los arbustos del jardín como grandes globos terráqueos.

Cuando terminé el té, fui en busca de mi cajita para cartas, la dejé sobre la mesa y cogí una pluma estilográfica. Era una Waterman que la abuela me había regalado cuando entré en bachillerato. Lewis Edson Waterman, un agente de seguros neoyorquino, dio con el mecanismo para que contuviera la tinta en su interior en lugar de tener que recurrir cada dos por tres a un tintero, lo que dio lugar a la estilográfica que conocemos hoy en día. La mía era un modelo Le Man 100, el cual se había comercializado por la celebración del centésimo aniversario del invento.

Suspiré admirada al contemplar la delicada belleza que desprendía su cuerpo negro con detalles dorados. Llevaba tanto tiempo evitando usarla que había olvidado cuándo había sido la última vez que la había sostenido entre las manos. Para que una pluma conserve la calidad del primer día, lo recomendable es usarla con frecuencia. Lo sabía mejor que nadie, pero había preferido olvidarlo durante una eternidad, fingiendo que ni siquiera existía.

—Lo siento mucho —me disculpé mientras la acariciaba.

Poco a poco, su cuerpo entró en calor al contacto con mi piel. Incluso así, era posible que tuviera frío, por lo que exhalé una bocanada de aire cálido sobre ella. A continuación, le quité el capuchón, deseando con todas mis fuerzas que despertara de su letargo. Fue entonces cuando advertí que el plumín emanaba destellos dorados.

En un primer momento me pareció imposible: no había ni un solo rastro de tinta seca. Tampoco recordaba haberla limpiado antes de irme de casa, así que la única explicación era que la abuela lo hubiera hecho en mi lugar. Me costaba creer que esa pluma hubiera pasado años aguardando a que un día volviera a casa. Destapé el frasquito de tinta y aguardé hasta que el convertidor se llenó de aquel líquido entre negro y azul.

Las palabras que durante tanto tiempo habían permanecido atadas de pies y manos luchaban para liberarse en mi interior. Tenía la sospecha de que todo había sido obra de Morikage: él había insuflado un nuevo hálito a algo que llevaba años congelado en el tiempo.

Esa noche me apetecía escribir una carta larga, pero no a cualquiera, sino a la abuela.

> *Querida abuela:*
> *Nunca llegué a decirte que te quería. Sin embargo, esas palabras me rondaron más de una vez por la cabeza.*
>
> *Recuerdo que, al llegar la primavera, me llevabas a pasear por la avenida Dankazura —en dirección al santuario de Hachiman-gū— para que pudiera ver los cerezos en flor. Nunca volviste la cabeza para mirarme, sino que la mantenías levantada hacia los árboles para contemplar su belleza. Siempre me he preguntado en qué pensabas en aquellos momentos.*
>
> *Aunque caminabas tan solo unos centímetros por delante de mí, nunca me atreví a agarrarte de la mano. Pero yo no era la única. Otro tanto te ocurría a ti.*
>
> *Sé que durante años escribiste a Shizuko y que en todas tus cartas constaba mi nombre; la mujer que las firmaba no era la misma que yo conocía. Gracias a esas palabras he descubierto que siempre tuve un lugar en tu corazón. Hice que te preocuparas. Hice que sufrieras. Hice que lloraras. En mi mundo tú no eras capaz de nada de eso, pero la realidad resultó ser muy diferente.*

Siempre hubo algo que te inquietaba. Siempre hubo algo que te rompía. Siempre hubo algo que te hacía daño. Bajo la máscara de la escribiente a la que tan solo veía como mi predecesora, había una mujer frágil —muy parecida a mí misma— que se esforzaba día a día para salir adelante. Por desgracia, yo era demasiado joven para entenderlo.

Últimamente me acuerdo mucho del caramelo que hacías poniendo las latas de leche condensada sobre la estufa. No sé si tú lo recuerdas, pero yo lo había olvidado hasta que la coincidencia más ridícula me hizo volver a pensar en ello. Su sabor se ha negado a abandonarme desde entonces; en ocasiones, el recuerdo de aquel dulzor me ayuda a seguir adelante cuando parece que ya nada tiene arreglo.

También soy consciente de que esperabas que volviera a casa, incluso después de que te ingresaran. Yo estaba convencida de que no querías volver a verme, hasta que un día de invierno la tía Sushiko se puso en contacto conmigo para decirme que habías muerto. No paré hasta llegar a la estación de trenes de Kamakura, pero, una vez allí, me asusté y fui incapaz de dar un solo paso más. Sé que es una excusa, pero no me importa: me negaba a creer que el mundo fuera a seguir girando sin ti. No podía aceptar que te hubieras marchado.

Ahora me arrepiento de todo lo que no hice: debería haber recogido tus restos con mis manos, debería haber ido a verte para decirte adiós. Puede que, de ese modo, estos sentimientos no hubieran quedado atrapados en un limbo interminable sin saber adónde ir. Lo siento, abuela.

Eso es lo único que quería decirte y el motivo por el que te escribo esta carta.

Las hortensias están a punto de florecer. Gracias a mi vecina, la señora Barbara, me he dado cuenta de que las flores no son lo único hermoso que tienen. Ella no las poda al llegar el verano, sino que deja que se sequen, y quedan prendidas de las ramas durante el invierno. Siempre había creído que las flores marchitas eran una señal de abandono, pero no podía estar más equivocada: incluso secas, siguen siendo hermosas y conservan cierto atisbo de vida. Lo mismo puede decirse de las hojas, las ramas, las raíces e incluso los agujeritos que los insectos dejan a su paso: todo es bello. Por eso, quiero creer que nada de lo que vivimos juntas carece de valor.

Justo ahora, de camino a casa, Morikage me ha pedido salir. Es el padre de mi pequeña amiga por correspondencia. Me he dado cuenta de que, sin querer, es posible que siga tu mismo camino y críe a la niña de otra mujer.

Los jardines del templo de Jufuku-ji siguen siendo tan hermosos como los recordaba. Hace años me mostraste aquel paisaje llevándome a caballito después de una pataleta. Hoy he recordado la calidez que emanaba de tu espalda y he roto a llorar.

Gracias, abuela.

Esas son las palabras que no pude decirte entonces y que espero que lleguen hasta ti ahora.

Repetías que lo que dejamos por escrito es un reflejo de nuestra vida. De momento, no he sabido hacerlo mejor. Puede que no sea gran cosa, pero al menos sé que esta es mi letra. Por fin la he encontrado.

Deseo que, estéis donde estéis, la tía Sushiko y tú seáis muy felices.

Para la señora Kashiko Amemiya

Hatoko

P. D.: Soy escribiente, igual que tú, y me gustaría seguir siéndolo hasta el fin de mis días.

En cuanto solté la pluma, la energía que sostenía mi cuerpo desapareció de forma muy similar al modo como la marea se aleja de la orilla. Dejé la carta desplegada sobre la mesa y me retiré al sofá como quien camina en sueños. No tardé en quedarme dormida y verme transportada a lo alto de un puente. La abuela estaba a mi lado. No le veía la cara, pero sabía que era ella. No era la única, puesto que me encontraba rodeada de otras muchas personas conocidas. Estoy casi segura de que QP me daba la mano y de que Morikage estaba a su lado. También intuía la presencia de la señora Barbara, de la tía Sushiko, del Barón y de Panty, estos últimos con camisetas marineras a juego. Juraría que detrás de mí estaban la familia de Mai, la señora Calpis y la muñequita. Finalmente, un tanto alejada del grupo, había una presencia que me resultaba desconocida y a la vez demasiado familiar: mi madre. No podía ser otra que la persona que me trajo al mundo.

Sabía que hasta el puente era real: se trataba del mismo que atravesaba el río Nikaidō a su paso por el barrio. El murmullo de sus aguas recordaba a un alegre tarareo. De repente, alguien alzó la voz, sorprendido, y señaló un punto del arroyo en el que una lucecita se abría paso a través de la penumbra. Era una luciérnaga, como las que acudían todos los años a

295

volar sobre las aguas, solo que en aquella ocasión estaba siendo observada por la pequeña multitud que se había congregado en mi sueño. Se oyó una segunda voz cuando el insecto inició una danza, suave y elegante, guiado por el más puro capricho.

Todos contemplábamos la tenue luz sin atrevernos a apartar la vista. En el sueño no ocurría nada más, aunque tampoco hacía falta: ya me sentía tremendamente feliz. Cuando abrí los ojos, tardé unos segundos en discernir si estaba dormida o despierta. Tenía la impresión de haber visto las luciérnagas desde ese puente con la abuela, pero a la vez me juraría no haberlo hecho jamás. En el fondo, eso era lo de menos; en mi pecho seguían ardiendo los restos de una lucecita que se abría camino a través de la noche. Decidí que, cuando llegara el momento, también le escribiría una carta a mi madre. Algo en mi interior me decía que eso era lo que la abuela habría querido; no había prisa.

Al otro lado de la ventana, el alba comenzaba a despuntar. No faltaba mucho para que se abrieran las flores de loto del estanque de Genpei en el santuario de Hachiman-gū. Doblé la carta, que seguía sobre la mesa, y la guardé en un sobre mientras los pájaros parloteaban alegremente, picoteando los vestigios que quedaban de la noche.

Este libro se terminó de imprimir
en los talleres de Romanyà Valls,
en Capellades (Barcelona),
en marzo de 2024